Renate Tibus

Meine Würde kriegt ihr nicht

Eine wahre Geschichte

Impressum

Bibliografische Information der Deutschen
Nationalbibliothek.

Die deutsche Nationalbibliothek verzeichnet diese
Publikation in der Deutschen Nationalbibliografie;

Detaillierte bibliografische Daten sind im Internet
über dnb.dnb.de abrufbar.

© 2020 Renate Tibus

Herstellung und Verlag:
BoD – Books on Demand, Norderstedt

ISBN 978-3-7519-0541-1

Inhaltsverzeichnis

Anmerkung

Verehrte Leser, der Einfachheit halber habe ich mich durchgehend für das Wort >Leser< entschieden.

Es gilt gleichermaßen für meine Leserinnen und Leser.

Bremerhaven - Nachkriegszeit - Besatzungszeit

Es war ein Dienstag im September 1948, ein Schaltjahr. Meine Mutter war erst neunzehn Jahre alt, als ich so völlig ungeplant in ihr Leben trat. Sie hatte mit erschwerten Bedingungen zu kämpfen. Es war für sie als junge, alleinstehende Mutter sicher nicht einfach, neben ihrer Arbeit als Verkäuferin und gerade in der schwierigen Nachkriegszeit noch einen Säugling zu versorgen. Sie war zudem noch nicht volljährig und hatte keine eigene Wohnung. Wie so viele andere Menschen zu der Zeit war auch sie stets irgendwo als Untermieterin einquartiert.

In einer solchen Situation war sie unbedingt auf Unterstützung der Familie und ihrem Umfeld angewiesen. So muss es gewesen sein, denn Jahrzehnte später erzählten mir Zeitzeugen, dass ich in ihrem privaten Umfeld oft hin und her gereicht und mal hier, mal dort versorgt wurde. Irgendwie und irgendwann oder vielleicht auch durch irgendwen wurde das Jugendamt darauf aufmerksam und so bekam ich im Februar 1949 im zarten Alter von fast fünf Monaten ein neues Zuhause - einen festen Platz in der Gesellschaftsform Kinderheim. Ich weiß nicht, wie es mir damit gegangen war, so plötzlich von meiner Mutter und meiner Familie getrennt zu werden. Ich spekuliere aber mal und glaube, dass es mich nicht glücklich gemacht hat. Ich behaupte sogar, dass diese erste Trennung von den mir vertrauten Menschen, dieser erste Bruch, der Anfang meiner Reise in den Schatten der Gesellschaft war. Doch Kinder mögen einander und fühlen sich in ihrer Gesellschaft wohl, das ist natürlich. Vielleicht war wenigstens *das* ein Trost und hat mir etwas über die vom Gericht verordnete Trennung hinweggeholfen. Ich hoffe es. Dieses Heim für Säuglinge und Kleinkinder war nun in kürzester Zeit mein zweites Zuhause geworden. Jetzt war ich unter meinesgleichen und das in jeder Hinsicht. Eines hatten wir Kinder nämlich gemeinsam: Unser spezielles Schicksal. Wir konnten, aus welchen Gründen auch immer, nicht bei unseren leiblichen Familien bleiben.

Es kann sein, dass Sie, verehrte Leser, nun sagen, ein Heim sei nicht der ideale Aufenthaltsort oder ein wünschenswerter Start ins Leben, sondern allenfalls eine Not-, oder Übergangslösung. Für mich und die anderen Kinder aber war es zu unserem Zuhause geworden und wir hatten und waren nun eine große Familie. Für viele von uns war *dieser* Umstand nicht das Schlimmste, sondern oft das, was für einige von uns *danach* geschah.

Es war im Sommer 1950. Mein zweiter Umzug und auch eine zweite neue Welt taten sich vor mir auf. Es war die Welt meiner Pflegeeltern. Nach siebzehn Monaten Heimaufenthalt wieder eine neue Umgebung mit wieder neuen Menschen und neuen Gewohnheiten. Ganz ungewöhnlich war für mich sicher die Erfahrung, nun *allein* mit zwei Erwachsenen und mir Völlig fremden Personen leben zu müssen. Ich kann mir vorstellen, dass mich diese Situation sehr irritiert hat. War ich doch zuvor viele Menschen um mich herum gewohnt, vor allem meine Spielfreunde und unseren Alltagslärm. Eben alles, was eine große Kinderschar mit sich bringt. Nicht, dass ich mich daran erinnern könnte. Dennoch glaube ich, dass ich gespürt hatte, in einer großen Gemeinschaft zu leben, ein Teil dieser Gemeinschaft zu sein, mit einer festen, mir vertrauten Struktur und mir vertrauten Menschen.

Meine liebe Cousine Ilse erinnerte sich: Der nötige Papierkram mit den Ämtern war erledigt. Meine zukünftigen Pflegeeltern wurden vom Amt >getestet< und für fähig befunden, ein fremdes Kind bei sich aufzunehmen, es wie ein eigenes zu behandeln und ihm größtmögliche Fürsorge zuteilwerden zu lassen. Heute würde mich brennend interessieren, worin genau dieser Test bestand.

Natürlich hatten sie auch eine Wunschvorstellung von ihrem neuen Kind. Es sollte ein Mädchen sein, kein Säugling mehr, nicht älter als zwei Jahre alt, hellhäutig, gesund und pflegeleicht.

Sie hatten dem Kinderheim zuvor dreimal einen Besuch abgestattet. Beim ersten Besuch bekamen sie die Möglichkeit, zu selektieren. Sie durften unter den vielen Kindern für das nächste Treffen drei auswählen. Der zweite Besuch war dann so etwas wie ein >Kennenlernnachmittag< mit den ausgesuchten Mädchen. Dieses Mal war schon Ilse dabei. Ein geschickter Schachzug. Sie war auch noch ein Kind.

Eine spielerische Annäherung war geplant, eine Heimschwester beobachtete das Geschehen.

Der Spielnachmittag verlief anfangs nicht ganz so problemlos wie erwartet. Ilse berichtete mir, dass ich nicht begeistert war, von den anderen Kindern getrennt zu werden und mit den >Fremden< das Spielzimmer verlassen zu müssen. So wurde ich in das Besucherzimmer getragen. Die beiden anderen Mädchen liefen brav an der Hand der Schwester mit. Die Erwachsenen saßen etwas abseits und überließen es Ilse, sich mit uns dreien zu beschäftigen. Sie war diejenige, die als erste den Zugang zu mir fand. Ich beruhigte mich zwar und wir spielten eine Weile miteinander, doch ich soll mich mehrmals auf den Weg zur Tür aufgemacht haben. Anscheinend wollte ich wieder zu meinen Freunden zurück. Nach dieser Spielrunde fiel die endgültige Entscheidung - sie fiel auf *mich.*

An einem Freitag im Juli machten sich meine zukünftigen Ersatzeltern auf den Weg zu mir. Begleitet wurden sie von Tante Martha, eine Schwester meiner zukünftigen Pflegemutter, und ihrer Tochter Ilse. Es war so weit, ich sollte ein neues Zuhause bekommen.

Es war ein Nachmittag. Wir Kinder saßen im Gemeinschaftsraum auf unseren kleinen Stühlchen, verteilt an mehreren kleinen Tischchen auf denen unsere Kekse und Trinkbecher standen. Als sich die Tür zu unserem Raum öffnete und die Erwachsenen eintraten, fühlte ich wohl, dass ihrer aller Blicke speziell mir galten. Ich musste gespürt haben, dass es dabei um mich ging. Für die >größeren< Kinder war es sicher nichts Neues mehr, dass fremde Menschen hereinkamen und uns begutachteten. Sie hatten dies sicher schon des Öfteren erlebt. Vielleicht >wussten< sie auch schon, dass eines danach nicht mehr wiederkam. Es bekam nun Vater, Mutter und ein neues Zuhause - was auch immer das bedeuten mochte. In der Nachkriegszeit gab es so viele Heimkinder, dass die Pflege-, bzw. Adoptiveltern sich >ihr Kind< noch aussuchen konnten. Dieses Mal hatte man *mich* ausgesucht. Die Gründe dafür sollte ich erst viel später erfahren.

Ilse berichtete, dass ich mich schon in dem Moment an meinen Stuhl klammerte, als die Schwester auf mich zukam. Ich gab ein Riesengebrüll von mir und versuchte, mitsamt dem kleinen Stuhl weg zu laufen. Dabei fiel ich hin. Meine Lippe blutete, aber ich hielt den Stuhl ganz fest. Dieses Szenario hatte einige der anderen Kinder erschreckt und sie begannen auch zu weinen. Da man mich nicht von meinem Stuhl trennen konnte, wurde ich mit ihm zur Tür befördert, mehr geschleift als getragen. Ich schrie und schrie. Im Flur ist es der Schwester dann doch gelungen, den Stuhl von mir zu befreien. Nun klammerte ich mich jedoch an ihre Wäsche und schrie weiter. Sie hatte das Pech, mich in dieser unangenehmen Situation den zukünftigen Pflegeeltern übergeben zu müssen, die dem Spektakel recht hilflos gegenüberstanden. Letztendlich hatte ich keine Kraft mehr und ließ mir ohne Gegenwehr die mitgebrachte neue Kleidung überziehen. Meine Heimkleidung bekam nun sicher ein anderes Kind.

Das hatten sich meine neuen Eltern sicher anders vorgestellt. Ich verstand das alles nicht. Ich wollte nicht mit ihnen gehen. Ich wollte in meiner mir vertrauten Welt bleiben.

Auch auf dem Weg zu meinem neuen Zuhause ging das Drama weiter. Ich schrie den gesamten Weg lang. Dort angekommen, hatte ich mich noch immer nicht beruhigt. Die Erwachsenen waren recht ratlos. Ilse kam auf die die Idee, sich mit mir ganz allein in eine Ecke zu setzen. Sie fasste mich nicht an, redete nicht auf mich ein. Sie setzte sich vor mich hin und wartete einfach nur ab. Sie kannte ich ja schon vom Spielnachmittag im Heim. Wahrscheinlich erinnerte ich mich daran. Außerdem war sie ebenfalls noch ein Kind, erst zehn Jahre alt. Das war etwas mir Vertrautes. Sie hatte es tatsächlich geschafft. Ich beruhigte mich. Alle waren froh, nur ich nicht. Was sollte ich hier? Wo waren die anderen Kinder? Wo waren all *die* Menschen, die ich kannte? Alles war so fremd, unerklärlich und verwirrte mich.

Ilse machte meinem neuen Vater den Vorschlag, dass ich solch einen eigenen kleinen Kinderstuhl haben müsste, genau solch einen wie im Heim. Glücklicherweise gab es neben meinem neuen Zuhause eine Tischlerei und ich bekam meinen eigenen kleinen Stuhl. Ich erinnere mich noch genau an ihn. Er war glänzend weiß lackiert. Er hat mich über viele Jahre durch meine Kindheit begleitet.

Ilse und ich waren überzeugt, dass ihr damaliges Verständnis für mich der Grundstein unserer lebenslangen sehr guten Beziehung war. Wir wurden unzertrennlich Zwei Hosenmatze, die gern herum butscherten - mutig und auch etwas keck. Ihr war kein Baum oder Gerüst zu hoch. Sie hatte auch keine Angst vor einem Kräftemessen mit frechen Jungs. Ich passte mich an und lernte. Unsere innige Beziehung hielt bis zu ihrem Tod 2018. Ich bedaure sehr, dass sie dieses Buch nicht lesen konnte.

Durch Ilse's spätere Erzählungen weiß ich, dass ich in so mancherlei Hinsicht nicht den Vorstellungen meiner Pflegeeltern entsprach. Je älter ich wurde, desto größer wurde die Kluft zwischen uns. Das habe ich unterschwellig auch stets wahrgenommen und leider haben sie es mich oft auch spüren lassen - vor allem SIE. Mit Blicken, Worten und Taten, wobei das Unausgesprochene immer das Schlimmste war. Das prägte. Meine neue Mutter war eine sehr unberechenbare, ungeduldige und zeitweise jähzornige Frau und sie hatte wohl die Vorstellung, dass nun für mich und auch für sie und ihren Ehemann ein neues Leben beginnen würde. Mein Vorheriges wurde ignoriert. Ihres ignorierten die beiden aber auch. Meine Altlasten wurden nicht bedacht oder als wichtig erkannt. Ihre verdrängten sie. Ein fataler Fehler für uns alle. Er begleitete uns die ganzen Jahre und machte unser Zusammenleben zu einer kleinen Hölle. Die folgende Geschichte ist eine von vielen.

Eines Mittags als ich von der Schule heimkam, hatte sie den gesamten Schuhschrank leergefegt, alle Schuhe waren auf dem Flurboden verteilt. Ihr Auftrag lautete, dass ich sie alle putzen und auf Hochglanz wienern sollte. Ich hörte auf zu lachen, als sie mir drohte, ihrem Mann >so Einiges< zu erzählen. Sie meinte damit sicher unsere ständigen Streitereien, wobei sie stets ihre eigene Version der Wahrheit erzählte. Aha - das war also die Konsequenz. Das wollte ich natürlich nicht. Er hatte schon genug Stress und ich wollte keinen. Also putzte ich. Als ich endlich damit fertig war und alle in den Schrank zurückgestellt hatte, ging alles von vorne los. Sie kam aus dem Wohnzimmer, riss die Schranktüren auf, fegte die Schuhe wieder heraus und schrie: „Das machst du noch mal!", und verschwand wieder ins Wohnzimmer.
Spontaner Wutanfall meinerseits. Ich nahm irgendeinen Schuh, feuerte ihn mit großer Wucht durch die Glastür, die natürlich zu Bruch ging. Doch damit noch nicht genug, zu allem Überfluss flog der besagte Schuh nicht wie von mir geplant an ihren Kopf, sondern gegen eine teure Vase, ein Geschenk ihres Mannes. Das kostbare Teil zerbrach in viele Stücke und war ganz sicher nicht mehr zu kitten. Schlimmer konnte es nicht mehr kommen und ich machte mich schnell aus dem Staub, bevor sie reagieren konnte.
Irgendwann am späten Abend kam ich nach Hause. Mir war klar, dass es Ärger geben würde. Ich hatte ge-

rade die Wohnung betreten, als mein Pflegevater aus dem Wohnzimmer geschossen kam und mir wortlos eine Ohrfeige verpasste, die es in sich hatte. Sie haute mich im wahrsten Sinne des Wortes von den Füßen, mir verging Hören und Sehen. Auf allen Vieren krabbelte ich in mein Zimmer. Mir wurde übel. Mein Kopf dröhnte. Ich war nicht in der Lage, am nächsten Tag in die Schule zu gehen, blieb einfach liegen - bis zum Abend.

Erst jetzt schaute mein Pflegevater nach mir und sah, dass es mir tatsächlich schlecht ging. Er fragte, was genau eigentlich am Vortag geschehen sei, *meine* Version bitte.

Als er hinaus ging, zog ich mir die Decke über den Kopf und hielt mir die Ohren zu. Ich hätte nicht in der Haut meiner Pflegemutter stecken wollen. Ich war nicht böse auf ihn. Mir war klar, dass sie ihm die Geschichte in ihrer Version aufgetischt hatte. Er war zuvor nie handgreiflich geworden und dieses war auch das einzige Mal.

Das Zusammenleben mit ihr wurde immer unerträglicher, die Anlässe für ihre Übergriffe wurden immer nichtiger und häuften sich. Das größte Problem war ihre Unberechenbarkeit. Ich konnte mich auf nichts einstellen. War morgens die Welt noch in Ordnung, konnte das ein paar Stunden später schon wieder ganz anders aussehen. Sie schlug immer häufiger zu. Kein für mich ersichtlicher Grund, keine Vorwarnung. Meist an den Kopf oder in den Rücken, wenn ich mich umdrehte, um wegzulaufen. Die Schläge in den Rücken taten am meisten weh. Wenn sie gut traf, blieb mir zeitweise kurz die Luft weg. Genauso schnell, wie ihre Wutanfälle kamen, genauso schnell konnten sie vergehen. Dann gab es meine beiden Lieblingsspeisen: Pfannkuchen mit Apfelmus und danach Wackelpudding - lecker!

Ich sollte so vieles für die beiden sein, so viel ersetzen, nur Freude machen und alte Wunden heilen, mich zu dem entwickeln, was ihre Vorstellung von einem eigenen Kind war, ihrem Leben wieder einen Sinn geben und dem Riss ihrer Ehe eine große Portion Kitt. Zu viele Erwartungen an ein Kleinkind. Natürlich ging nichts davon in Erfüllung. Vielleicht war es für die beiden auch eine zu große Aufgabe, denn als ich in ihr Leben trat, waren sie bereits dreiundvierzig und achtundvierzig Jahre alt. Sie hätten meine Großeltern sein können.

Im Heim entsprach ich mit meiner Entwicklung und meinem Verhalten den Normwerten der damaligen Zeit. Laut Angaben der Heimschwestern hatte ich mich gut in die dortige Gemeinschaft eingeordnet und war schon trocken. Jetzt nicht mehr. Ich soll immer artig und freundlich gewesen sein und >sauber< gegessen haben. Jetzt nicht mehr. Ich wollte eine Zeit lang gar nicht mehr essen. Mein Nichtbegreifen der neuen Situation wurde als bockig bezeichnet. Geduld und Verständnis hörten wohl immer da auf, wo Ratlosigkeit und Enttäuschung sich breit machten. Die Pflegeeltern mussten verdutzt hinnehmen, dass sie Ilse brauchten, um an mich heranzukommen. Sie hatte trotz ihres kindlichen Alters begriffen, was mit mir los war - oder gerade deshalb? Ihre Einsätze waren von hohem Stellenwert.

Überall, wo meine Pflegeeltern mit ihrem >neuen Kind< auftauchten, tätschelten fremde Erwachsenen meinen Kopf oder fassten mir an die Wange. Wahrscheinlich war ich in ihren Augen etwas Exotisches und das musste man unbedingt einmal berühren. Das schien mich sehr genervt zu haben, denn nach kurzer Zeit zog ich schon in dem Augenblick den Kopf ein, wenn jemand auf mich zukam und seinen Arm ausstreckte Irgendwann bemerkte das auch mein Pflegevater und er stellte diesen Unsinn ab.

Ich lernte zwei neue Worte: Mama und Papa.

Abschied

Ilse und ihre etwas ältere Schwester Edda sind die Töchter von Tante Martha, der Schwester meiner neuen Mutter, nun also meine Cousinen.

Im November 1956 wanderten ihre Eltern mit ihnen nach Amerika aus. Ein riesengroßes Schiff brachte sie nach >Übersee<, weit fort von mir in eine andere Welt. Das war für mich sehr schlimm, denn mit meiner Ilse verlor ich meine mir liebste und wichtigste Bezugsperson, meine Spielkameradin, meinen Anker.

Der Abschied an der Pier des Columbusbahnhofes war schwer, doch der schlimmste aller Momente war, zusehen zu müssen, wie das Schiff und damit Ilse immer weiter aus meinem Blickfeld verschwand - Meter für Meter. Auf der Gangway zum Schiff konnte ich sie schon gar nicht mehr sehen, zu viele Menschen standen dicht an dicht gedrängt vor mir. Alle wollten noch einen letzten Blick auf ihre Lieben erhaschen. Ich auch, doch für den letzten Blick war ich einfach zu kurz. Ich wäre so gern mitgefahren, doch ich war erst acht Jahre alt. Eine harte Trennung, die mich innerlich zerriss. Ich habe sehr gelitten, eine große Leere verspürt, mich verlassen gefühlt.

Die Abfahrt der Passagierschiffe wurde wie jedes Mal von einer Kapelle musikalisch begleitet.
Alle Daheimgebliebenen zückten ihre Taschentücher, entweder zum Winken, für die Tränen oder für beides. Umso größer war meine Freude, wenn Ilse in einem

ihrer vielen Briefe ihren Besuch bei uns ankündigte. Natürlich reisten alle vier an. Das geschah alle paar Jahre wieder und ich war jedes Mal ganz aus dem Häuschen. Je näher der Tag der Ankunft heranrückte, umso zappeliger wurde ich. Es war für uns alle ein hochemotionales Erlebnis.

Am Anreisetag fuhren wir schon frühzeitig zum Columbusbahnhof um einen guten Platz auf der Besuchertribüne zu bekommen. Wir mussten doch unbedingt das Schiff heranfahren und anlegen sehen. Schon von Weitem sahen wir den dicken schwarzen Rauch aus dem übergroßen Schornstein in den Himmel aufsteigen. Die Spannung stieg. Wir sahen den dicken Dampfer langsam - für mein Empfinden zu langsam - herannahen. Ich war sooo aufgeregt und konnte kaum die Zeit abwarten, bis das riesige Passagierschiff endlich an der Kaje festmachte.

Sicher erging es den vielen anderen Menschen genau so, die ebenfalls ihre Angehörigen oder Freunde erwarteten. Ein Meer von Taschentüchern bewegte sich im Wind. Millionen Freudentränen wurden vergossen. Ich bekam natürlich jedes Mal Geschenke und Kleidungsstücke, die man hier noch nicht kaufen konnte. Ich erinnere mich an mein rosafarbenes Spitzenkleid. Der Petticoat darunter war so hart, dass er mir die Beine total verkratzte, aber das hielt ich aus. Ich fand mich einfach unglaublich schick! Überhaupt waren die Farben der Kleidung so hell, freundlich, irgendwie pas-

tellbonbonfarbig. Alles roch so ganz anders - so amerikanisch, wie ich fand. Kaugummi gab es gleich Pakete
weise. Manchmal schob ich mir so viele Kaugummi-
platten in den Mund, dass das Sprechen schier unmöglich war. Welch ein Geschmackserlebnis! Später sogar
in drei Geschmacksrichtungen - grün weiß und gelb
verpackt. Heiliger Lucullus, welch ein Genuss.

Auch Fotos wurden mitgebracht. Ich konnte mich
nicht satt sehen und gar nicht genug über Amerika hören. Ich war wie ein Schwamm, sog alles in mich auf.
Eine ganz neue Welt in vielen bunten Farben tat sich
vor meinem geistigen Auge auf, ein Land so groß, so
freundlich und offen für alle und alles. Irgendwann
verstand ich die Bezeichnung >Einwandererland<. Ich
schlussfolgerte, dass man zunächst auswandern
musste, um dann einzuwandern. Genau das wollte ich
tun, genau das war mein Ziel. In meiner Fantasie
wurde Amerika zu einem Märchenland, zu meinem
ganz persönlichen Paradies, zu meiner Zukunft. Der
Gedanke ließ mich nicht mehr los, er brannte sich ein.

So nahm ich jedes Mal regen Anteil an den Erzählungen aus dem großen fremden Land, den privaten und
beruflichen Erlebnissen meiner >Cousinen<. Sie brachten mir die ersten englischen Worte und auch kurze
Sätze bei. Ich übte sie so lange, bis ich sie fehlerfrei
aussprechen konnte. Meine Fragen nahmen kein Ende
- sehr zum Leidwesen meiner Pflegeeltern. Je mehr ich
von Amerika schwärmte, desto ungehaltener wurden
sie. Der Ton wurde barsch, die Mienen zeigten mir

deutlich, dass dieses Thema jetzt mal ein Ende haben sollte. So wurde ich förmlich ausgebremst. Ohne den Grund zu kennen, behielt ab dann meine Gedanken und Träume für mich. Ich war traurig darüber und bekam dieses merkwürdige Gefühl, mich zurück halten zu müssen.

Leider folgte diesem Wiedersehen auch immer der Abschied - vor allem von meiner Ilse. Schon Tage vorher war mir elend. Alle vertrösteten mich darauf, dass ich ja nachkommen könne, wenn ich groß genug sei. Es tröstete mich nicht! Das Großwerden dauerte doch so lange und ich konnte es nicht beschleunigen. Aber ich nahm mir vor, für diesen Tag aller Tage vorbereitet zu sein. In der Schule wurde Englisch mein Lieblingsfach. Sogar Erdkunde weckte mein Interesse - aber eben nur für Amerika.

Am Tag des Abschieds fuhren wir natürlich alle wieder mit an die Columbuskaje. Es gab jedes Mal eine große Abschiedszeremonie. Jeder umarmte tränenreich jeden, begleitet von unzähligen gut gemeinten Wünschen. Ich hielt mich da sehr zurück. Diese körperliche Nähe betrug weniger als eine Armeslänge - das war mir zu nah. Nur bei meinen Cousinen war das etwas anderes. Wir versprachen einander jedes Mal, uns ganz oft zu schreiben. Damals waren es noch Luftpostbriefe. Das Schreibpapier war hellblau, sehr dünn und wog deshalb sehr wenig, ebenso die Briefumschläge. Das war wichtig, denn das Gewicht bestimmte das

Porto.

Während die vier an Bord gingen, begaben meine Eltern und ich uns nach oben auf die Besuchergalerie des Columbusbahnhofes. Von dort versuchten wir, einen Stehplatz zu ergattern, um vielleicht noch einmal einen Blick auf die vier zu erhaschen und ihnen bei der Abfahrt ein >Lebewohl< zuzuwinken.

Bei der Menschenmenge war das allerdings mehr gefühlt als realistisch, doch darauf kam es ja eigentlich nur an. Wieder ein Riesenspektakel, denn auch viele andere Familien waren wieder da, um sich von ihren Lieben zu verabschieden. Wieder spielte die Kapelle. Jedes Mal war es das berühmte Abschiedslied: „Muss i denn, muss i denn zum Städtele hinaus..." von Elvis Presley. Spätestens dann zückten auch die Standhaftesten und sogar Schaulustige ihre Taschentücher.

Wieder Millionen von Tränen - dieses Mal der Trauer und der Wehmut. Viele davon waren meine.

Ich hatte Herzschmerz und schleppte tagelang den Abschied mit mir herum. Ich träumte sogar davon, durchlebte ihn immer wieder bis mich der Alltag in sich aufnahm und die Bilder etwas verblassten. Neue Ereignisse nahmen mich gefangen.

Erinnerungen

Wir wohnten in der zweiten Etage. Von der Küche aus konnten wir auf den Balkon gehen. Dort befand sich die Toilette. Mit Toilette meine ich nicht einmal annähernd unseren heutigen Standard. Die herkömmliche, etwas rustikalere Bezeichnung war >Donnerbalken<. Es war eher ein Bretterverschlag mit einem breiten Sitzbrett, in dem mittig ein Loch eingelassen war. Dieses endete im Irgendwo und im Sommer stank diese Latrine erbärmlich, denn es gab keine Wasserspülung. Dafür benutzte man eine Gießkanne. Leider übte man mit ihr keinen großen Spüldruck aus und so war es wichtig und auch Pflicht, immer den Holzdeckel auf das Loch zu legen. In den wärmeren Monaten war man selten allein in diesem >Raum<. Dicke fette Brummer flogen einem im Wechsel um Po und Kopf und begleiteten unsere Sitzungen stets mit viel Gebrumm.

Im Winter änderte sich das. Man war allein und fror nun fast auf dem Sitz fest. Als ich noch kleiner war, stand unter meinem Bett ein Nachttopf damit ich im Dunkeln nicht hinausmusste. Doch auch im Schlafzimmer war es lausig kalt und der Topf war seinerzeit noch aus Emaille. Das bedeutete, er war genau so kalt wie das Zimmer. Das hat mir nie wirklich gefallen, aber diese Möglichkeit war wohl letztlich das kleinere Übel.

Auch das Toilettenpapier war damals in vielen Haushalten von einer ganz anderen, eher intellektuellen Art. Obwohl schon 1928 in Deutschland das erste Krepp-Toilettenpapier gefertigt wurde, benutzten wir wie so viele Menschen in dieser Zeit der Sparsamkeit wegen Zeitungspapier, geschnitten in unterschiedlich große handliche Stücke. Man hatte immerhin eine Größenauswahl und stets etwas zu lesen, also konnte man durchaus behaupten, wir besaßen eine Bildungstoilette.

Ein Küchenherd und ein Ofen in der Stube waren die einzigen Heizquellen in der Wohnung.

Das Wohnzimmer war der Raum für besondere Anlässe und Tage, die sogenannte >gute Stube<. Ich denke da an Geburtstage, Feiertage, seltene und wichtige Besucher. Mit Erstaunen habe ich schon vor Jahren festgestellt, dass ich mich an das Innenleben des Wohnzimmers nur schemenhaft erinnern kann, ebenso wenig, wie an irgendwelche besonderen Gelegenheiten oder Menschen. Das erfüllte mich mit Verwunderung und Traurigkeit. Wieso erinnere ich mich an kein Weihnachtsfest, an keinen meiner Geburtstage? Wieso habe ich diesbezüglich so viele Lücken? Ich erinnere mich doch an andere Dinge im gleichen Alter.

In unserer Wohnung gab es auch etwas Rätselhaftes. Eine weitere Tür am Ende eines kleinen Flures zwischen der Stube und dem Schlafzimmer. Ein Durchgang? Ein Raum?

Ich habe ihn nie betreten, nie gewagt, diese Tür zu öffnen. Ich weiß bis heute nicht, was dahinter verborgen war. Dieses Rätsel habe ich nie gelöst, habe aber so eine Ahnung, eine einzige logische, traurige Erklärung, die sich später noch verdichten sollte.

An unsere Wohnküche erinnere ich mich besonders gut. In der Mitte stand ein großer Esstisch mit Stühlen, es gab einen Küchenschrank und eine Waschecke, die für alles und alle genutzt wurde, denn ein Badezimmer gab es nicht. Gegenüber stand ein Herd aus Gusseisen mit hübschen weißen Emailletüren. Er wurde mit Holzscheiten, Torf, leichten Kohlebruchstücken, schweren Briketts und Eierkohlen gefüttert. Die Eierkohlen werden nicht von Hühnern gelegt, sie heißen nur so wegen ihrer Form. Diese Kohleart wurde sparsam eingesetzt, denn sie war teurer als die anderen. Allerdings glühte sie auch länger. Oben auf dem Herd gab es drei Löcher mit unterschiedlich großen gusseisernen Ringen. Diese Ringe konnten einzeln eingelegt werden, um so mehr oder weniger Hitze an den darauf stehenden Topf oder Kessel abzugeben. Meine Pflegemutter benutzte diese Ringe allerdings in ihrer Wut auch schon mal als Wurfgeschosse. Das war nicht ungefährlich, denn Gusseisen ist schwer. Mein Vorteil war, dass sie diese Ringe nur in kaltem Zustand werfen konnte, denn heiß hätte sie sie schließlich nicht anfassen können. Sie fand immer Etwas zum Werfen, egal wo sie stand. Manchmal waren es Bügel, Pfannen, Töpfe oder Deckel. Bei den Töpfen hatte ich Glück. Sie waren damals noch aus leichtem Aluminium, und bekamen nach und nach ebenso viele Beulen wie ich an meinen Kopf. Auch Kochlöffel zerbrachen an mir. An einem war ein Stück vom Stiel am oberen Ende abgebrochen. Er wurde weiterhin zum Rühren benutzt und ich hatte ihn täglich im Blick. Wie konnte sie diesen Kochlöffel nur so emotionslos weiterbenutzen? Für mich unbegreiflich.

Unsere Küche war wie in vielen Haushalten der Mittelpunkt allen Geschehens und bei uns geschah dort besonders viel. Mit Unbehagen erinnere ich mich selbst über sechzig Jahre später noch an die unzähligen Streitereien und Prügeleien bis zum Exzess zwischen meinen Pflegeltern. Mein Pflegevater arbeitete hart und lange. Er kam abends häufig sehr spät nach Hause, also begannen natürlich auch die Streitereien sehr spät. Ich erinnere mich noch genau, dass ich oft davon aufwachte und in die Küche lief. Das Bild war immer das gleiche. Sie rannte wutschnaubend in der Küche umher, heulte, schrie und schwang irgendetwas um sich, während er meist ergeben auf einem Stuhl saß. Nie habe ich erlebt, dass er sie angriff. Wenn überhaupt, war es nur Verteidigung. Wie oft habe ich voller Angst und fassungslos mit meinem zerknüllten, nassen Taschentuch in den Händen in der Tür gestanden und auf ein Ende des

Dramas gehofft. Ich spüre heute noch seine und auch meine Hilflosigkeit und Verzweiflung. Meine Gründe wusste ich. Aber welche waren seine? Wieso war das alles so? Wieso ließ er so etwas zu? Ich konnte es mir nicht erklären und habe ihn irgendwann danach gefragt. Ich würde es nicht verstehen war seine Antwort. Instinktiv spürte ich, dass er der Schwächere von beiden war und hatte wirklich großes Mitleid mit ihm.

Bis zum Auszug aus dieser Wohnung und meinem elften Lebensjahr hatte ich kein eigenes Zimmer. Mein

Bett stand im Elternschlafzimmer. Eine eigene Privatsphäre hatte ich nicht. Keine Chance, sich zurück zu ziehen in eine Kinderwelt. Kein eigener Schrank oder eine >meine Schublade< oder einen >mein Karton<.

Puppe >Deitsche< und Teddy >Brumm< waren zu der Zeit meine einzigen Vertrauten, sie haben mich nie enttäuscht.

Da saß mir Deitsche dann gegenüber und schaute mich mit ihren strahlend blauen Augen an. Ihre immer korrekte, zelluloidgeformte Frisur und ihr freundlich lächelnder Gesichtsausdruck verliehen ihr etwas Sanftes, Mitfühlendes. Ihr Blick schien mir zu sagen: „Ich bin bei dir und höre dir zu." Mit ihr sprach ich über meine Sorgen, vertraute ihr meine Gedanken und Wünsche an. Sie hatte für mich immer ein offenes Ohr. Meinen honiggelben Teddy >Brumm< habe ich so genannt, weil er in der Schräglage ein gaaanz tiefes; langsames >Bruuuum< von sich gab. Er war kein Kuscheltyp, aber das machte mir nichts, denn ich war ja auch keiner. Wir passten gut zueinander. Sein Körper war eher bretthart, denn er war mit Stroh ausgestopft. Das machte sich nach den vielen Jahren bemerkbar. Seine Pfoten fusselten, wurden dünn und dünner und das Stroh schaute an den Nähten heraus. Er wurde sehr häufig gestopft.

Ich erinnere mich an die sonntäglichen Spaziergänge mit meinen Pflegeeltern im Bürgerpark. In schöner Eintracht lagen Deitsche und Brumm nebeneinander in meinem Puppenwagen und genossen die frische

Luft. Irgendwann bekam ich eine zweite Puppe. Sie war moderner, hatte schwarze Haare, die ich kämmen konnte. Die Augen waren auch von strahlendem Blau und ihre Lider klapperten auf und zu und sie quakte >Mama<, wenn ich sie hin und her bewegte. Ich weiß nicht einmal mehr ihren Namen. Meine Deitsche hatte ich viel lieber.

Auch der neue Teddy sah ganz anders aus. Er war schokoladenbraun und sein Fell glänzte Er war auch kuscheliger. Seine braunen Glasaugen hingegen wirkten irgendwie kalt und er lächelte nicht. Wenn ich ihn vor und zurück bewegte, machte er ein langgezogenes tiefes >Broomm< und so nannte ich ihn auch. Doch ich trauerte den beiden alten nach. Ich hatte mir doch gar keine neuen gewünscht und ich weiß bis heute nicht, wo sie geblieben sind. Weder die alten noch die neuen. Überhaupt habe ich nichts aus meiner Kindheit zurückbehalten. An was erinnere ich mich eigentlich? An meine braunen rustikalen Bauklötze. Es gab da auch noch die bunten großen eckigen. Wenn man sie richtig zusammenlegte, entstand ein Märchenbild. Insgesamt waren es sechs Bilder. Ganz klar, ein Würfel hat ja auch sechs Seiten. Dann besaß ich noch eine Puppenküche und buntes Blechspielzeug. Manches konnte ich mit einem Schlüssel aufziehen und die Dinger ratterten durch den Raum. Können Sie noch mit einem Brummkreisel umgehen? Man muss eine Schnur um den Kegel drehen und ihn dann mit einem zackigen Ruck zum Kreiseln bringen. Ich gehe noch heute zu gern in die Spielzeugläden. Wenn ich das Spielzeug von früher betrachte, ist mir manchmal ganz merkwürdig zu Mute - irgendwie wehmütig und traurig. Überhaupt spielten wir Kinder damals überwiegend draußen. Es waren noch ausreichend Wiesen, Sumpfgebiete und kleine Wäldchen für unsere Abenteuer vorhanden. Unsere Fantasie war gefragt. Wir besaßen noch keinen Fernseher, PC oder ein Telefon - ganz zu schweigen von einem Smartphone und einem virtuellen Freundeskreis. Wir kannten einander persönlich. Wir verabredeten uns persönlich.

Obwohl ich mich auch an erfreuliche Momente erinnere, hatte ich zu meiner Pflegemutter nie wirklich ein Gefühl der engen Verbundenheit, es war eher eine von mir gewollte und provozierte Distanziertheit. Ich empfand stets ein Unwohlsein in ihrer Nähe. Es kam irgendwie von ganz tief innen. Sie spürte das wahrscheinlich auch und heute glaube ich, dass es ihr weh getan hat.

Ein Ausflug in ein Schullandheim machte es deutlich. Wir Kinder und auch die Eltern standen vor dem Schulbus. Nacheinander verabschiedeten sich alle voneinander, nahmen sich in den Arm, gaben sich einen Abschiedskuss. Ich merkte deutlich, dass auch meine Pflegemutter eine ähnliche Erwartung an mich hatte. Ich fühlte es förmlich, aber ich konnte es einfach nicht. Ob-

wohl gerade eine Zeit des Friedens in unserer Familie herrschte - ich konnte es nicht. Ich sehe die Szene noch genau vor mir: Ich gab ihr die Hand, sagte: >Tschüß< und stieg in den Bus. Natürlich ist mir ihr Gesichtsausdruck nicht entgangen. Es war ihr ganz sicher sehr peinlich vor den anderen Müttern. Ich fühlte mich ebenfalls unwohl, hatte aber für meine Gefühle keine Erklärung. Ich wusste nur, dass es schon immer so war. Da saß ich nun am Fenster und bemühte mich um ein Lächeln. Eine Fensterklappe stand offen und ich hörte meine Pflegemutter sagen: „...Das hat sie noch nie gemacht. Sie ist eben anders."

Das war das allererste Mal, dass ich so etwas über mich hörte. Sie hatte ausgesprochen, was ich schon die ganze Zeit fühlte, aber so nicht benennen konnte. Nun war es heraus. Mit mir stimmte etwas nicht, ich war also anders als die anderen Kinder. Aber was genau das war, wusste ich nicht. Diese Aussage war von nun an fest in meinem Kopf verankert und begleitete mich. Ich begann, mich mit den anderen Kindern zu vergleichen, suchte den Unterschied, fand ihn aber nicht. Ich stellte fest: Dieses >Anderssein< fühlte ich nur zu Hause. Warum war das so?

Ich glaube schon, dass meine Pflegeeltern versucht haben, mich ein Stück weit anzunehmen und das Beste für mich zu wollen. Doch man kann eigene Kinder nicht durch fremde Kinder ersetzen. Man kann sie nicht benutzen, um eine zerrissene Ehe zu retten. Damals konnte ich aufgrund meines Alters natürlich meine Empfindungen nicht wirklich einordnen und noch heute fühle ich so manch ähnlich merkwürdige Situationen deutlich nach.

Meine Pflegemutter konnte jedoch auch sehr fürsorglich sein. Ich muss so ungefähr vier oder fünf Jahre alt gewesen sein. Es hatte mich richtig >erwischt<. Fieber, feuchte Wäsche und ich glühte und fror, hatte Ohren - und Halsschmerzen, bekam warmes Öl in meine Ohren getropft und hatte das Gefühl, ein schwerer Stein plumpste auf meine Trommelfelle. Es tat noch mehr weh als vorher. Meine Pflegemutter hatte mich teelöffelweise mit irgendetwas Flüssigem gefüttert. Beim Schlucken dachte ich, mir explodiere der Kopf.
Vielleicht war ich zu müde oder geschwächt, jedenfalls bin ich einmal mitsamt dem Nachttopf umgefallen was normalerweise für mich eine Katastrophe bedeutet hätte. Sie schimpfte merkwürdigerweise nicht. Stattdessen wachte sie an meinem Bett. Immer wenn ich die Augen öffnete, war sie da und ein kleines Licht brannte. Heute weiß ich, warum sie so in Sorge war. Sicher auch meinetwegen, doch eben nicht nur meinetwegen.

Der Badetag war ein Küchenerlebnis und immer am Samstagnachmittag. Zwei Stühle wurden so platziert, dass die große Zinkwanne auf die Sitzflächen passte. Ich stieg dann auf einen dritten Stuhl und kletterte in die Wanne. Dann wurde ich derart abgeschrubbt, als hätte ich in einem Steinbruch gearbeitet. Weniger schön war das Haare waschen. Das Haarwaschmittel brannte trotz des Waschlappens, den ich mir vor die

Augen presste, wie Feuer und ich musste jedes Mal weinen. Dann wurde ich in saubere Nachtwäsche gesteckt. Im Sommer habe ich mich immer geärgert, denn danach durfte ich nicht mehr nach draußen und mit den anderen spielen, konnte ihnen nur vom Balkon auszusehen. Doch das änderte sich, als ich größer wurde und nicht mehr in die Wanne passte. Von nun an wurde sie nur noch für die Wäsche genutzt.

Nach dem Baden aßen wir Abendbrot - im wahrsten Sinne des Wortes. Es gab Korb- und Schwarzbrot. Die Scheiben waren eher unförmig von Hand gesäbelt und verdienten die Bezeichnung >dicke Stulle<. Dazu gab es nicht nur einfach Butter: Nein - sie hieß immer >Die gute Butter<. Sie war von ganz besonderem Wert, wie es alle Lebensmittel für die Menschen waren, die den Krieg mit all seinen Nahrungsmittel- und sonstigen Entbehrungen durchmachen mussten. Auch in der Nachkriegszeit standen sie stundenlang mit ihren Essensmarken an und bekamen ihre Familien dennoch nicht satt.

Selbst gemachte Wurst- und Schmalzsorten waren weitere Köstlichkeiten. Ich kann mich auch an Quark und den stinkenden Harzer Käse erinnern. Der wurde erst gegessen, wenn er sich bewegte.

Meine Pflegeeltern bereiteten sich oft eine ganz besondere Zwischenmahlzeit. Dafür wurde Milch oder Buttermilch so lange auf der Fensterbank direkt in die Sonne gestellt, bis sie dick geronnen war, säuerlich roch und aussah wie schon einmal Gegessenes. Das

Ganze wurde noch mit Schwarzbrotbröckchen vermischt. Ich konnte nicht hinsehen!

Unsere Lebensmittel kamen direkt aus unserem Garten und vom Bauernhof der Verwandten. Da hatten viele Tiere noch Namen. Man kannte sich. Als ich irgendwann bemerkte, dass das eine oder andere plötzlich fehlte, hieß es, es sei weggelaufen. Ich fragte mich: Wie weit kann Geflügel laufen?

Besonders schön war es, wenn wir friedlich und zu dritt unser Abendbrot aßen. Ich habe immer genug und auch wohlschmeckendes Essen bekommen - da kann ich mich nicht beklagen.

An unseren Garten habe ich eine besonders schöne Erinnerung. Es war ein recht großer Garten. An Bäume erinnere ich mich nicht, eher daran, dass man sich für die Ernte ständig bücken musste. Für mich kein Problem, ich war ja sowieso noch recht kurz. Wenn ich an all die geernteten Früchte und das Gemüse denke - hmmm. Alles roch und schmeckte so, wie es sein sollte und so sah es auch aus: Natürlich gewachsene Bio-Ware! Rote duftende Tomaten, krumme Gurken und ebensolche Bohnen in Gelb und Grün. Ungleich große Erdbeeren mit einem intensiven Aroma. Ich könnte fortfahren, möchte Sie, verehrte Leser aber nicht langweilen oder an den Kühlschrank treiben.
Ich arbeitete auch im Garten mit und das richtig gern - weil ich *durfte*, nicht musste. So lernte ich schon sehr früh, wie welches Gemüse oder Obst aussieht und wie

es heißt, wie es unverfälscht schmeckt und duftet. Ich lernte, wie man es pflanzt, konnte verfolgen, wie es wuchs und wusste, woher es kommt und wie man was und wann erntet. Ich kannte die Quellen. Ich lernte, was man alles daraus zubereiten konnte und wie man es machte. Dafür bin ich heute noch dankbar.

Erschreckend, dass manche Kinder immer noch glauben, alles wachse im Supermarkt und die Kühe seien lila-weiß.

Einmachzeit - oje! Das war Arbeit viel Arbeit! Die Ernte musste ja schnell verarbeitet werden. Die junge Generation mag es nicht glauben, doch wir hatten, wie die meisten Familien zu der Zeit, noch keinen Kühl- oder Gefrierschrank. Die einzige Möglichkeit, unsere Nahrungsmittel für längere Zeit haltbar zu machen und sie aufbewahren zu können, war das Einkochen in Gläsern. Ein Riesenaufwand für die geplagte Hausfrau. Da war ich natürlich dabei. Nicht so ganz uneigennützig. Die Erdbeeren, Johannisbeeren, Stachelbeeren und auch das rohe Gemüse schmeckten *sooo* gut. Ich wusste auch sehr früh, wie wertvoll Lebensmittel sind: Handgeerntet, handverlesen, handverarbeitet. Damit ging man sehr sorgsam und sparsam um. Wegwerfen? Wehe! Oder wie man heute so sagt: ein >No Go<.

Meine Pflegemutter war eine sehr gute und fleißige Hausfrau und hätte mit ihren Fähigkeiten in jede damalige Werbung gepasst und ebenso die Hausfrauenkrone verdient. Sie konnte einfach alles und das richtig gut. Wenn ich nur an ihre mehrstöckigen Cremetorten denke. Ich sage nur: Kunstwerke. Sie musste die Zutaten nicht abmessen oder abwiegen. Sie hatte das Augenmaß - und das passte immer.

Der Wäschewaschtag war für die eifrige Hausfrau ein ganz besonderer Stress. Ein Kraftakt, der mehrere volle Arbeitstage in Anspruch nahm!
Der allgemeine Waschraum befand sich im Hinterhof, ebenso der Trockenraum. Die große schwere Zinkwanne mit der schmutzigen Wäsche musste aus der zweiten Etage nach unten getragen werden. Wasser wurde in den Wäschebottich geschüttet, Waschpulver und Wäsche hinterher. Nun kam ein großer Knüppel zum Einsatz. Mit ihm wurde die Wäsche herum- gerührt und herumgerührt und ..., na, Sie wissen ja ...
Anschließend musste sie stundenlang darin ruhen, das heißt, sie wurde eingeweicht. Die voll automatisierte Waschmaschine sagt heute >Vorwäsche< dazu. Was für eine Prozedur.
Am nächsten Tag wurde das schmutzige Einweichwasser abgelassen, die Wäsche von Hand ausgewrungen, nass und schwer wie sie war, herausgehoben. Noch einmal die gleiche Prozedur: Wasser in den Bottich..., na, Sie wissen ja... Dann endlich begann der >Hauptwaschgang< - natürlich wieder von Hand. Unter dem Bottich gab es eine Heizvorrichtung um das Waschwasser zu erhitzen, wieder Pulver und Wäsche in den Bottich hinein, dann ging's erst richtig los. Heute wird auf einem Waschbrett Musik gemacht. Damals wurde

darauf die

Wäsche so lange hin- und her gerubbelt und dann klar-
gespült, bis sie in den Augen meiner Pflegemutter sauber oder kaputt genug war, um damit aufzuhören. Nun
>nur noch< auswringen, eine weitere Knochenarbeit.
Bei der Bettwäsche ging das nur zu zweit. Jeder hatte
ein Ende des Wäschestückes in den Händen und
drehte es so lange in die Gegenrichtung des anderen,
bis kein Spülwasser mehr herauslief. Lahme Arme. Die
kleineren Wäschestücke wurden zwischen zwei Holz-
rollen gesteckt und durchgewalzt. Noch ein Kraftakt.
Nun nur noch aufhängen - fertig. Von unserem Balkon
aus hatten wir eine Wäscheleine über den Innenhof
bis hinüber

zu einem Pfeiler auf der gegenüberliegenden Seite gespannt. Sie lief über eine Umlenkrolle und so konnte
man sie endlos vor und zurück rollen. Diese Rolle habe
ich nach vierundvierzig Jahren wiederbekommen. Wie
es dazu kam? Davon später.

Nach dem Trocknen wurde gebügelt. Auch keine
leichte Aufgabe, denn die Bügeleisen waren zu der Zeit
noch massiv aus Eisen und sehr schwer. Die >moder-
neren< Modelle hatten schon eine Steckvorrichtung
für die Stromzufuhr, jedoch keinen Temperaturregler.
So war das Eisen also stufenlos kalt bis heiß und es war
immer vom richtigen Gefühl und von der Erfahrung
der Hausfrau abhängig, ob die Wäschestücke schön
glattgebügelt oder angesengt waren. Aber eine >gute
Hausfrau< hatte das natürlich im Griff.

Mein kleiner blauer Roller war ein einfaches Gefährt mit Hartgummirädern und rasend schnell. Ich erinnere mich nicht mehr, wann oder zu welchem Anlass ich ihn bekam. Jedenfalls war es noch vor meiner Einschulung. Mit ihm sauste ich die lange Schiffdorfer Chaussee 'rauf und `runter. Leider habe ich einmal nicht aufgepasst und so kam es zu dem Zusammenprall mit mir und einem Auto.

Soweit ich mich erinnere, wollte ich zu meinen Freunden auf die andere Straßenseite hinüberfahren. Ich sah das Auto nicht und der Fahrer konnte wohl nicht schnell genug bremsen. Er fuhr mich um. Ich sehe es noch vor mir und höre auch noch das Quietschen der Reifen. Ich lag geraume Zeit auf der Straße., konnte nicht aufstehen. Um mich herum Stimmengewirr, Menschen rannten umeinander. Entsetzt sah ich meinen Roller verbogen unter dem Auto liegen. Jemand hatte meine Pflegemutter informiert. Sie kam kreischend angelaufen. Sie schrie so laut, dass ich Angst bekam. Menschen versuchten, sie zu beruhigen. Ich wusste, dass ich daran schuld war und sah das Unheil schon auf mich zukommen. Ein Mann trug mich nach Hause. Hier habe ich eine kleine Erinnerungslücke. Mir fällt aber wieder ein, dass ich noch einige Zeit danach humpelte und mir das Atmen schwerfiel. Auch die Schulter tat mir noch lange weh. Viel später habe ich erfahren, warum meine Pflegemutter so hysterisch reagierte, als sie mich da liegen sah und konnte dann auch ihre Reaktion verstehen. Ich erinnere mich jedoch nicht an irgendeine Reaktion meines Pflegevaters.

Der Roller war hin und ich bekam keinen neuen. Doch das Glück war zeitweise mit mir, denn später gewann ich bei einem Luftballonweitflugwettbewerb (welch ein Wort) einen wunderschönen roten Roller mit Ballonrädern, Gepäckträger und Klingel. Es war 1960, ich war zwölf Jahre alt. Mein Ballon flog bis nach Schweden. Ich erinnere mich noch, dass ich mich bei dem Absender mit einem Brief bedankte, dass er die am Ballon hängende Karte zu mir zurückgeschickt hatte. Sonst hätte ich ja nicht den Roller gewinnen können. Ich hatte die Vorstellung, dass diese Familie auch ein Kind hat und eine Brieffreundschaft wäre doch toll gewesen. Man könnte sich in den Ferien doch auch mal besuchen. Tolle Idee! Ich begann, mich für Schweden zu interessieren und studierte den Atlas. Ich wollte vorbereitet sein und nicht dumm dastehen. Leider bekam ich keine Antwort und war etwas länger traurig.

Auch das jährliche Laternelaufen zählt zu den schönen Erinnerungen, wenn auch einmal mein großer gelber Mond in Flammen aufgegangen ist. Damals waren in den Papierlaternen noch richtige Wachskerzen und wenn da der Wind hinein fuhr - zack - brannten die Laternen lichterloh und die Stimmung und der Abend waren dahin. Doch das Zusammensein mit den anderen Kindern, das Singen der Laternenlieder, die besondere Stimmung - auch die meiner Pflegemutter - das war schon schön.

Ebenso erinnere ich mich an Wanderungen mit ihr. Ich weiß nur nicht mehr wohin. Wir haben dann immer zusammen gesungen, sogar im Duett. Ich habe sie nicht immer gehasst.

Überhaupt sind wir drei sehr oft in unserem Bürgerpark spazieren gegangen, jeden zweiten Sonntag. Die zwei anderen Sonntage dazwischen ging's zum Friedhof. Ich habe es geliebt, ich habe es gehasst. Geliebt, weil Frieden war, gehasst, weil es oft so langweilig war und ich den Grund nicht wusste. Da habe ich mir Brüder gewünscht zum Toben und Spielen. Ich konnte niemandem wirklich nahe sein, doch ich glaube, ich wollte gern jemandem nahe sein. Mein Gefühl galt jedoch ausschließlich Kindern und ich spürte meine Sehnsucht nach ihnen und auch meine Einsamkeit. Ich spürte aber auch, dass das nicht alles sein konnte, dass irgendetwas an mir nicht >normal< war.

Ich glaube, dass mein Pflegevater meine Empfindungen erahnte. Er versuchte, mich mit kleinen Tricks zu erheitern. So konnte er mit der bloßen Hand in ein Büschel Brennnesseln greifen, ohne dass es ihm etwas ausmachte. Ich staunte. Mir erging es da schlechter. Ich griff auch zu, doch meine Hände brannten und bekamen Blasen. Er hätte mir den Trick vorher verraten sollen: Man muss nur fest genug zupacken, sodass die feinen Härchen zerbrechen, dann tut es nicht weh.

Das Gute an diesen Spaziergängen war, dass ich viel lernte. Beide kamen von Bauernhöfen und kannten sich in der Natur aus. So kam es, dass ich schon bei Schulbeginn viele Bäume und anderes Grünzeug beim Namen nennen konnte und viel über das Leben auf einem Bauernhof wusste und auch mit dem >Viehzeug< sehr vertraut war.

Das Endziel dieser Bürgerparkausflüge war meist das >Parkhaus< mit seinem großen Kaffeegarten und einem Spielplatz daneben. Zwar durfte ich mich nicht schmutzig machen, denn schließlich war es Sonntag und ich war ja sehr adrett angezogen, doch irgendwas ging immer.

Natürlich war auch schon für damalige Verhältnisse ein Cafè-Besuch für drei Personen nicht gerade preiswert. Ich erinnere mich an eine Episode, die mir doch recht peinlich war, meinem Pflegevater übrigens auch. Meine Pflegemutter bestellte zwei Kännchen Kaffee, für mich Kakao. Als alles auf dem Tisch stand und die Bedienung weg war, öffnete sie ihre große schwarze Tasche, holte ein Kuchenpaket heraus und breitete alles auf dem Tisch aus. Obwohl ich noch ein Kind war, wusste ich, >dass man das nicht tut<. Am liebsten wäre ich im Boden versunken. Doch wie immer findet man gerade dann kein Loch. Auch meinem Vater war das sichtlich unangenehm und er nötigte sie mit Nachdruck, alles wieder einzustecken - und zwar schnell. Ich stand einfach auf und ging so herum.

Auch im Winter war der Ausflug in diesen Park interessant. Es gibt dort den >Drachenberg<. Er ist nicht wirklich ein Berg, höchstenfalls eine Erhebung. Doch es reichte für eine rasante Schlittenabfahrt oder um sich mit anderen Kindern hinunter zu kugeln. Eine schöne Erinnerung. Wo ist eigentlich mein Schlitten abgeblieben? Ich habe mich nie von irgendwelchen Dingen verabschieden können. Irgendwann und irgendwie waren sie einfach futsch.

Die Sache mit dem Motorrad hätte besser laufen können. Der Bruder meiner Mutter besaß ein Motorrad, eine große schwarz glänzende Maschine mit zwei breiten, schwarzen, hintereinander liegenden Sätteln. Eines Tages kam Onkel Hinni angeknattert, um uns zu besuchen und ich schlich wie jedes Mal um dieses imposante Gefährt herum und bestaunte es von allen Seiten - Anfassen verboten.

Als ich hörte, dass er zum Krankenhaus fahren und seinen Bruder besuchen wolle, sah ich wieder mal meine Chance. Schon lange hatte ich gebettelt, doch auch einmal mitfahren zu dürfen, aber immer hieß es: „... zu gefährlich..." oder „...wenn Du älter bist...". Ja, wie lange sollte das denn noch dauern? Wie alt musste ich denn erst werden? Doch dieses Mal wurde meine Ausdauer belohnt - ich durfte mitfahren. Nach geschätzten einhundert Ermahnungen meiner Pflegemutter saß ich nun endlich auf dem Sozius. Der große Sitz mit seinem breiten Griff zum Festhalten war richtig gemütlich. Er lag höher als der Fahrersitz und so thronte ich >hoch oben< und hatte einen guten Rundumblick. Verehrte Leser, stellen Sie sich das nur einmal vor. Ein Kind von circa zehn bis zwölf Jahren ohne Anschnallgurt und ohne Helm auf einem Motorrad. Heute undenkbar. Nach dem Zuruf „God fasholn un de Feut jümmers op de Pedolen!" („Gut festhalten und die Füße immer auf den Pedalen!") ging es los.

Die Auspuffrohre gaben alles. Sie knallten und röhrten. Oh, war das toll! Hui - vorbei an den Nachbarkindern, die staunend ihre Augen aufrissen. Sie winkten mir zu. Ich hätte auch gern gewinkt, traute mich aber nicht den Griff loszulassen. Ich würde es ihnen später erklären, damit sie mich nicht für eingebildet hielten.

Der Weg zur Klinik war leider nicht sehr weit, aber vielleicht hatte ich Glück und mein anderer Onkel musste noch länger in der Klinik bleiben. Ich wünschte ihm nichts Schlimmes, nur so >etwas länger ein wenig krank<. Dann könnten wir ihn doch auch noch öfters besuchen.

Die Bordsteinkanten waren damals noch sehr hoch. Kurz vor der Klinik legte Onkel Hinni eine krasse Rechtskurve hin. Zu krass. Ich konnte mich kaum halten und rutsche in eine steile Schräglage. Das Motorrad kippte zur rechten Seite, Onkel Hinni und ich auch. Mein Fuß glitt vom Pedal und wurde dabei zwischen Bordsteinkante und Motorrad eingeklemmt. Großes Geschrei meinerseits, großes Entsetzen seinerseits. Irgendjemand musste zum Krankenhaus gelaufen sein (handyloses zwanzigstes Jahrhundert), denn kurze Zeit später kam ein Krankenwagen um die Ecke und schwupps lag ich auf einer Trage. So wurde ich von der Besucherin zur Patientin. Alle waren froh, dass nichts gebrochen war - vor allem Onkel Hinni. Der Arme hatte ja noch etwas auszustehen!

Nachdem ein dickes, ekelig kaltes Gel aufgetragen wurde, zierte nun ein schicker Verband meinen schmerzenden, geschwollenen, blau verfärbten Fuß. Verehrte Leser, Sie fragen sich, wie wir nach Hause gekommen sind?

Das Motorrad hatte doch nur Schrammen abbekommen, war also fahrbereit und ich war nicht zimperlich. Mir war doch klar, dass ich nach diesem Vorfall so schnell nicht wieder mitfahren durfte und so musste ich diese wohl letzte Fahrt mitnehmen.

Zu Hause angekommen, bekamen wir beide ordentlich >was auf die Ohren<. Meine Pflegemutter war außer sich, ließ sich kaum beruhigen. Ich weiß nicht mehr, wie genau dieses Desaster endete. Ich verstand natürlich ihre Aufregung, doch so heftig? Ich jedenfalls war mit Onkel Hinni gar nicht böse. Es tat ihm doch auch so leid. Für mich war der Unfall trotz der Schmerzen und Einschränkungen ein tolles Erlebnis. In der Schule hatte ich viel zu erzählen und interessierte Zuhörer.

Meine ersten Rollschuhe bekam ich von meiner Cousine Ilse - Sie kennen sie ja schon. Diese abenteuerlichen Dinger waren gar keine Schuhe. Es waren nur fahr-
bare Untersätze für Schuhe. Man musste sie mit einem speziellen Schlüssel seitlich an der Sohle der eigenen Schuhe festschrauben. Feingefühl war dabei sehr wichtig. Schraubte man sie zu fest, machte man die

Kanten der Schuhsohlen kaputt und bekam Ärger. Schraubte man sie zu locker, hatte man zu wenig Halt und stürzte. Mit einem anderen Schlüssel konnte man die Länge der Untersätze verändern. Das war praktisch, falls die Füße mal wieder wuchsen und man größere Schuhe brauchte. Meine Untersätze waren komplett aus Eisen, sogar die Räder und deshalb auch unglaublich schwer. Nach Ilse's langem, intensivem Gebrauch waren sie natürlich ordentlich abgenutzt und hatten auch schon ihre ursprünglich runde Form verändert.

Sind Sie verehrte Leser schon mal auf eckigen Eisenrädern gerollt? Das geht auf die Knochen und macht nicht wirklich Spaß. Auf unserem langen Balkon – meiner ganz persönlichen Rollschuhpiste - habe ich mit diesen eierigen Dingern und einem Höllenlärm das Rollschuhlaufen erlernt. Immer an der Wand lang und sehr zum Leidwesen der unter uns wohnenden Nachbarn. Nach mehreren Beschwerden eierte ich dann auf den Gehwegen herum und schaute neidvoll auf die rund laufenden Rollschuhe meiner Spielkameraden. So ging es wirklich nicht mehr weiter und ich bekam neue Rollschuhe, die richtig guten von >Hodura<. Da musste man nichts mehr schrauben. Sie waren silberfarben mit verstellbaren roten Schnallen und runden! Rädern aus schwarzem Hartgummi - welch ein Fahrgefühl! Hätten meine Pflegeeltern nicht dafür gesorgt, dass ich sie auch mal abnehme, wären sie sicher an meinen Füßen festgewachsen.

Meinen Baukastenfund habe ich auch heute noch in schlimmer Erinnerung.

Ich war so ungefähr sieben Jahre alt, allein zu Hause und langweilte mich. Niemals hatte ich in Schränken gewühlt oder nach geheimen Schätzen gesucht. Doch an diesem Tag schaute ich einfach nur mal in den Schlafzimmerschrank. Ich musste auf einen Stuhl steigen, denn für die oberen Fächer war ich zu klein. Mein Blick fiel auf ein langes Paket. Es war nicht eingepackt, und so konnte ich an den Bildern erkennen, dass es etwas zum Bauen war. Etwas mit Schrauben und Platten mit Löchern. Ich war fasziniert und versuchte, den Karton herunter zu holen. Das war sehr schwierig, denn er war für meine Verhältnisse recht schwer. Doch meine große Freude über diese unerwartete Entdeckung machte mich stark und so schaffte ich es, ihn in die Küche auf den großen Tisch zu schleppen. Ich öffnete ihn langsam und bekam ganz große Augen. Wie spannend! Eine Unmenge Schrauben, viele verschieden große und lange Metallteile und auch Werkzeug kamen zum Vorschein. Ich hatte wohl die Welt um mich herum vergessen. Ich baute und baute. Das Gebilde war hoch und hielt sogar. Ich war sehr stolz. Mir kam nicht im Entferntesten die Idee, dass ich etwas Verbotenes tat - bis die Tür aufging. Meine Pflegeeltern kamen herein, blickten zunächst auf mein Werk, dann auf mich. Die Blicke versprachen nichts Gutes. Die beiden sagten kein Wort. Mir wurde schlagartig klar, dass ich etwas ganz Schreckliches getan hatte. Diese Mienen hatte ich noch nie gesehen. Es war mir unmöglich, sie einzuordnen. Ich bekam Angst und versuchte zu erklären. Doch dazu kam ich nicht. Meine Pflegemutter lief weinend aus der Küche, mein Pflegevater sagte nur leise: „Lass - das - los." Er schubste mich zur Seite, schob alles zusammen, verstaute die losen Teile irgendwie in den Karton, nahm mein schönes Gebilde unter den Arm und verschwand damit ins Schlafzimmer. Ich stand völlig ratlos in der Küche und wartete. Ich wusste nicht auf was, aber irgendwas musste doch passieren. Nichts passierte. Gar nichts. Ich weiß heute nicht mehr, wie der Tag geendet hat. Es war ein schlimmer Tag, weil ich fühlte, dass ich etwas Ungeheuerliches getan hatte. Ich weiß auch nicht mehr wie lange, aber viele Tage lang war es sehr still bei uns. Die beiden gingen sehr vorsichtig miteinander um. Leider wurde aber auch mit mir wenig und wenn, dann nur knapp gesprochen. Ich fühlte mich elend. Nie wieder wurde auch nur ein Wort über diesen Vorfall verloren. Jedenfalls nicht mir gegenüber. Ich habe nicht gewagt, zu fragen. Jahre später erst habe ich erfahren, dass dieser Baukasten ein Geburtstagsgeschenk sein sollte, aber nicht für mich.

Unsere sehr häufigen Friedhofbesuche - irgendwann wusste ich natürlich, was genau dies für ein Ort war. Ich wusste aber lange nicht, welch tiefe Bedeutung er gerade für meine Pflegeeltern hatte. Anfänglich mochte ich noch diese Ausflüge, denn sie bedeuteten

Straßenbahn fahren und - vor allem im Sommer - Planschen am Wasserbrunnen, Buddeln im Sand und Blumen gießen. Es war wie in einem großen Garten und es gab dort so viel zu sehen, denn zum Abschluss unseres Besuches spazierten wir immer lange herum. Die beiden kannten viele Verstorbene und an manchen Gräbern standen wir länger und ich begriff, dass dort Bekannte, Freunde oder Nachbarn begraben waren.

Auch heute noch finde ich Friedhöfe sehr spannend und auch ein wenig mysteriös. Sie schenken mir eine ganz tief gehende Ruhe. Sie nehmen mir die Hektik. Gedanken an bevorstehende Aufgaben und Termine verschwinden einfach. Beim Lesen der Grabsteine tut sich vor oder in mir eine völlig andere Welt auf. Sie zeigen mir, wie vergänglich auch ich selbst bin. Ich werde später allerdings nicht hier sein. Ich möchte eine Seebestattung. Ich habe so viel Sehnsucht nach so vielen Ländern. Doch ich kann gar nicht alt und reich genug werden, um alle zu sehen. Deshalb denke ich, dass eine Seebestattung für mich genau das Richtige ist. Zudem bin ich eine sehr schlechte Schwimmerin, aber so kann ich mich vielleicht munter in alle Richtungen verteilen und lande dort, wohin ich im Leben nie kam.

Diese Friedhofausflüge waren für mich zudem sehr lehrreich. Ich kannte die Namen vieler Blumen und Bäume. Ich fand so manchen Grabstein sehr schön und bewunderte die Skulpturen, allerdings fand ich einige auch etwas gruselig. Doch wenn es um unseren Grabstein ging, bekam ich auf meine Fragen keine Antworten. Ich fühlte, dass dies für die beiden kein angenehmes Thema war und ließ es gut sein. Das Ende der Friedhofbesuche habe ich in lebhafter Erinnerung. Sie endeten stets in der Kneipe gegenüber. Das war überhaupt das Beste an diesem Tag, denn ich bekam Dunkelbier, durfte mir für zehn Pfennig Nüsse aus einem Apparat ziehen und mich an dem einarmigen Banditen bereichern. Natürlich kannten mich die Inhaber und die anderen Gäste. Ich wurde meist so verwöhnt, dass ich mich pappsatt bis übel fühlte. Auch das Schicksal meiner Pflegeeltern war den meisten bekannt, nur mir nicht.

Inzwischen ging ich schon zur Schule - und konnte die Grabsteine lesen: Hier lagen *zwei Kinder* begraben. Mir ist noch in Erinnerung, dass ich ganz aufgeregt war. Ich war alt genug, um den Zusammenhang zwischen meinen Pflegeeltern und den beiden fremden Namen und Zahlen, die auf dem Stein standen, herzustellen.

Ich schlussfolgerte: Dass mussten meine Geschwister sein. Ich wusste nicht, was ich denken sollte. Wieso hatten sie es mir nie gesagt? Wieso wusste ich nicht, dass ich einmal einen Bruder und eine Schwester hatte? Warum waren sie denn überhaupt gestorben? Ich konnte meine Gefühle gar nicht einordnen, war mir aber auch sehr sicher, dass Fragen nicht angebracht waren. So ließ ich es.

Oft hatte ich mir Brüder gewünscht. Keine Schwestern, nein - Brüder sollten es sein. Mit Jungen konnte man einfach besser spielen.

Die Mutter meiner Spielfreundin erzählte mir einmal, dass Störche Zucker lieben. Man brauche vor dem Schlafengehen nur ein paar Zuckerwürfel auf die Fensterbank legen und einen dazu gehörigen Spruch aufsagen. Wenn dann ein Storch in der Nähe sei, wisse er, dass er genau dahin ein Baby bringen solle. Man müsse nur geduldig sein und abwarten.

Seitdem ich das wusste, stieg unser Zuckerbedarf enorm an, in der Hoffnung, der Storch möge doch auch mir endlich einen Bruder bringen. Damals konnte ich noch beobachten, wie sie über unser Haus hinweg flogen. In der Nähe befanden sich Wiesen, Bäume und Gärten. Ich dachte, wenn sie so oft über unser Haus fliegen und mich so allein am Fenster stehen sehen, müssten sie doch merken, wie langweilig mir ist und auch mal bei uns ein Baby niederlegen. Außerdem war es lange überfällig. Rund um uns zu kamen die Babys an, nur bei uns nicht. Was war da los?

Wie - Sie kennen das nicht? Wenn man sich Geschwister wünschte, musste man folgende Sprüche aufsagen, sonst funktionierte es nicht. Sie gingen so:" „Storch, Storch, Guter - bring mir einen Bruder' oder „Storch, Storch, Bester - bring' mir eine Schwester", doch die wollte ich nicht und so habe ich diesen Spruch auch nie aufgesagt. Dann den Zuckerwürfel auf die Fensterbank legen und warten, warten und warten.

Zurück zum Friedhof. Irgendwann war es soweit, ich konnte nicht länger warten. Ich höre mich heute noch ausrufen: „Da liegen zwei *Kinder*" und zeigte dabei mit ausgestrecktem Arm auf den Stein. Meine Pflegemutter begann zu weinen, mein Pflegevater war - wie meist - sprachlos. Mir ist bis heute unverständlich, warum sie bis dahin so beharrlich geschwiegen haben. Ihnen musste doch klar sein, dass dieser Moment einmal kommen würde.

Kurze Zeit später geschah etwas, das ich ihnen heute noch hoch anrechne, denn es muss ihnen sehr schwergefallen sein. Sie holten ein Fotoalbum hervor und zeigten mir Bilder von einem Mädchen und einem Jungen. Sie erzählten mir die Geschichte der beiden, erzählten von deren Tod.

Harald wurde 1938 geboren. Eines Tages spielte er mit seinen Freunden Ball. Dieser rollte vom Gehweg auf die Straße, als ein Bus heranfuhr. Der Ball rollte genau darunter. Doch der Fahrer erkannte die Situation und bremste. Er gab den Kindern ein Zeichen, dass sie den Ball holen könnten. Harald lief los, schaffte es, den Ball unter dem Bus hervor zu holen, doch in letzter Sekunde rutschte er ihm aus der Hand und rollte wieder zurück. Der Fahrer dachte, der Junge sei wieder auf dem Gehweg und fuhr los - und überrollte das Kind. Seine Eltern durften ihn nicht mehr sehen. Das war 1947, er wurde nur neun Jahre alt. Helga wurde 1940 geboren und starb neun Monate später an einer Meningitis.

Ich war unglaublich traurig über diese Geschichten

und auch, dass ich meine beiden Geschwister nicht gekannt hatte. So weinten wir alle drei. Unser Verhältnis und auch die Stimmung allgemein wurde wesentlich besser und genau von diesem Tage an standen immer die Bilder der beiden auf dem Schrank. Endlich kannte ich meine Geschwister. Auf meine Frage hin, warum sie es mir nicht früher erzählt haben, bekam ich die Antwort, ich sei noch zu klein gewesen. Ich fand das nicht. Vieles wäre sicher anders, vielleicht sogar besser zwischen uns dreien gelaufen, wenn sie mir einige ihrer Geheimnisse erzählt hätten.

Dieser Zeitpunkt wäre ein guter gewesen, mir die Wahrheit über mich zu erzählen, doch sie hatten ihn verpasst. Vielleicht waren sie zu traurig, vielleicht fehlte ihnen der Mut, vielleicht hatten sie Angst vor meiner Reaktion, vielleicht - vielleicht - vielleicht ...

Meine Einschulung im April 1955 war schon eine aufregende Sache. Ich war sechseinhalb Jahre alt. Natürlich wusste ich schon lange vorher, dass etwas Wichtiges auf mich zu kam und dass auch ich an dem Tag ganz wichtig sein würde. Ich durfte mir zuvor sogar meine Schultüte selbst aussuchen. Rot musste sie sein - meine damalige Lieblingsfarbe. Sie wurde dann mit vielen Überraschungen gefüllt. Natürlich durfte man die Tüte erst am Tag der Einschulung öffnen.

Auch meinen Tornister suchte ich mir selbst aus. Er war aus genarbtem Rindsleder, mittelbraun und roch unglaublich gut. Er hatte zwei Druckverschlüsse aus goldfarbenem Metall und Riemen, um ihn über die

Schultern zu binden. Dann war da noch der Griffelkasten aus hellbraunem Holz. Im Jahre 1955 schrieben wir noch mit sehr dünnen Griffen auf recht stumpfen Schiefertafeln mit Holzrahmen. Wenn man den Griffel nicht in der richtigen Position hielt, gab es fürchterlich hohe Quietschgeräusche. Das war bei einer Klassenfrequenz von circa vierzig Kindern doch eine ziemliche Qual für die Ohren. Natürlich gab es noch ein Etui für Bleistift und Radiergummi und ein buntes Metallkästchen für sechs Faber-Buntstifte. Ein Schwamm hing an einem Band seitlich aus dem Tornister. Wenn die Tafel vollgeschrieben war, wurde sie mit ihm gereinigt. Hübsche bunte Brotdosen gab es damals noch nicht. Die Stullen wurden in Pergamentpapier eingewickelt und sahen Stunden nach dem Einpacken oft gar nicht mehr so appetitlich aus.

Schon Tage vorher war ich aufgeregt. Es gab eigentlich kein anderes Thema mehr für mich. Ich wurde natürlich auch häufig auf diesen Tag angesprochen mit der Frage: „Freust Du Dich denn auch schon auf die Schule?" Na klar freute ich mich!!
Am Einschulungstag wurde ich fein angezogen. Ich hatte sogar neue Schuhe bekommen. Mit dem Tornister auf dem Rücken und der großen roten Schultüte im Arm gingen nur meine Pflegemutter und ich los. Es war ein Samstag und mein Pflegevater musste wieder einmal arbeiten. Als wir auf dem Schulhof ankamen, waren schon unglaublich viele Kinder dort. Ich jubelte in-

nerlich. Hier war ich richtig. Durch einen Schulhoflaut-
sprecher wurden wir zur Ruhe ermahnt. Unsere Namen wurden aufgerufen und wir mussten uns in dieser
Folge in Reihen aufstellen. Vor jede Reihe stellte sich
nun eine Lehrerin oder ein Lehrer und wir wurden im
Gänsemarsch zu unserem Klassenraum geführt. Dort
angekommen, war mir doch etwas mulmig. Noch nie
hatte ich die Schule von innen gesehen. So viele Tische
und Stühle und so viele Kinder. Wo sollte ich mich hin-
setzen und zu wem? Ich stand nicht allein so ratlos
herum. Vielen anderen Kindern ging es ebenso wie
mir. Das beruhigte mich ein wenig. Ich entschied mich
für einen Tisch im vorderen Bereich und einen Stuhl so
ziemlich in der Mitte. Nachdem nun auch die übrigen
Kinder ihren Platz gefunden hatten, stellte sich uns unsere Lehrerin vor und auch wir mussten jeder noch mal
unseren Vor- und Nachnamen sagen. Irgendwann kam
ein Fotograf, machte ein Klassenfoto und dann noch
von jedem Kind ein Einzelfoto. Dieser erste Schultag
dauerte nicht sehr lange. Zu Hause gab es zur Feier des
Tages Pfannkuchen mit Apfelmus, mein Leibgericht.
Ich habe einen schönen Tag mit einer sehr lieben und
gerührten Pflegemutter in Erinnerung.

Wir waren mit zweiundvierzig Kindern in einer ge-
mischten Klasse, neunzehn Mädels und dreiundzwan-
zig Jungen. Ich war sehr neugierig auf das neue Leben,
auf die Schule, auf die Klassenkameraden - eben auf all
das Unbekannte.

Auch in der Familie schien alles gut. Das Leben war

bunt und schön. Ich konnte mich weiterentwickeln. In meinem Kopf war so viel Platz für Neues.

Es war Sommer geworden. Alle Schulneulinge durften mit einem Hubschrauber über Bremerhaven fliegen. Ich kann mich nur noch an die Aktion selbst erinnern. Wer dies und warum genau initiiert hat, weiß ich nicht. Eines schönen Tages gingen meine Pflegeeltern mit mir in den Bürgerpark. Auf dem großen Rasen stand der Hubschrauber. Irgendwann war es soweit. Ich durfte mit einigen anderen Kindern einsteigen. Wir wurden festgezurrt und los ging's. Der Motor lief und machte einen Riesenlärm. Die Flügel schwirrten wild umher. Ein großes lautes Erlebnis. Ich erinnere mich noch, dass ich einen guten Blick nach draußen hatte. Noch heute empfinde ich ein Hochgefühl bei dieser Erinnerung. Leider ist es bei diesem einmaligen Erlebnis geblieben - schade.

Die Schule war eine unglaubliche Bereicherung in meinem Leben. Sie beflügelte meinen Geist und befreite meine Seele vom fast alltäglichen Familienstress – zumindest für ein paar Stunden in der Woche. Ich fühlte mich sehr wohl in dieser großen Gemeinschaft Gleichgesinnter und fand schnell Freundinnen. Jungs fand ich zu dem Zeitpunkt noch ziemlich blöd, sie waren so ruppig und allzeit zu irgendwelchen albernen und unerwarteten Streichen bereit. Doch abgesehen davon hat mir die Schule in den ersten Jahren viel Freude gemacht. Lernen fiel mir leicht und machte Spaß. Ich *wollte* lernen!

Im ersten Schuljahr bat uns die Lehrerin, Bilder von uns mitzubringen vom Zeitraum vor der Einschulung. So lief ich also nach Hause und fragte:" Wo sind die Bilder, wo ich ganz klein bin? Ich brauche sie für die Schule". Noch heute sehe ich die irritierten Blicke der beiden, die ich mal wieder nicht einordnen konnte.

Ich konnte in der Schule keine Bilder vorzeigen. Alle Kinder wunderten sich und fragten nach dem WARUM. Die Antwort meiner Pflegeeltern: „Wir haben keinen Fotoapparat". Das stimmte tatsächlich und für mich war das dann logisch. Allerdings fand ich es merkwürdig, dass wohl die anderen Familien alle einen besaßen, denn alle Kinder hatten Fotos mitgebracht.

Da die Klassenlehrerin - wie übrigens auch alle anderen Menschen um mich herum - über meinen Familienstatus Bescheid wussten, wäre es allerdings pfiffig gewesen, wenn sie diese Aktion mit meinen Pflegeeltern vorher besprochen hätte, dann wäre auch deren Überraschung nicht so groß gewesen. Auch mir wäre diese unangenehme Situation erspart geblieben. Alle Kinder zeigten stolz ihre Fotos herum und erzählten sich dazu gehörige Geschichten. Ich kam mir dabei so vor, als ob ich nicht dazu gehörte - so ganz ohne Vergangenheit.

Im selben Jahr spielte ich mit meiner Freundin Margret auf einer Wiese. Wir pflückten verschiedenfarbige Blumen, um uns einen Blütenkranz als Kopfschmuck zu flechten. Dazu brauchten wir diese niedlichen weißen Gänseblümchen, die knallgelben Butterblumen und die dickköpfigen lila-weißen Distelblumen.

Ein Mann kam mit einem überdimensionalen Fotoapparat auf uns zu und fragte, ob er ein Bild von uns knipsen dürfte. Ich war hocherfreut, denn wir besaßen immer noch keinen Fotoapparat. Wir gaben ihm unsere Adressen. Als ich später nach Hause kam, war der Mann schon dort gewesen und tatsächlich hatten meine Eltern dieses Bild bestellt.

Das Thema Vergangenheit hatte bei uns nie eine Rolle gespielt, es war von Seiten meiner Pflegeeltern auch nie gewollt. Dabei prägt gerade *sie* doch alle weiteren Zeitepochen. Sehr lange wusste ich gar nicht, wie wichtig sie für jeden Menschen ist. In normalen Familien ist sie immer ein Thema. Es gibt Bilder, spannende Erzählungen über die Geburt und die eigene Entwicklung. Jedes Kind stellt doch Fragen. >Woher kommt mein Vorname? Wer hat ihn ausgesucht? Wann habe ich Laufen gelernt und das erste Wort gesprochen? Ich würde sehr gern wissen, welches *meine* ersten Worte war. Sicher nicht Mama und Papa.

Nun - in meinem Falle hatten fremde Menschen jedoch beschlossen, dass *mein* Leben erst im Juli 1950 beginnen sollte.

Meine Schwammdosenuhr war etwas ganz Besonderes. Schon sehr früh wollte ich alles lesen können und fragte meinen Pflegeeltern regelmäßig >Löcher in den Bauch<. „Was steht da?" „Wie heißt das?" „Was bedeutet das?" Zunächst war alles ganz entspannt, sie lasen mir meist vor, was ich wissen wollte und beantworteten auch geduldig meine Fragen, wenn ich den Sinn des Textes nicht verstand. Mein Kopf war wie ein Schwamm, er sog alles auf, was sich ihm bot. Ich hatte wohl eine verspätete „Warum und Wieso"- Fragephase. Wenn eine Frage beantwortet war, schob ich gleich eine weitere nach. Mein Wissensdurst war nicht zu löschen. Meinen Pflegeeltern schienen irgendwann die Antworten auszugehen und so reagierten sie schließlich irgendwann regelmäßig und leicht genervt mit einem: „Kind, jetzt reicht's aber. Frag' doch die Lehrer."

So gab ich mir die größte Mühe, ganz schnell lesen und schreiben zu lernen. Ich besaß ein Bilderbuch mit Tieren und ihren jeweiligen Bezeichnungen. Diese Buchstaben malte ich ab, schnitt sie aus und puzzelte mir eigene Worte zusammen. Das hatte natürlich zur Folge, dass ich immer öfters um einen neuen Bleistift, ein Radiergummi und einen Block bitten musste. Auf ihre Frage, wieso ich denn so viel davon bräuchte, zeigte ich ihnen meine >Werke< und las daraus vor. Ich glaube, sie waren wirklich beeindruckt. Meine Wünsche wurden erfüllt.
Die Uhr aber wollte ich noch früher lesen können. Wir besaßen drei davon. Eine stand, wie wohl in fast allen Haushalten, auf dem Wohnzimmerschrank. Die war unantastbar! Erst viel später, als ich älter war, durfte ich sie unter Aufsicht mit einem kleinen Schlüssel gaaanz vorsichtig aufziehen.

Eine zweite Uhr hing an der Küchenwand. Die mochte ich sehr gern leiden. Sie hatte so hübsch geschwungene Zahlen und im unteren Bereich eine kleinere Uhr mit einem Drehschalter für sechzig Minuten. Den konnte man bei Bedarf herum drehen zum Beispiel für das sonntägliche Fünf-Minuten-Ei. Es erklang dann ein schrilles „Brrrinngg" - Ei fertig.

Die dritte Uhr war unser Wecker, er stand im Schlafzimmer meiner Pflegeeltern. Wenn die eingestellte Weckzeit gekommen war, schnellte ein kleiner Klöppel zwischen den beiden großen Glocken hin und her und sie gaben ein schreckliches Geräusch von sich. Alle wurden wach - ob sie wollten oder nicht. Auf *ihn* hatte ich es abgesehen. Wie praktisch, ich konnte die Zeiger nach Belieben hin und her drehen, gerade so, wie ich sie brauchte. Mein Plan war, ihn mit in mein Zimmer zu nehmen und dann zu üben. Ich hätte fragen sollen. Meine Pflegemutter verbot es. Wenn der Wecker kaputt ginge, würde mein >Papa< verschlafen, zu spät zur Arbeit kommen und es gäbe Ärger. Hm, das sah ich ein. Eine Lösung musste her und mein Pflegevater hatte die rettende Idee.

Am folgenden Wochenende ging es los. Der Küchentisch wurde zum Basteltisch umfunktioniert. Alle wichtigen Utensilien wurden herbeigeholt. Er hatte eine Schwämmchendose, etwas stabilere Pappe, Muttern, Schrauben, Kleber, und verschiedene Werkzeuge besorgt und ich steuerte einen Bleistift und auch meine Malstifte bei. Wir beide wollten eine Uhr basteln.

Meine Freude war groß, meine Ungeduld noch größer. Los ging's. Zunächst wurde der Schwamm aus der Dose entfernt. Mein Vater maß den Durchmesser aus und ich durfte mit einem Zirkel einen Kreis auf die Pappe zeichnen und diesen dann ausschneiden. Danach bohrte ich ein kleines Loch in die Mitte. Inzwischen hatte mein Pflegevater aus der Pappe zwei verschieden große Zeiger zurechtgeschnitten. Nun mussten die Ziffern geschrieben werden. Dazu markierte er vier Stellen, je eine für die Ziffer zwölf, die drei, die sechs und die neun. Ich stutzte.

Auf dem Wecker sah das aber ganz anders aus. Da waren doch noch Punkte zwischen den Zahlen. Ich rannte los, um ihn zu holen. Da war er- der Beweis! Mein Pflegevater blickte etwas irritiert drein.

„Reicht das denn nicht mit den Zahlen?"

„Nein, das ist dann nicht richtig, ich brauche **alle** Minuten."

Tief durchatmend sagte er dann: „Na gut, dann mal los."

Das war nun meine Aufgabe. Ich malte so hübsch wie möglich, zunächst mit einem Bleistift, die vier Zahlen, dann wurden sie bunt. Nun wechselten wir uns wieder ab. Mein Pflegevater zeichnete die jeweils vier wichtigen Minutenstriche dazwischen, schließlich musste ja der Abstand stimmen und das hätte ich sicher nicht so genau hinbekommen.

Nun befestigte er die Pappzeiger mit einem Schräubchen und einer Mutter irgendwie an der Pappscheibe

und kontrollierte ein paar Mal deren Beweglichkeit, bevor er die Scheibe in die Dose klebte. Trockenzeit - Wartezeit. Schwer auszuhalten. Endlich war es so weit. Die Pappe hielt, die Zeiger ließen sich bewegen.
Ich war begeistert!

Warum erzähle ich das so ausführlich? Weil dieses eines meiner wenigen tollen Erlebnisse war.
Später wurde es dann schwieriger, erst zu Hause, dann auch unausweichlich in der Schule. Leider gab es zu der Zeit noch keine Lobby für Kinder aus zerrütteten Familien, denn genau da konnte ich mich einordnen.
Sicher, es gab auch gute und lustige Momente, doch insgesamt ist wenig Erfreuliches hängen geblieben. Was mich erschüttert ist, dass so viel Schreckliches in meiner Erinnerung geblieben ist - so als ob es gestern gewesen wäre, wie zum Beispiel das Erlebnis mit der Graupensuppe. Ich mag sie nicht! Ich kann dieses Wort nicht aussprechen, ohne mich zu ekeln! Für mich heißt sie auch nicht Graupensuppe, sondern >Grauensuppe<. Wer kennt nicht den Satz: „Es wird gegessen, was auf den Tisch kommt." Es war jedes Mal eine Tortur. Nachdem mein Pflegevater jedoch einmal miterlebte, dass ich mich dabei übergeben musste, hatte er ein Einsehen und es gab eine Sonderregelung. Wenn es Graupensuppe gab, bekam ich zwar kein anderes Gericht, aber ich durfte mir dafür ein Brot streichen oder auch nur die gekochten Kartoffeln essen. Ich war ihm dafür sehr dankbar.

Nein! Meine Suppe ess' ich nicht. Soweit ich mich erinnere, war ich ungefähr elf Jahre alt. Ich kam von der Schule heim und hatte Hunger. Schon im Hausflur roch ich sie: die Graupensuppe. Kein Problem, denn ich musste sie ja nicht essen. Der Geruch verdarb mir zwar jedes Mal den Geschmack meiner Mahlzeit, denn ich musste am Mittagstisch sitzen bleiben, aber da musste ich durch.

Dieses Mal kam alles anders. Meine Pflegemutter setzte mir einen Suppenteller mit diesem sämig - grau aussehenden Eintopf vor. Der heiße Dampf stieg mir in die Nase und ich hielt die Luft an. Verblüfft sah ich sie an. „Ich muss das doch nicht essen!" rief ich. „Du isst was auf den Tisch kommt. Es gibt nichts anderes." „Dann möchte ich lieber gar nichts essen!" Ich wollte aufstehen, doch sie drückte mich auf den Stuhl zurück und schrie: „Du undankbares Kind, du hast hier keine Sonderstellung! Iss!" und schob mir den Teller direkt unter mein Gesicht. Ich aß *nicht*. Es war mir unmöglich, diese graue mit Porreefäden durchzogene Pampe zu essen. Ich überlegte, wie ich aus dieser Situation herauskäme. Ich hoffte, sie würde auch heute ihren Mittagsschlaf halten, das wäre meine einzige Chance.

Unsere Wohnung war so geschnitten, dass die Küche im hintersten Teil der Wohnung lag. Ich hätte durch das Wohnzimmer - und somit auch an ihr vorbeigemusst, um nach draußen zu gelangen.

Noch kein Mittagsschlaf in Sicht. Sie lief hektisch in der Wohnung umher, brabbelte ständig vor sich hin und machte mir Angst. Es war wieder einer ihrer Zustände, der sie so unberechenbar machte.

Während ich noch über meine aussichtslose Situation nachdachte, kam sie zur Küche herein und sah, dass ich noch nichts gegessen hatte. Sie nahm den Teller vom Tisch, schüttete den Inhalt in einen kleinen Topf, wärmte das Menue auf und setzte es mir wieder vor. Mir drehte sich der Magen um. Zum einen hatte ich Hunger, zum anderen bereitete mir der Geruch Übelkeit und so kam es, wie es kommen musste. Ich konnte nichts dagegen tun, mir würde wieder speiübel, ich übergab mich.

Ich möchte das ganze Geschrei nicht wiedergeben. Sie war völlig außer sich und schmiss mir einen Wischlappen vor die Füße. Sie wärmte das Gericht zum zweiten Mal auf und verließ die Küche mit einigen Drohungen. Ich verstand die Welt nicht mehr. Morgens war doch noch alles in Ordnung gewesen. Was war denn nur in der Zwischenzeit passiert?

Mir war zwischenzeitlich der Gedanke gekommen, den Eintopf in den Abfluss zu gießen, doch das traute ich mich nicht. Ich hätte das Zeug ja verdünnen müssen und Sie hätte sicher das Wasser laufen gehört. Ich sah keine Lösung. Sie war so wütend.

Ich muss vor meinem Teller eingeschlafen sein, denn ich erwachte durch lauten Streit im Wohnzimmer. Ich hörte auch die Stimme meines Pflegevaters. Es war inzwischen Abend geworden - Feierabend. Ich vermutete, dass sie doch noch ihren Mittagsschlaf gehalten hatte und wohl sehr erschrocken war, dass ihr Mann plötzlich vor ihr stand. Ebenso muss ihr auch wohl wieder eingefallen sein, dass ich immer noch in der Küche vor meinem Eintopf saß. Da ich wusste, dass ich nun Verstärkung hatte, fing ich vor Erleichterung an zu weinen und öffnete mutig die Küchentür. Ich war so froh, ihn zu sehen, ich konnte einfach nicht anders. Er schaute mich ganz verblüfft an. „Was ist hier los?" Petzen war noch nie meins und ich wusste, dass es Folgen haben würde, aber ich glaube, Hunger, Durst, Erschöpfung und auch die Erleichterung ließen alles wie ein Wasserfall aus mir heraussprudeln. Sprachlos hörte er mir zu, marschierte in die Küche, räumte den Tisch ab. Zu mir gewandt sagte er: „Wir beide essen jetzt unser Abendbrot." Ich kann mich gar nicht erinnern, dass er jemals eine Mahlzeit zubereitet hatte.

Da saßen wir nun beide, schweigend und essend, doch ich musste dabei viel weinen. Ich war völlig fertig und hatte auch Angst vor dem nächsten Tag, denn er musste ja wieder zur Arbeit. Mir fiel auch ein, dass ich meine Schulaufgaben noch nicht gemacht hatte.

Den ganzen Abend hörte ich kein einziges Wort zwischen den beiden.

Er hatte eine Entscheidung getroffen. Ich brauchte die Hausaufgaben nicht zu machen. Er meldete sich für den folgenden Tag von der Arbeit ab. Am nächsten Morgen frühstückten wir nur zu zweit, dann ging er mit mir zur Schule. Ich musste dort auf dem Flur warten, während er mit meiner Lehrerin sprach. Danach nahm sie mich wortlos mit in die Klasse und der Unterricht begann.

Er war nie ein Mann vieler Worte, so habe ich auch nie erfahren, was genau er ihr sagte oder mit ihr besprach. Ich habe auch nie erfahren, was er mit seiner Frau besprach, doch es zeigte Wirkung. Sie hatte sich beruhigt, schlich fast wortlos durch die Räume und hielt einen unübersehbaren Sicherheitsabstand zu mir.

Ich frage mich, warum mein Hirn ausgerechnet diese Erinnerung so fest und lebhaft gespeichert hat. Ich würde so gern so vieles einfach vergessen. Wo ist die Löschtaste? Wie viel angenehmer und auch heilsamer wäre es doch, wenn es sich überwiegend auf die schönen Erfahrungen stürzte und diese sich nachhaltig ins Gedächtnis eingraben würden. Dann ginge es doch nicht nur mir, sondern auch vielen Menschen auf der Welt besser. Der Sinn mag vielleicht darin liegen, dass oft aus diesen so schrecklichen Erfahrungen irgendwann ein Umdenken der Menschen resultiert. Leid und Schmerz prägen den Menschen wirklich tiefgehend und nachhaltig. Leider dauern solche Prozesse oft Jahre, Jahrzehnte und kulturgeschichtlich betrachtet, sogar Jahrhunderte.

Leid und Schmerz bringen aber auch Hoffnung. Hoffnung ist ja etwas Gutes, doch dabei darf es nicht bleiben. Der Volksmund sagt ja, man lernt und reift erst mit Niederlagen und durch schmerzliche und negative Erfahrungen. Nun, daran soll's bei mir nicht mangeln. In einem Interview wurde ich einmal gefragt, welches der schlimmste Moment in meinem Leben gewesen sei. Ich sagte: „1953 bis 1967".

Denn wenn ich bedenke, dass Weihnachten drei festliche Tage umfasst, Neujahr einen, dann sind da noch Ostern und Pfingsten mit je zwei und unsere drei Geburtstage, dann sind es schon ganze elf friedliche Tage, gebe ich noch einen Erinnerungsbonus dazu, waren es rund fünfundsechzig mehr oder weniger stressfreie Tage pro Jahr - doch es blieben noch dreihundert übrig. Tage - geprägt von Streitereien und Prügeleien. Meine Pflegemutter gegen den Rest der Welt. Ob Familie, Nachbarschaft oder irgendein Ereignis, schon ein kleiner Anlass, ein Missverständnis reichte und sie rastete im wahrsten Sinne des Wortes aus. Ihr Repertoire reichte von lautstarken verbalen Attacken und Beleidigungen hin zu tätlichen Angriffen und dem Werfen - leider auch manchmal Treffen - mit Gegenständen. Sie war damit auch nicht wählerisch. Einmal hatte sie einen Nachbarn mit einem Eimer beworfen. Natürlich war er nicht leer, es passen ja zehn Liter Wasser hinein - heißes Wasser. Es hatte einige Prozesse gegeben.

Wenn ich als kleines Kind zunächst auch nicht immer direktes Opfer ihrer Ausbrüche war, so erlebte ich doch vieles an vorderster Front mit. Obwohl ich damals noch nicht begriff, warum es immer wieder passierte, worum es eigentlich ging und wer an was Schuld hatte, spürte ich jedoch, dass das Verhalten weit ab von jeder Normalität lag und ich fühlte mich unwohl, obwohl ich es damals nicht so hätte benennen können. Ich begegnete unseren Nachbarn, ihren >Opfern< stets mit Unbehagen und Zurückhaltung und wunderte mich, dass sie trotz der Vorfälle so freundlich zu mir waren - sehr freundlich sogar. Warum eigentlich? Ganz einfach: Sie wussten etwas, was ich nicht wusste.

Ich galt damals als scheues, leises, braves, freundliches Kind. Heute bezeichne ich dieses Verhalten als Überlebenstraining. Es ist ja bekannt, dass Kinder ein ausgeprägtes Gespür für Ungereimtheiten besitzen. Meist sind sie aber hochgradig loyal - schweigen und erdulden das Unergründliche bis zur Schmerzgrenze und darüber hinaus, auch wenn sie daran zerbrechen, natürlich ohne es zu wissen.

Lamettaweitwurf – eine meiner lustigsten Erinnerung. Als ich elf Jahre alt war und inzwischen schon wusste, dass ein Weihnachtsbaum nicht einfach vom Himmel ins Wohnzimmer fiel, durfte ich helfen, ihn auszusuchen. Das war stets ein besonderes Erlebnis, denn es geschah ja nur einmal im Jahr.

Er musste rundherum gleichmäßig und sehr gerade in die Höhe gewachsen sein. Das war besonders wichtig bei der Baumspitze. War sie nur etwas verbogen oder knubbelig, konnte man den Spitzenschmuck nicht mehr richtig darüber schieben, das Gesamtbild war katastrophal und eines perfekten Weihnachtsbaumes nicht würdig. Meine Pflegemutter hatte da so ihre ganz eigene Vorstellung von >ihrem< Baum. Darüber ließ sie auch nicht mit sich reden.

Da Bäume nun aber mal Natur gewachsene Produkte sind, war die Suche nicht ganz einfach. Sie haben ihre eigene Art, zu wachsen und auch, in welche Richtung. So sahen manche unter ihnen recht skurril aus und blieben deshalb auch bis zum Schluss des Verkaufs stehen. Sie wurden wegen ihres Aussehens meist nicht gewürdigt und wenn sie einen Platz in einem Wohnzimmer fanden, dann entweder, weil sie preiswerter waren als die schönen und gerade gewachsenen oder weil sich jemand buchstäblich in letzter Minute seinen Baum aussuchte und das nehmen musste, was übrigblieb. Ich jedenfalls fand diese meist ungeliebten Bäume lustig und schaute sie gerne an. Sie faszinierten mich irgendwie, denn mit ihrem eigenwilligen, verbogenen Stamm glichen sie Figuren, die sich in verschiedene Richtungen neigten. Ich stellte mir vor, wie das wohl aussähe, wenn man sie alle auf einer Bühne neben-, und hintereinanderstellte und sie sich bewegten. Das wäre doch ein interessantes Baumballett.

Natürlich musste unser Baum erst durch die strenge Bewertungskontrolle. Mein Pflegevater musste dazu den Baum auf einen Hocker stellen, ihn ordentlich schütteln, damit sich auch alle Zweige gleichmäßig ausbreiteten. Dann kam das Schwierigste überhaupt: Der Baum musste in einen Baumständer gezwängt werden. Das war nicht einfach!
Der Stamm durfte unten nicht zu dick sein und ebenfalls keine dicken Knubbel haben, sonst passte er nicht

in die vorgegebene Öffnung des Ständers und auch die drei Schrauben fanden keinen Halt. Der Baumstamm wurde so lange gedreht, bearbeitet und wieder gedreht und bearbeitet, bis er endlich passte und sehr gerade stand.

Dieser Vorgang lief nie ganz ohne Meckerei ab, aber in Maßen. Es war ja schließlich ein Christbaum. Einmal neigte er zu weit nach links, dann wieder zu weit nach rechts. Stand er dann endlich richtig gerade, war die >schöne< Seite plötzlich nach hinten geraten. Doch wie jedes Jahr nahm alles ein gutes Ende. Alle waren zufrieden und glücklich, vor allem mein schweißgebadeter Pflegevater.

Noch aufregender war es, mit ihm zusammen den Baum zu schmücken. Er hatte da so seine ganz eigene Art. Unser Baumschmuck war aus hauchdünnem Glas und sehr zerbrechlich. Zunächst hängten wir ganz vorsichtig alle Kugeln, Zapfen und einige bunte Vögel hinein und zur Krönung setzte er den Spitzenschmuck oben drauf. Es fehlte nur noch das schwere Lametta aus Blei. Diesen Vorgang hob er sich immer bis zuletzt auf. Er stellte sich ungefähr ein bis zwei Meter vom Baum entfernt auf und warf dann mit einem lauten „Hepp" portionsweise das Lametta an den Baum. Dann noch ein paar kleine Korrekturen bis alles richtig hing und fertig. Das war für mich als Zuschauerin die eigentliche Krönung - Halleluja!

Seine Frau verließ bei diesem Vorgang stets kopfschüttelnd den Raum mit den Worten:

„Johann, das gehört sich nicht!"

So um den siebten Januar herum wurde der Weihnachtsbaum wieder >abgetakelt<. Das Lametta wurde gebügelt und mit dem Baumschmuck wieder vorsichtig verpackt. In gut elf Monaten ging dann alles wieder von vorne los.

Unsere Weihnachtsfeste habe ich in guter Erinnerung, leider und für mich völlig unverständlich aber erst ab dem elften Lebensjahr. Das weiß ich so genau, weil ich mich an kein Weihnachtsfest und auch kaum an die >gute Stube< in der ersten Wohnung erinnern kann und in der wohnten wir bis 1959. Jedes Jahr malte und schrieb ich einen Wunschzettel. Es war immer mindestens ein Buch dabei. Ich wurde auch stets reich beschenkt und es schien meinen Pflegeeltern wirklich Freude zu machen. Aufmerksam schauten sie mir zu, wenn ich aufgeregt die Päckchen auspackte und sie meine Überraschung und Freude sahen. Für diese Momente bin ich ihnen dankbar.

Mein Leben war gerade bunt und schön, ich war oft draußen, fühlte mich dort freier. Auch zu Hause war etwas Ruhe eingekehrt. Alles schien besser zu werden. Meine Pflegemutter bemühte sich sehr um mich und das tat mir gut. Doch wieder fiel mir etwas auf, ich hatte es ja früher schon bemerkt. Ich konnte ihre körperliche Nähe nicht ertragen. Ich fühlte mich unwohl, wenn sie mir zu nahekam. In Zeiten der Ruhe unternahm sie öfters den Versuch, mich in den Arm zu nehmen. Etwas, was ich nicht konnte und nicht wollte. Es war bisher auch nicht üblich bei uns. Ich reagierte abweisend bis ruppig. Es war keine böse Absicht von mir, es breitete sich einfach in mir aus. Ich hatte es nicht im Griff. Ich wusste, dass mein Verhalten irgendwie unnatürlich war, denn ich hatte inzwischen bei anderen Familien gesehen, dass >In-den-Arm-nehmen< üblich war.

Ich erinnere mich, dass sie jahrelang bei einem - wie es damals hieß - >Nervenarzt< in Behandlung war. Genau diese Bezeichnung stand auf dem Schild am Eingang der Praxis. Ich habe sie häufig dorthin begleiten müssen, ohne zu wissen was dies bedeutet und warum, doch immer mit den Worten ihres Mannes im Ohr: „Du kennst die Adresse, sorge dafür, dass ihr dort auch ankommt." Wer schickte mich bloß mit gutem Gewissen in diese Familie?

Eine unheilvolle Zeit nahm ihren Lauf. Die Beziehung zwischen den beiden wurde von Jahr zu Jahr schlechter. Ich musste mit ansehen, wie *sie* während einer Prügelei die Hausflurtreppe von unserer zweiten in die erste Etage hinunterstürzte - um die Kurve. Noch mehr hat mich allerdings erschreckt, dass sie kreischender Weise wieder hochgeklettert kam. Sie hatte Schürfwunden, blaue Flecken und so manche Prellung davongetragen. Sie konnte nicht gut durchatmen und humpelte. Ich sah sie manchmal weinen. Ich sah keine

Wut wie sonst üblich. Doch was war es wirklich? So etwas wie Mitleid schlich sich bei mir ein. Ein völlig neues Gefühl ihr gegenüber.

Dass auch ihr Mann eigentlich Opfer war, erkannte ich schon sehr früh. Kinder haben einen hohen Gerechtigkeitssinn, so schlug ich mich innerlich auf die Seite des Schwächeren - auf seine Seite. Ich begann, ihn zu unterstützen und zu verteidigen. Körperlich war er ihr um Längen überlegen, aber er hat sie nie angegriffen, sondern sich immer nur verteidigt. Wenn man Hände hat wie Klodeckel, kann das schon mal weh tun. Doch das hielt sie nicht von weiteren Angriffen ab. Sie spürte natürlich meine Wandlung und ich glaube, sie war der Meinung, jetzt zwei Gegner zu haben und somit brach eine härtere Zeit für mich an. Wenn ihr Mann nicht greifbar war - im wahrsten Sinne des Wortes - entlud sich ihre Wut ungebremst auf mich. Gegenstände wie Messer, Kochlöffel, Töpfe, Geschirr und Bügeleisen flogen mir nicht nur um die Ohren. Wenn ich die Aktionen nicht rechtzeitig voraussah und nicht schnell genug reagierte, trafen sie mich. Das fliegende Bügeleisen - damals war es ja noch massiv aus Eisen und eben sehr gewichtig - war wohl das Schlimmste, was mich körperlich jemals getroffen und meinen Kopf verletzt hat. Ich ging zu Boden, blutete vor mich hin - und mir war so schlecht, dass ich mich auf ihren Teppich erbrach. Welch glücklicher Umstand, dass er überwiegend rot-bunt gemustert war. Was dann geschah, weiß ich nicht mehr so genau. Ich wachte irgendwann in meinem Bett wieder auf und es ging mir nicht gut. Ich kann mich nicht an einen Arzt erinnern und ich glaube, es war auch keiner da. Wie hätte man eine solche Verletzung und meinen Zustand auch logisch erklären sollen? Ich war immerhin schon elf Jahre alt und hätte auch etwas erzählen können.

Es ist eigenartig, dass man solch ein einschneidendes Erlebnis auch nach so vielen Jahrzehnten noch deutlich vor Augen hat, das warme Blut und den körperlichen Schmerz sogar auch jetzt noch spürt. Worum es eigentlich ging, weiß ich heute nicht mehr. Ich glaube, auch damals habe ich es nicht gewusst. Solche Dinge geschahen ganz einfach ohne einen für mich ersichtlichen Anlass. Ich erinnere mich, dass ich einige Zeit nicht zur Schule gehen musste oder - ehrlicher gesagt - wohl auch nicht konnte. Leider hat mich auch niemand besucht. Gewundert habe ich mich irgendwann schon, aber auf keinen Fall gefragt.

Ich weiß auch bis heute nicht, was sie ihrem Mann erzählt hat. Auch er hat mich nie gefragt.

Ich hielt es einfach aus, hab' ihm nie die Wahrheit erzählt, weil ich Angst hatte. Ich war mir nicht sicher, was er dann gemacht hätte - oder sie. Es war besser so für alle, vor allem für mich.

Ein Umzug nach meinem Geschmack. Das war im Mai 1959, ich war zehn Jahre alt. Wir zogen in einen anderen Stadtteil, nach >Grünhöfe<. Ich erinnere mich noch an die erste Besichtigung der neuen Wohnung. Sie war noch nicht bezugsfertig, doch selbst für mich war deutlich der Unterschied zur derzeitigen Wohnung deutlich erkennbar.

Der Balkon war kleiner, dafür aber ohne Klo. Das befand sich nämlich innerhalb der Wohnung und zwar mit allem was dazugehörte. Hier zog es nicht durch die Ritzen, keine Bretterwand, sondern wahrhaftig gefliest – toll! Doch das Beste war: Ich bekam ein *eigenes* Zimmerchen.

Natürlich auch eine neue Schule, neue Freunde, neue Nachbarn. Ich erinnere mich noch heute an die Frage einer Mitschülerin der vorherigen Schule: „Macht es dir nichts aus, wegzuziehen und in eine andere Schule gehen zu müssen?" Ich sagte: „Nein". Ich hatte instinktiv gelernt, die Menschen um mich herum nicht so nah >an mich heran zu lassen<. Da fiel mir dann auch der Abschied nicht so schwer. Gute Strategie - guter Schutz.

Dieser Umzug gefiel mir, die Gegend gefiel mir, alles gefiel mir. Eine neue Zeit brach an. Zunächst eine Zeit des längeren Friedens. Doch nichts währt ewig, denn auch in friedlichen Zeiten war da immer der drohende Schatten ihrer Unberechenbarkeit. Wenn ich aus dem Haus ging, wusste ich nicht, was mich erwartete, wenn ich wiederkam. Ich wusste nie genau, wann der nächste Anschlag kam und war deshalb ständig in Habachtstellung. Das war sehr anstrengend, machte mich aber auch hellhörig und sensibel für Zwischentöne und Gemütsveränderungen. Ich lernte, Blicke und Tonlagen zu deuten und die Sinne für nahendes Unheil zu schärfen. Das ist wie bei den Tieren. Auch sie spüren Naturgewalten schon lange im Voraus.

Ebenso erging es ihrem Mann. Wahrscheinlich hat er deshalb immer so viel gearbeitet- und leider auch viel getrunken. Immer häufiger ging er abends von der Arbeit aus in seine Stammkneipen. Dass er gleich drei davon hatte, erschwerte mir die Suche ungemein, wusste ich doch nie, in welche er wann ging. Ich sollte wohl erwähnen, dass sie mich, wenn er bis 22:00 Uhr nicht zu Hause war, losschickte, ihn zu suchen und natürlich so schnell wie möglich mit der wöchentlichen Lohntüte heimzubringen. Ich tat das eine so ungern, wie das andere. Musste ich doch notgedrungen am Wulsdorfer Friedhof vorbei, eine lange Wegstrecke, an der niemand wohnte und die mir unheimlich war - vor allem im Dunkeln. Zum anderen wusste ich, wenn wir dann nach Hause kamen, egal wann es war, ging der Krach wieder los und dabei blieb es meist nicht. Ich wusste: Die Nacht ist gelaufen. Es wurde geschrien, geschubst, getreten, geprügelt - und ich mittendrin. Ich sehe mich heute noch, wie ich versuchte, sie voneinander zu trennen, zerrte einmal an der einen, dann wieder an der anderen Person, hörte auch mich schreien und betteln: „Nicht mehr schlagen, aufhören damit!" Ich sah Verletzungen bei beiden. Trotzdem - der Kampf ging weiter. Ich schaffte es nicht, die beiden zu trennen. Wie viel Möglichkeiten und Kraft hat auch schon ein Kind gegenüber zwei Erwachsenen?

Im Grunde ging es schon so, seit ich denken kann.

Nur - als ich kleiner war musste ich noch nicht abends loslaufen um ihn zu suchen. In schlimmer Erwartungshaltung zu Hause zu sitzen war aber auch unerträglich und machte mir Angst. Doch wo sollte ich hin oder was konnte ich tun? Ich konnte nur abwarten - und genau darin bestanden viele meiner Abende. Immer war ich in ständiger Erwartung der nächsten Ereignisse.

Meinem Empfinden nach hätten unsere Nachbarn mein Herz klopfen hören müssen. Wenn Angst ein Dauerzustand wird, möchte man weglaufen - doch wohin? Zu wem?

Mir war sehr wohl bewusst, dass alle Nachbarn von der Situation wussten, es war ja nicht zu überhören und auch nicht zu übersehen. Doch alle haben weg geschaut und weggehört. Gleichgültigkeit? Feigheit? Wie konnten sie ruhig schlafen - ganz abgesehen von dem nächtlichen Krach bei uns?

Abenteuerspielplatz Bauernhof

Beide Pflegeeltern kamen aus ländlichen Gegenden. Sie war mit vielen Geschwistern auf dem Bauernhof ihrer Eltern aufgewachsen. Sie hatten große Äcker, Felder, Weiden und Wiesen, viele Tiere und viel Arbeit. Als Kind war ich mehrmals im Jahr dort, in den Ferien vor allem mit Ilse. Wir unternahmen viel zusammen, liehen uns Fahrräder und erkundeten die Umgebung, lagen im Sommer einfach nur im Gras und betrachteten die Wolkenbilder am Himmel oder sprachen mit den Tieren. Während ich mich meist den Pferden und Hunden zuwandte, stieg Ilse oft auf den Heuboden und spielte mit den Katzen. Ich fand die Katzen auch niedlich, aber sie mochten mich nicht und so sah ich nach dem Spiel mit ihnen dann auch aus.

Auf dem Lande war immer was los, ein wahres Abenteuerland. Entweder es heiratete oder starb jemand, Kinder wurden geboren, getauft oder konfirmiert. Dann gab es noch die Hauseinweihungen, Erntedankfeste und die Schlachtfeste. Letzteres war immer etwas ganz Besonderes und geschah stets in den Wintermonaten. Ich habe nie mitbekommen, wer das Schwein und wie ins Jenseits befördert hatte. Plötzlich hing es zweigeteilt draußen an der Hauswand.

Es gab zu der Zeit noch keine Kühl- oder Gefriertruhen. Die Schlachtergebnisse mussten anders konserviert werden. Sie wurden in Gläsern und Dosen eingekocht, geräuchert oder gepökelt, also in eine Salz- und Gewürzlake eingelegt. Das ganze Tier wurde verwertet, selbst das Blut. Es musste sofort und kräftig gerührt werden und durfte auf keinen Fall gerinnen. Daraus entstand zum Beispiel die Blutwurst und für ganz Hartgesottene die Blutsuppe oder auch Schwarzsauer genannt. Sie wurde nur am Schlachttag und ganz frisch gegessen. Aus den Knochen wurde Brühe gekocht, danach hatten die Hunde was zum Beißen.

In der Küche sah es jedes Mal aus wie auf einem Schlachtfeld. Große Schweineteile lagen auf dem Tisch, umgeben von beeindruckenden Messern und Hackebeilen zum Zerkleinern. Auf dem Boden standen

Wannen, große Töpfe und Schmalzkrüge für die Weiterverarbeitung und Aufbewahrung.

Alle mussten mithelfen. Alles wurde von Hand verarbeitet. Ich durfte auch mitrühren. Das war Knochenarbeit und über allem schwebte ein Geruch von Blut, Fett und Gewürzen. Das ist sicher nicht jedermanns Sache. Doch wenn die fertigen Produkte dann zu Hause auf dem Teller lagen, hatte man das schnell wieder vergessen und genoss nur noch. Nach dem Schlachtfest war es üblich, neben der Familie auch die nächsten Nachbarn und Freunde >op een lütten Sluck< einzuladen. Das Schwein musste begossen werden - ausgiebig.

Alle Feste dauerten immer lang, waren laut und endeten meist mit einer handfesten Prügelei zwischen mindestens zwei Saufbolden. Natürlich beteiligten sich dann auch noch die jeweiligen Sympathisanten. Nichts für schwache Nerven. Selbst auf Beerdigungen ging es hoch her. Da ging der Streit meist um das Erbe, alte Fehden erlebten eine Neuauflage, je nach Alkoholpegel der Beteiligten.

Ich war trotzdem sehr gern auf dem Lande. Dort ging es in mancherlei Hinsicht etwas rustikaler zu als bei uns zu Hause. Die Mittagsmahlzeit zum Beispiel wurde stets zusammen mit dem >Gesinde< eingenommen. Wenn es zum Beispiel Bratkartoffeln mit Knipp oder Speck gab, wurde die riesige Pfanne in der Mitte des Esstisches platziert und wir aßen alle gemeinsam daraus. Ich war noch recht klein und musste auf meinem

Stuhl stehend essen um auch etwas abzubekommen.

Als Stadtkind in diese Gemeinschaft aufgenommen zu werden, war gar nicht so einfach. Es gab da so ganz eigene Gesetze und Regeln. Die Menschen waren anders und akzeptierten längs nicht jeden Städter. Das bekam auch ich schon als Kind zu spüren. Ich musste Mutproben bestehen, zum Beispiel Schlammgruben überspringen, in Brennnesseln oder an den elektrischen Weidezaun fassen. Die Dorfkinder dachten sich allerhand Amüsantes aus, um mich auf meine Landtauglichkeit hin zu prüfen. Doch ich überstand alle Attacken, auch wenn mich das Bad in einer Jauchegrube fast um den Verstand gebracht hätte. Die einheimischen Kinder hatten zwei schmale Bretter nebeneinander über die Kuhle gelegt und ich sollte nun von der einen Seite zur anderen hinüberlaufen. Mir war gar nicht wohl bei der Vorstellung. Zum einen stank es erbärmlich aus dem Loch und zum anderen machte mir diese wackelige Brückenkonstruktion wirklich Angst. Die Ränder der Kloake waren uneben und glitschig, das Loch war recht tief. Wenn ich nun hineinfallen würde, wie käme ich wieder heraus? „Doofe Frage." antworteten alle. „Wir reichen dir 'n Brett 'runter, dann kannste dich dran hochzieh'n." Ach so. Ich bestand aber darauf, dass sich der schwerste Junge am gegenüberliegenden Ende auf die Bretter stellte und rang ihm das Versprechen ab, erst herunterzusteigen, wenn ich an seinem Ende angekommen war. Er versprach's mit drei erhobenen und vorher abgeleckten Fingern. Was konnte da noch passieren? Zwar sträubte sich in mir alles dagegen, doch ich beschritt tatsächlich diese wackelige Konstruktion. Ich musste mich entscheiden: Sollte ich mich nun ganz langsam und vorsichtig bewegen oder doch besser mit großen Schritten im Eiltempo? Sollte ich nach unten auf meine Füße schauen oder das Ende der Bretter fixieren? Ich erinnere mich nicht mehr, *wie* ich gelaufen bin, aber es kam, wie es kommen musste. Ich hatte schon fast das Ende der Bretter erreicht, als der schwerste Junge vom Brett trat, um mir Platz zu machen - etwas zu früh. Das Brett kippte, ich auch - in die Jauche. Panik! Alle schrien durcheinander - ich nicht. In meiner momentanen Situation war es besser, den Mund geschlossen zu halten.

Ein Junge schob mir tatsächlich geistesgegenwärtig ein Brett hinunter, doch wie das so ist mit dieser Masse: Sie ist glitschig, bietet keinen Halt, auch nicht für die Hände. Ich konnte mich nicht hochziehen. Rasender Herzschlag! Ich hatte nicht mitbekommen, dass eines der Kinder losgerannt war, um Hilfe zu holen. Die Erwachsenen zogen mich schließlich aus der Scheiße Wir bekamen einen Riesenärger - alle.

Verehrte erschrockene Leser, vielleicht sollte ich doch noch zu Ihrer Beruhigung erwähnen, dass ich in der Grube irgendwann realisierte, dass ich doch Bodenkontakt hatte und >nur< bis zur Taille im Dreck stand. Ich kann heute noch nicht wirklich glauben, dass ich das mitgemacht habe, doch ich wollte dazugehören.

Mit Begeisterung lernte ich die niederdeutsche Sprache. – auch >Plattdeutsch< genannt. Das fiel mir leicht, denn bei uns zu Hause wurde teilweise >Platt< gesprochen. Die >Einheimischen< nahmen mich in ihre Mitte auf, ich gehörte dazu - alles richtig gemacht.

Eine weitere angenehme Erinnerung war der Dorfladen, im wahrsten Sinne des Wortes ein Gemischtwarenladen mit einer geradezu magnetischen Wirkung.
Der Vater meiner Pflegemutter war ein Despot. Er war sehr wortgewaltig und zuweilen schlagkräftig. Alle hatten Angst vor seinem Jähzorn, doch zu mir war er immer freundlich. Ich durfte auf seinen Knien sitzen, wenn er in seinem Lehnstuhl saß. Manchmal bot er mir etwas von seinem Kautabak an. Diese Masse roch nicht gut und die ewig braune Soße in seinem Bart und den Mundwinkeln gefiel mir nicht. Ich rief dann immer ein entrüstetes und angeekeltes „Nein!" Er lachte und ich bekam dann fünf oder sogar zehn Pfennige und konnte mir in dem Krämerladen am Ende der Dorfstraße etwas Süßes kaufen. Der Weg war lang und holprig, aber er lohnte sich. Es roch dort immer nach allem Möglichen, denn es war nichts in Folie oder sonst wie verpackt. Alles lag oder stand offen in den Regalen und auf dem Tresen herum. Der Duft war ein Gemisch aus Waschpulver, Süßigkeiten, Tabak und etwas Muff. Mit kleinen oder auch größeren Schäufelchen wurden dann die gewünschten und begehrten Dinge den Gläsern und anderen Behältern entnommen und in eine Papiertüte verpackt. Die Inhalte der

Bonbongläser waren zu verlockend, da war es besonders schwierig, sich zu entscheiden. Am sinnvollsten war es, die harten Bonbons zu nehmen, da hatte man am längsten was davon - wenn da nicht auch noch die leckere Lakritze wäre …

Dieser Dorfladen war natürlich auch immer ein beliebter Treffpunkt der Dorfbewohnerinnen, der beste Ort für Klatsch und Tratsch. Neuigkeiten wollten verbreitet werden und wenn's keine gab, wurde das Alte aufgewärmt.

Den Flug über den Zaun hätte ich besser vermeiden sollen. Eines Tages - genau genommen war es Mittagszeit in der die Arbeit und auch die Menschen und Tiere ruhten - langweilte ich mich und schlenderte über den Hof zum Pferdestall. Ich liebe Pferde. Wenn ich in ihre Augen schaue, ist das wie ein stilles Gespräch. Sie taxieren, ordnen ein, und wenn sie uns Menschen akzeptieren, sprechen sie sogar mit uns, ganz still mit ihren Augen und Bewegungen. Insbesondere faszinierte mich schon immer dieser glänzend schwarze Hengst. Alle hatten mich immer wieder gewarnt, nicht zu nah an ihn heranzutreten. Er sei wild und trotzig und schlüge gern mal mit den Hinterhufen aus. Trotzdem bin ich oft in unbeobachteten Momenten auf ihn zu gegangen. Ich bewegte mich in seiner Nähe immer sehr langsam und sprach stets leise mit ihm, um ihn nicht aufzuregen und Nähe zu schaffen. Er hatte es stets zugelassen, mich dabei aufmerksam und ruhig angeschaut. Irgendwann akzeptierte er, dass ich ihn, wenn auch nur einige Sekunden lang, berührte. Dann begann er kurz zu schnauben und den Kopf zu schütteln. Sonst nichts. Ich wurde mutiger.

Bisher war ich respektvoll immer ein paar Schritte zurückgegangen, nun blieb ich stehen. Herzklopfen. Nichts geschah. Er bewegte sich etwas unruhig aber nicht aggressiv hin und her und schaute mich mit seinen großen Augen an.

Ich weiß nicht mehr, wie lange wir dafür brauchten, doch wir wurden beide zutraulicher und verloren unsere anfängliche Angst voreinander. Er gestattete mir, ihn zu streicheln. Er tänzelte auch nicht mehr unruhig hin und her oder zeigte mir seine Zähne.

Das machte mir Mut. Trotz aller Warnungen und Verbote führte ich ihn an seinem Zügel, den er von der Arbeit noch trug, aus dem Stall. Er war ganz friedlich und trottete neben mir her. Nun musste ich mir etwas suchen, um aufzusitzen, der Schwarze kam mir riesig vor. Er hieß übrigens auch >Schwarzer<.

Nachdem ich nun endlich auf >Schwarzer< saß – einen Sattel gab es natürlich nicht, denn er war ein Arbeitspferd - trabte er mit mir los in Richtung Weide. Wahnsinn! Der friedliche >Schwarzer< und ich ganz allein. Von ganz hoch oben konnte ich weit gucken. Es roch so gut nach Heu und Blumen, das hätte noch lange so weitergehen können. Kein Gedanke an die Warnungen bis - ja - bis >Schwarzer< es sich anders überlegte. Vielleicht fiel ihm ein, dass er noch Mittagspause hatte und wieder in den Stall zurückwollte, vielleicht war ihm so ein Ausritt aber auch zu ungewohnt, zu lang oder einfach nur zu langweilig.

Was auch immer, jedenfalls spurtete er ohne Vorwarnung los - einem Zaun entgegen.

Zugegeben, der war vielleicht nur kniehoch, aber Springreiten hatte ich noch nicht. Ich konnte ihn nicht aufhalten, also klammerte ich mich an der Mähne fest und versuchte mich mit den Beinen an seinem Körper zu klemmen. Er wurde temporeicher und hopp – über sprang er den Zaun. Leider ohne mich. Ich flog schon vor dem Zaun herunter und blieb dort liegen.

Mit etwas Aufprallschmerz rappelte ich mich hoch. Mich beschlich Angst, denn mir war klar, dass ich etwas Verbotenes getan habe und fürchtete nun die Folgen.

Ich musste lange laufen und schauen, wie ich es ohne Pferd und mit Umwegen über die Gräben schaffte. Das dauerte. >Schwarzer< war inzwischen wieder auf dem Hof angekommen und aufgeregt hin- und her galoppiert. Als ich endlich dort angekommen war, erlebte ich große Aufregung, alle schimpften durcheinander auf mich ein. Die Frauen des Hauses kreischten, die Männer waren aufgebracht. Es waren auch schon zwei Knechte losgeschickt worden, um mich zu suchen. Mir war klar: Sie hatten recht und ich sagte besser nichts.

Nur der Großvater blieb ungewohnt still, nahm mich an die Hand, führte mich ins Haus. Ich glaubte, sein Zorn würde dieses Mal über mich hereinbrechen.

Wir gingen in die >Gute Stube<. Das überraschte mich,

denn dies war der Raum nur für besondere Gelegenheiten. Dies war wohl eine besondere Gelegenheit.

Es gab dort einen großen moosgrünen Kamin mit Sitzfläche drum herum. Dorthin setzten wir uns. Zunächst sagte er gar nichts, doch dann ganz leise - mit Betonung:

„Do nümols wat wedder, wat ick di vorbödden hebb! Is dat nu endlich in din Kopp? Häs du dat verstohn?"

(„Tu' nie wieder etwas, was ich Dir verboten habe. Ist das nun endlich in Deinem Kopf? Hast Du das verstanden?")

Ich flüsterte:

„Jo Opa" („Ja Opa")

Er sah mich etwas länger mit einem für mich merkwürdigen Blick an und >entließ< mich.

Niemand sprach mich jemals wieder auf dieses Ereignis an. Opa hatte in der Familie >den Hut auf<. Was er sagte, war Gesetz und daran hielt man sich besser. Seit diesem Erlebnis hatte ich das Gefühl, mit ihm irgendwie besonders verbunden zu sein. Als Opa starb, war ich sehr traurig. Ich stand an seinem Grab und hatte wieder das Gefühl, verlassen worden zu sein.

Irgendwann gingen auch die längsten Ferien zu Ende. Zu Hause war es seit geraumer Zeit wieder unerträglich. Ich wollte das alles nicht mehr und überlegte lange und intensiv, was ich tun könne. Mit wem hätte ich darüber reden sollen? Es gab niemanden. Ich vertraute auch keinem. So entschloss ich mich, einfach weg zu laufen - das erste Mal. Wohin? Da, wo ich mich am wohlsten fühlte: Zu meiner Tante auf den Bauernhof. Wie naiv von mir! Kein Gedanke an die Folgen - nur weg.

Ich packte ein paar Sachen zusammen und schwang mich - natürlich ohne Vorankündigung - auf mein Rad und fuhr los. Das waren immerhin so zirka zwanzig Kilometer. Opa war ja nun leider nicht mehr da. Er fehlte mir und das spürte ich gerade in diesem Moment besonders. Er hätte mir ganz sicher geholfen. Von meiner Tante erwartete ich nun auch Verständnis, Unterstützung, Hilfe, irgendetwas von allem, aber nicht, dass einige Zeit später die Polizei auftauchte. Niemand hörte mir richtig zu. Ich musste wieder auf mein Rad steigen und nach Hause zurückfahren. Der Polizeiwagen begleitete mich eine Zeit lang. Ich fühlte mich verraten und elend. Mit Opa wäre das sicher so nicht passiert.

Als ich zu Hause ankam, war eisiges Schweigen angesagt. Am nächsten Tag brauchte ich nicht zur Schule gehen, stattdessen ging meine Pflegemutter mit mir, wie sie es formulierte: >zum Amt<. Keine weitere Erklärung. Was sollte das bedeuten? Was macht ein Amt?

Kurze Zeit später saßen wir einer Frau und einem Mann gegenüber. Beide thronten mit einem sehr ernsten und unnahbaren Gesichtsausdruck hinter einem großen Schreibtisch. Meine Pflegemutter war ungewohnt ruhig, wirkte aber irgendwie angespannt.

Mir war gar nicht gut, denn ich wusste inzwischen, dass es ein Jugendamt war. Es stand draußen mit großen Buchstaben auf einem Schild an der Wand. Was bedeutete dieses Wort? Mir war nicht klar, wie es jetzt weiter gehen sollte und was mit mir geschehen würde. Ich konnte die Situation einfach nicht einschätzen. Mit mir wurde bis jetzt einfach nicht gesprochen.

Doch nun ging es los! Befragung über mein Weglaufen. Warum hatte ich das getan? Wie konnte ich das nur meinen besorgten >Eltern< antun? Einen Polizeieinsatz auszulösen - was denken da wohl die Nachbarn? Ob ich mir auch nur im Entferntesten vorstellen könnte, wie es allen damit geht? Was ich mir nur dabei gedacht habe?

Erschrocken, stumm und wie erstarrt saß ich auf meinem Stuhl. Mein Herz pochte so heftig, dass ich es im Hals spürte. Ich bin sicher: Hätte man mich allein und in einem freundlichen, verbindlichen Ton befragt, hätte ich wahrheitsgemäß geantwortet. Eigentlich wartete ich ja im tiefsten Inneren schon lange darauf, alles erzählen zu können. Mein heimlicher Wunsch war ja auch, dieses Zuhause verlassen zu können. Überall hin, nur nicht bleiben.

Doch jetzt und hier hatte ich das Gefühl, es ginge gar nicht wirklich um mich. Es ging um alle und alles andere, aber nicht um mich. All das, was ich wirklich dachte, sagte ich nicht. Hätte man mir meine Geschichten geglaubt? Und wenn nicht, was wären dann die Folgen gewesen?

Mein beharrliches Schweigen wurde mir natürlich als Bockigkeit ausgelegt und ich musste eine Weile auf dem Flur warten. Wurde jetzt meine Strafe besprochen?

Sollte damals eine der beiden Personen ein Psychologe oder eine Psychologin gewesen sein, kann man nur von Glück reden, dass er oder sie nicht mehr praktiziert. Überhaupt bin ich froh, dass heute Kinder in meiner Situation eine Lobby haben, dass es endlich Fachleute gibt, die sich kompetent für die Belange und Probleme der Kinder einsetzen und dass auch alle anderen Beteiligten Hilfe und Unterstützung.

Ich bin sicher, dass meine Pflegeeltern überfordert waren und Hilfe benötigt hätten. Vielleicht hätte man da noch etwas retten können - vielleicht auch mich.

Zu meiner Zeit war den Ämtern nur wichtig: Kind ist untergebracht und versorgt. Damals spielte Psychologie nicht die vorrangigste Rolle und ich vermute, dass die Vormünder diesbezüglich eher nicht geschult waren.

Ich hatte keine Ahnung, was ohne mich besprochen wurde. Ich bekam keinerlei Information. Der Weg nach Hause und auch die nächsten Tage verliefen schweigend. Meine Pflegemutter schaute mich nicht an. Ihr Mann schaute eher betrübt bis traurig. Manchmal sah er mich kurz an, irgendwie fragend, aber er fragte nichts. Es wurde kein einziges Wort und auch nie mehr über diese Angelegenheit gesprochen. Meine innere und auch äußere Distanz zu ihnen wurde größer.

Keine Urkunden, kein vollwertiges Mitglied

1961 begann für mich und viele andere Teenager der Konfirmationsunterricht. Er dauerte zwei Jahre lang.

Das bedeutete, jeden, aber auch jeden Sonntag die Teilnahme am Gottesdienst. Wir Konfirmanden bekamen jeder eine Stempelkarte. Sie wurde als Beweis der Anwesenheit bei jedem unserer Besuche datiert und abgestempelt. Unser Pastor war da sehr genau und streng. Bei jedem fehlenden Stempel musste man zum Rapport und den Grund erklären. Meist verlangte er noch eine schriftliche Bestätigung der Eltern. Allein der Glaube an uns reichte ihm nicht.

Für die im März 1963 anstehende Konfirmation benötigte er meine Geburts-, und Taufurkunde. Als ich meine Pflegeeltern danach fragte, bemerkte ich - wieder einmal - ihre Nervosität und Unsicherheit. Es war etwas in ihrem Blick, das mir jedes Mal Unbehagen verursachte und mich beunruhigte, weil ich es nicht einordnen konnte. Ich bekam ausweichende Antworten: >Sie müssten mal suchen<. Das war die denkbar schlechteste aller Antworten. Man muss wissen, dass bei uns *alles* seinen Platz hatte. Bei uns wurde nichts gesucht. Auf meine Frage, wann und wo ich denn getauft worden sei, bekam ich gar keine Antwort. Wieder einmal war da ein Gefühl, dass >etwas nicht stimmte< und dass es mit mir zu tun haben musste. Ich konnte das alles nicht verstehen. Eltern müssen doch wissen, wo diese wichtigen Papiere liegen, wann und wo ihr Kind getauft wurde. Ohne dass ich es zunächst erfuhr, stellte sich heraus, dass es von mir weder eine Geburts-, noch eine Taufurkunde oder ein Familienstammbuch gab. Wie konnte das denn passieren?

Später erklärte man mir, dass meine Pflegeeltern dachten, das Jugendamt oder Vormundschaftsgericht hätte die Unterlagen. Das Jugendamt dachte, meine Pflegeeltern hätten sie. Nach einigem kollektiven Nachdenken kamen alle zu dem Schluss, dass das Heim sie noch haben müsse. Die Heimleiterin verneinte. Niemand schien auf die Idee gekommen zu sein, meine leibliche Mutter zu fragen.

Wie peinlich. Alle hatten etwas gedacht, doch nichts war dabei herausgekommen, zumindest keine Papiere. Faktisch gab es mich also gar nicht. Ich war eigentlich gar nicht existent und es war niemandem aufgefallen. Schnell sollten neue Papiere beschafft werden, aber wie das so ist mit ‚schnell'… In den Amtsstuben war der Schimmel wohl zu der Zeit sehr müde. Er kam nicht in die Hufe. Es dauerte und dauerte.

Zu meinem Unglück musste ich nun auch noch dem Pastor berichten, dass es noch keine Unterlagen gab. Für ihn war es nur zu logisch, dass ich dann wahrscheinlich auch noch nicht einmal getauft war. Er wurde sehr ruppig und meinte:

„Solange du nicht getauft bist und keine Urkunden hast, bist du kein vollwertiges Mitglied meiner Gemeinde und kannst dem Unterricht fernbleiben." Es sei nicht üblich, als Heidin am Konfirmationsunterricht teilzunehmen. Sein ausgestreckter Arm wies auffordernd zur Tür. Er hatte jedoch wohl nicht den Mut, mich gänzlich zu verbannen. So bekam ich von ihm den Auftrag, jedes Mal nach dem Unterricht vor der Tür des Gemeindesaales zu warten, damit meine Mitkonfirmanden mir die Hausaufgaben geben konnten.

Ich fühlte mich elend, verloren, verraten und vieles mehr. Vor allem war mir diese Situation unbeschreiblich peinlich, denn alle um mich herum bekamen sie natürlich mit, erzählten es sich untereinander, ihren Eltern und es war Thema in der Schule. Ihre berechtigten Fragen konnte ich nicht beantworten, weil ich selbst nichts wusste.

Ich schämte mich dafür, dass ich meinen >Eltern<, dem Pastor und den anderen Kindern Probleme machte. Ich merkte aber genau, dass auch sie sich unwohl fühlten. Bis gestern war ich noch eine von ihnen, heute stand ich draußen, gehörte irgendwie nicht mehr dazu.

Ich stand neben allem und auch neben mir selbst, hätte so gern mit jemandem gesprochen. Doch mit wem? Ohne den genauen Hintergrund zu erfassen, fühlte ich, dass sich etwas Elementares in meinem Leben tat und dieses sich gerade veränderte. Doch ich konnte es nicht wirklich greifen - oder besser: begreifen. Keinerlei Erklärungen von irgendjemandem. Die Erwachsenen ließen mich seelisch verhungern, flößten mir Schuldgefühle ein und ich durfte raten, was ich falsch gemacht hatte. Ich grübelte und grübelte, kam jedoch zu keinem Ergebnis.

Meine Pflegeeltern verfielen nun in einen hektischen Aktionismus, denn meine Taufe musste organisiert werden und zwar schnell. Taufpaten mussten beschafft werden. Die zwei hatten eigentlich keinen Freundeskreis. Das war mir schon aufgefallen. Wenn uns jemand besuchte, dann nur Familienangehörige. Damit war der Kreis der infrage kommenden Personen sehr übersichtlich.

Ein entsprechendes Kleid musste her. Was trägt man als Dreizehnjährige zur eigenen Taufe? So sehr ich auch nachdenke, ich kann mich wirklich nicht erinnern, was ich zur Feier dieses Tages trug. Es gibt auch keine Bilder. Die Zeit rannte und alle rannten mit. Ich selbst spielte nur eine Nebenrolle in diesem schlechten Film, denn ich wurde weder gefragt noch irgendwie anders einbezogen.

Nun war genau das eingetreten, was meine Pflegeeltern seit vielen Jahren versäumt hatten und wovor sie sich sicher auch genauso lange fürchteten. Der Moment der Aufklärung über meinen wahren Status in ihrer Familie war über sie gekommen. Auch alle anderen Menschen in ihrem Umfeld hatten beharrlich geschwiegen. Es war ein stilles kollektives Abkommen.

Endlich - Die Wahrheit

Mein Pflegevater arbeitete Jahrzehnte lang als Kraftfahrer bei einer Kühleisfabrik in unserem Bremerhavener Fischereihafen. Noch zu meiner Kinder-, und Jugendzeit boomte die Fischindustrie. Dieser Hafen war für mich immer sehr interessant gewesen. Es war viel los. Fischkutter brachten ihren fangfrischen Fisch an

Land und das Kühleis hielt ihn eine gewisse Zeit frisch. Auf Fischauktionen in den großen Fischhallen wurde er dann lauthals versteigert und von den Käufern abtransportiert. Frischer Fisch riecht nicht, er duftet appetitlich und etwas nach Meerwasser.

Ganz anders und schwer zu ertragen war da der Gestank des Fischabfalls aus einer Fischmehlfabrik, im Umgangston nur >Gammelfabrik< genannt. Die Miefschwaden waberten schwer wie Blei durch Bremerhavens Gassen. Sie drangen durch die undichten Fenster und Türen in die Häuser und in unsere Nasen. Oft lagen auch Fischabfälle im Fischereihafen auf den Straßen. Sie waren wohl von den Lieferwagen gefallen. Ein Fest für die Möwen. Mit lautem Gekreische stürzten sie sich vom Himmel herab auf ihre Beute. Da musste man schon in Sicherheit gehen. Sie nahmen es im Kampf um die besten Stücke mit jedermann auf. Das konnte wirklich gefährlich werden.
Manchmal durfte ich am Wochenende meinen Pflegevater zur Arbeit begleiten und auf seinem Eiswagen mitfahren. Für mich war das stets ein großes Erlebnis. Da saß ich dann hoch oben auf dem Beifahrersitz und konnte alles überblicken. Ich erinnere mich noch daran, dass er mir vieles über den Hafenbetrieb, seine Arbeit und >seine< Firma erzählte. Ich hörte immer sehr gespannt zu und beobachtete alles um uns herum.

Doch dieser Sonntag begann irgendwie anders als sonst. Schon die Stimmung am Frühstückstisch war merkwürdig verhalten. Mein Vater fragte mich, ob ich wieder einmal mitfahren wolle. Ich freute mich und war sofort einverstanden. Mit dem Fahrrad ging es los - wortlos. Das war ungewöhnlich und leicht irritiert überlegte ich, ob ich irgendetwas angestellt hatte. Mir fiel nichts ein. Sein Gesichtsausdruck wirkte ernst, geradezu angestrengt. Ich bekam ein ungutes Gefühl. Etwas stimmte nicht, aber was? In welche Richtung sollte ich denken? Zu Hause war nichts Besonderes passiert. Schule? Na ja - ging so, aber keine besorgniserregenden Vorfälle. Die Kirche? Der Pastor? Was hatte der denn noch zu meckern?

Ich hatte nicht die geringste Ahnung, dafür aber ein sich leicht steigerndes Magengrummeln. Also, wenn das nun so weiter gehen sollte, würde ich mich zeitig aus dem Staub machen. So hatte ich mir unseren >Arbeitstag< nicht vorgestellt. Ich entschloss mich jedoch, noch etwas abzuwarten.

In der Firma angekommen wartete ich, bis er sich umgezogen hatte, dann kletterten wir auf den Wagen. Ich hielt diese Spannung nicht mehr aus, schaute ihn direkt und fragend an, mehr traute ich mich nicht. Endlich - er sprach zu mir!

Ohne Einleitung dafür kurz und knapp erklärte er mir, ich müsse nun wissen, dass ich nicht ihr >richtiges Kind< sei. Sie hätten mich mit knapp zwei Jahren aus einem Heim geholt, ich wäre ein Pflegekind und sie meine Pflegeeltern. Meine leibliche Mutter sei sehr jung gewesen, mein Vater ein amerikanischer Soldat und sicher schon lange wieder in Amerika.

Donnerschlag! Innerhalb weniger Minuten geriet mein Weltbild aus den Fugen.

Wie bitte? Was war ich? Ein Pflegekind? Was war denn das und was bedeutete das? Pflegeeltern? Wieso Pflege...? Ich verstand gar nichts. Es war das erste Mal, dass ich die Worte >Pflegeeltern< und >Pflegekind< hörte. Bis zu dem Zeitpunkt wusste ich nicht einmal, dass es das überhaupt gab. Ich musste wohl das einzige Pflegekind auf dieser Erde sein, denn ich kannte sonst keines.

Ich erinnerte mich an eine kranke und gelähmte Tante. Sie musste stets gepflegt und gefüttert werden. Ich bekam Angst und fragte: „Wieso bin ich ein Pflegekind? Bin ich krank? Es geht mir doch gut: Was habe ich denn? Ihr müsst mich doch gar nicht pflegen."

Meine Fassungslosigkeit und meine Fragerei nervten ihn sichtlich und er meinte recht barsch: „Nein, Du bist nicht krank. Pflege heißt, dass wir für Dich sorgen, weil es sonst niemand tut. Alles andere musst Du Deinen Vormund fragen." So sprach er sonst nie mit mir und ich hatte einen Kloß im Hals. Ich habe nicht mehr gefragt: „Was ist ein Vormund?" Noch etwas beschäftigte mich: Mein Vater ist ein Amerikaner? Soldat? Wo ist er denn jetzt?

Heute würde ich sagen, mein Pflegevater war total überfordert. Das zuständige Amt, aber auch seine Frau hatten ihn mit dieser Situation völlig allein gelassen. Wie unerträglich muss das für ihn gewesen sein.

Ich war mehr als durcheinander und versuchte, diese Informationen zu begreifen.

Nun endlich, mit zwölf Jahren erfuhr ich, dass ich ein >nicht richtiges< Kind war, bei >nicht richtigen< Eltern lebte - und gepflegt wurde, warum auch immer.

In meinem Kopf drehten sich die Gedanken und Fragen wie ein wild gewordenes Karussell.

Was ist das Gegenteil von *richtig*? Antwort: *falsch*. Also war ich das falsche Kind falscher Eltern.

Wenn *diese* nicht meine Eltern sind, wer sind dann meine *richtigen* Eltern? Wo sind sie? Warum bin ich nicht bei ihnen? Warum erfahre ich das alles jetzt erst? Wie ist mein richtiger Nachname? Ist *Renate* mein richtiger Vorname? Das waren die Kardinalfragen.

Ich wollte sie mir für zu Hause aufbewahren, denn ich merkte, dass mein Pflegevater aufgeregt war und ich hatte etwas Angst, denn er steuerte ja das Auto.

Ich wusste nicht, was ich jetzt tun sollte. Vom Wagen steigen und nach Hause fahren? Was würde mich dort erwarten? Der Begegnung mit meiner Pflegemutter fühlte mich angesichts dieser neuen Situation nicht gewachsen, so verharrte ich schweigend den Rest der Zeit neben meinem ebenso schweigenden und sichtlich ratlosen und verwirrten Pflegevater. Wir hingen unseren sicher ähnlichen Gedanken nach und fragten uns wohl auch beide, wie es nun weiter gehen sollte. Ich jedenfalls hatte keine Ahnung.

Endlich zu Hause angekommen, verdrückte ich mich sofort in mein Zimmer und hoffte, man würde mich erst mal in Ruhe lassen. Was tun? Ich versuchte, meine Gedanken zu ordnen. Keine leichte Aufgabe angesichts dieser Situation. Großes Chaos im Kopf. Meine Gefühlswelt war ein einziges Durcheinander, beherrscht von Unsicherheit, Enttäuschung, Ratlosigkeit und auch einer gewissen Traurigkeit, die ich mir in dem Moment noch nicht erklären konnte. Ich empfand auch Wut! Soviel Unehrlichkeit, jahrelanges Schweigen - und alle schienen sich so einig gewesen zu sein. Die gesamte Familie, die Nachbarn, die Lehrer. Jeder war bemüht, sich nicht zu verplappern.

Eine Szene aus meiner Kinderzeit ist mir in Erinnerung. Bei einer Familienfeier kam eine Frau, die ich nicht kannte und mich wohl sehr lange nicht gesehen hatte, auf mich zu und rief ganz überrascht: *„Du* bist die kleine Renate von damals? Ich weiß noch, als du in unsere Familie kamst, warst du schon soo groß." Sie hielt ihre Hand an ihre Hüfte Wie bitte? Ich schaute überrascht. Babys sind doch viel kleiner und stehen können sie auch noch nicht.

Wieso hält sie ihre Hand in Hüfthöhe? Wenn man die Größe eines Babys zeigt, hält man doch die Hände waagerecht auseinander, so ungefähr 50 cm, aber doch nicht vom Boden aus nach oben. Ich sehe heute noch die Gesichter der Umstehenden und vor allem die meiner Pflegeeltern. Merkwürdig! Sie bemerkte ihren Fehler, lief rot an und meinte: „Ist ja jetzt auch egal."

Ich habe einen eigenen Namen

Identität ist ein fundamentaler Bestandteil unserer Persönlichkeit, dazu gehört auch der Originalvor-, und Nachname.

Alles, aber auch alles war darauf angelegt, dass ich so lange nichts über meine Vergangenheit erfahre, bis das Jugendamt bzw. mein Vormund oder meine Pflegeeltern den Zeitpunkt der Aufklärung für richtig hielten. Ich hatte sogar eine Namensübertragung bekommen. Ich trug den Nachnamen meiner Pflegeeltern. Man hatte damals keine Skrupel, mir sogar dieses Identitätsmerkmal zu nehmen. Mit dieser willkürlichen Namensänderung wurde ich einfach zu jemand anderes gemacht. Es ging um Geheimhaltung und Verschleierung der Wahrheit. War ja nur zu meinem Besten.

Bis zur siebten Klasse wurde ich in der Schule mit *ihrem* Nachnamen geführt. Mein eigener Nachname erschien das erste Mal im Halbjahreszeugnis im September 1961.

Es dauerte geraume Zeit, mich an ihn zu gewöhnen und ich begann auch über meine Vornamen nachzudenken – ich hatte zwei Warum hatte meine Mutter sich gerade für diese beiden entschieden?

Gefielen sie ihr einfach nur oder gab es in ihrem Leben wichtige Person mit den gleichen Namen? Das werde ich nie erfahren. Zu >Renate< habe ich mal recherchiert. Dieser Vorname kommt aus dem Lateinischen und bedeutet >die Wiedergeborene<. Seine Popularität nahm etwa ab

1910 stetig zu und gehörte von Mitte 1930 bis Mitte der 1950 zu den zehn meistvergebenen weiblichen Vornamen. Während der 1940er war er oft der beliebteste Name. Na bitte, wenn das kein Grund war.

Verehrte Leser, es bietet sich gerade eine gute Gelegenheit, kurz inne zu halten und darüber nachzudenken, wie es mit der Namensfindung bei Ihnen oder ihren Kindern war. Hat es Sie jemals interessiert, wer *Ihnen* Ihren Vornamen gab und warum? Haben Ihre Kinder Sie jemals gefragt? Spätestens jetzt wird Ihnen auffallen, wie wichtig dieses Thema ist - für jeden Menschen.

Meine beiden Söhne fragten mich einmal, warum ich ihre Namen so gewählt habe. Ich antwortete:
„Sie gefallen mir einfach, sie haben einen guten runden Klang."
Ich fragte sie, ob sie mit ihrem jeweiligen Vornamen glücklich wären und ihre Antwort verblüffte mich. Jeder hätte gern so geheißen, wie der andere, aber so sei das jetzt auch in Ordnung. Über diese Aussage habe ich lange nachgedacht, mich aber auch gefreut, denn ich hatte wohl alles richtig gemacht.

Die Jugendämter und neuen Eltern brauchten einander und so gab man auch schon mal gerne ihren Wünschen nach. Das ging so weit, dass wir Pflegekinder zum Teil den Namen unserer Pflegeeltern bekamen. Dafür bedurfte es lediglich eines Antrages. Das Gesetz sagt unter anderem aus, dass diese Entscheidung ausschließlich dem Wohle des Kindes dienen muss.

Pflegeeltern haben sicher verschiedene Gründe, ob sie ihrem Pflegekind ihren Nachnamen geben möchten oder nicht. Mit einem Namensunterschied müssten sie sich unter Umständen des Öfteren erklären. Ich meine aber, wenn die Pflegeeltern ein Problem damit haben, müsste doch unbedingt hinterfragt werden, welches und warum. Geht es dabei wirklich nur um das Kind? Nein, es geht um sie. Ist das dann etwa zum Wohle des Kindes?

Für manche Pflegekinder wiederum ist eine Namensgleichheit mit den Pflegeeltern oftmals wichtig, um ein Zugehörigkeitsgefühl zu bekommen und sich nicht immer erklären zu müssen, vor allem im Kindergarten und in der Schule. Unter Umständen wollen sie damit aber auch Abstand zur Herkunftsfamilie erreichen und mit Geschehenem abschließen. Das ist nur zu verständlich und in diesem Fall tatsächlich zum Wohle des Kindes.

Natürlich ist es auch möglich, dass ein Kind eine Namensänderung ablehnt. Zumeist ist dies der Fall, wenn es noch Kontakt zu der Herkunftsfamilie gibt oder die Hoffnung des Kindes darauf besteht. Diese Kinder wollen ihre biologischen Wurzeln behalten, diese und auch sich selbst nicht verleugnen, um später daran anknüpfen zu können, um nach den leiblichen Eltern zu suchen.

Eine Namensänderung sollte also unbedingt von den

individuellen Voraussetzungen und Wünschen jedes einzelnen Kindes abhängig gemacht werden und ist doch nur dann sinnvoll, wenn das Kind ein Alter hat, indem es verstehen und selbständig entscheiden kann. Dann - erst dann ist es zum Wohle des Kindes.

Ganz sicher kann man die kindlichen Bedürfnisse auch ohne eine Namensänderung befriedigen, übrigens auch die der Pflegeeltern.

Diese Chance hatte ich leider nicht! Mir wurde >rechtzeitig< eine Namensübertragung zuteil.

Ich hörte von vielen inzwischen erwachsenen Betroffenen, dass sie erst bei zufälligem Auffinden ihrer Unterlagen erfuhren, dass selbst der ursprüngliche Vorname geändert wurde. Mehr Verachtung zur Herkunft des Kindes und Missachtung seiner Identität und Person von Seiten der neuen >Eltern< und den Behörden ist nicht möglich.

So konnten egoistische Wünsche der Ersatz-Eltern und die Macht der Ämter ein offenes Tor sein für Willkür. Damit wurden deren eigenen Interessen vorangestellt, die Gegenwart und damit die Zukunft eines Kindes entschieden - aber wirklich immer zum Wohle des Kindes? Diese Frage möchte ich offenlassen und ich bitte die Leser um Verständnis für meine zeitweilige Bitternis. Auf keinen Fall möchte ich alle und alles über einen Kamm scheren. Mir ist durchaus bewusst, dass auch viele Kinder großes Glück mit ihren Pflege- bzw. Adoptiveltern hatten, aber das darf nicht über die breite Masse des Gegenteils hinwegtäuschen.

Ungeachtet der wahren Identität und der bereits vor-
geprägten Persönlichkeiten der betroffenen Kinder
wurden deren Schicksale so gelenkt, dass sie in das
Bild der neuen Familie passten, ohne darüber nachzudenken, wie jedes einzelne später mit dieser Erkenntnis leben sollte. Eine sehr fragwürdige Praxis.

Bis Anfang der 70er Jahre kümmerten sich ausschließlich Mitarbeiter der Jugendämter und - nach Erachten
der meisten Betroffenen - unzureichend ausgebildete
Sozialarbeiter*innen um die Vermittlung und Belange
der Pflegeeltern- und Kinder.
Erst in den 70er Jahren entstanden Interessengemein-
schaften Betroffener, Vereine und Netzwerke mit völlig neuen Hilfsangeboten. Viele ehemalige Betroffene
waren erwachsen geworden und stellten sich nun end-
lich- wenn auch zunächst zaghaft - aber inzwischen
mutig ihrer Vergangenheit und den damit verbunde-
nen bis dato vergrabenen Erlebnissen und der Verzweiflung darüber, belogen und um ihre eigene Identität, ihre Geschichte, die eigene Familie gebracht worden zu sein. Sie zeigten der Gesellschaft die Folgen dieses lieblosen Umgangs mit den Kinderseelen. Sie
zwangen die Gesellschaft, sich endlich mit ihnen, ihrem Leiden und der Ungerechtigkeit auseinander zu
setzen.
Es dauerte geraume Zeit, bis mir die ganze Tragweite
dieses neuen Umstandes so richtig bewusst wurde. Ich
konnte kaum noch an etwas anderes denken. Noch
mehr Fragen türmten sich auf.

Wer war ich? Woher kam ich? Was war mit meiner e i-
g e n e n Familie? Warum wollten sie mich nicht behalten? Hatte ich Geschwister? Wie kam ich in d i e s e
Familie? Warum gerade in *diese* Familie? Warum kam
gerade *ich* in diese Familie?

Dies waren also nicht meine richtigen Eltern. Dann waren ja auch meine verstorbenen Geschwister gar nicht
meine richtigen Geschwister. Die Verwandten waren
nicht meine Verwandten.

Mein bisheriger Name war nicht *mein* Name. Nichts
schien mehr, wie es war. Alles nur Fassade.

Alle um mich herum hatten dieses falsche Spiel mitge-
spielt. Ich fühlte mich wie eine Fremde, irgendwie im
Abseits. Fühlte mich belogen und unwichtig.

Mein Selbstwertgefühl bekam einen gewaltigen
Knacks, dazu kam die Wut über alles und auf jeden.

In diese Richtung entwickelte ich mich - in ein zutiefst
wütendes und aufgewühltes Kind. Niemand erkannte
meine innere Zerrissenheit, meine Verzweiflung,
meine Ratlosigkeit, meine Hilflosigkeit. Ich hatte das
Gefühl, mich in einem Schwebezustand zu befinden,
gehörte nirgendwo hin, gehörte zu niemandem, also
war ich auch niemand und war auch niemandem wichtig - *ich* war nicht wichtig. Nun wurde mir auch klar,
warum ich so oft das Gefühl hatte, etwas in unserer
Familie stimme nicht. Endlich konnte ich Zusammenhänge zwischen so manch hingeworfenen Sätzen und
dem Verhalten meiner Pflegemutter herstellen.

Wie kann es nur sein, dass zwei Personen es schaffen,

so viele Menschen zum Schweigen zu bringen? Es hatte doch wohl niemand eine Schweigeverpflichtung unterschrieben. Es gibt kein Gesetz, dass andere Mitwisser zum Schweigen verpflichtet, weder innerhalb noch außerhalb der Familie und doch tun sie's - alle. Das macht mich auch heute noch sprachlos. Ich erinnere mich an die Geschichte eines Mannes, der erst mit fünfundsechzig! Jahren erst durch den Tod seiner Adoptivmutter seine Adoptionsunterlagen fand und das im Jahre 2012!

Mein Rätsel war gelöst. Im Grunde konnte ich doch froh sein. Alle Beteiligten sollten doch froh darüber sein. Endlich keine Geheimnisse mehr - dachte ich.
Leider hatte ich in die falsche Richtung gedacht. Ich bekam den unmissverständlichen Hinweis, mit wirklich n i e m a n d e m über dieses Thema zu sprechen. Es sei einzig und allein eine Familienangelegenheit und ginge n i e m a n d e n etwas an.
Ich weiß nicht, wie es meinen Pflegeeltern und dem schweigenden Umfeld mit der neuen Situation ging. Über Gefühle wurde in dieser Familie nie gesprochen. Das hatte ich auch nie gelernt. Ich weiß nur, dass ich nicht froh war. Worüber auch? Ich wusste nicht, wie mein Leben nun weitergehen sollte. Sollte es überhaupt je so etwas wie eine gefühlsmäßige Nähe zu der Familie gegeben haben, so war sie spätestens jetzt ausradiert. Am Unerträglichsten aber war, dass ab jetzt gar nicht mehr über dieses Thema gesprochen wurde, jedenfalls nicht mit mir. Ich bin aber sicher,

dass meine Pflegeeltern nun mit ihren Verwandten, den Lehrern und was weiß ich wen über den neuen Stand der Dinge gesprochen hatten.

Ich fragte mich, ob dieser für mich neue Umstand nun irgendwelche Konsequenzen hätte. Blieb alles beim Alten? Wie aber sollte ich jetzt weiterleben? Mit wem hätte ich nach dieser merkwürdigen Aufklärung sprechen können? Wer fühlte sich zuständig und interessierte sich für meine Gefühle und Fragen? Ich dachte nach und dachte nach, doch mir fiel wirklich niemand ein. Alle lebten weiter vor sich hin als ob nichts geschehen sei. Ich nicht! Mein Gemütszustand und meine Verhaltensveränderungen wurden jedoch der Pubertät zugeordnet, basta.

Heute hätte ich eine große Lobby an meiner Seite. Psychologen hätten mir mit Rat und Tat zur Seite gestanden. Auch meinen Pflegeeltern hätte das sicher sehr geholfen. Sie waren maßlos überfordert und vom Jugendamt sehr allein gelassen.

„Nein, ich möchte nicht adoptiert werden"

Es war 1961. In dieser für mich sehr schlimmen Zeit fragte mich eines Tages mein Pflegevater völlig unvorbereitet, ob ich mir eine Adoption vorstellen könne. Meine richtige Mutter hätte mich nun endlich frei gegeben.

Welche Gefühle ich hatte? In dem Moment gar keine. In meinem Kopf schwirrten nur Fragen umher.

WARUM gab sie mich frei? Warum gerade JETZT? Warum ÜBERHAUPT?

Dreizehn Jahre lang hatte sie es nicht getan. Das war doch eine Aussage! Wollte sie mich irgendwann doch noch zu sich zurückholen? Hatte sie sich in den Jahren etwa schon darum bemüht und nur keinen Erfolg gehabt? Hatte sie sich je nach mir erkundigt? Möchte nicht jede Mutter wissen, wie es ihrem Kind geht und welche Fortschritte es macht? Wie es in der Schule läuft? Ob es gesund ist? Hatte sie mich in dem Heim besucht? Schließlich war ich immer noch ihr Kind. Warum gerade jetzt? Hatte das Amt sie dazu gedrängt? Hatten meine Pflegeeltern Druck gemacht?

Viele verzweifelte Fragen einer Dreizehnjährigen, doch keine Antworten - noch nicht.

Um mich in den Griff zu kriegen, gab ich mich recht forsch mit einem Anflug von Aggressivität. Ich dachte an das äußerst schlechte Verhältnis zwischen der Pflegemutter und mir und der nicht gerade harmonischen Ehe der beiden, woran ich ihr die gesamte Schuld gab. Nein, ich fühlte mich nicht wohl bei ihnen und ein Ja wäre gänzlich gegen meine Gefühle und meine Überzeugung gewesen.

Es gab für mich nur eine Antwort: „NEIN." Ich musste nicht nachdenken und überlegte auch nicht, wie das aufgenommen würde oder welche Konsequenzen das für mich haben könnte.

Ich versuchte zu begreifen, dass meine leibliche Mutter sich jetzt endgültig von mir trennen wollte. Welch ein Schock! Ich suchte nach Gründen. Was war passiert in ihrem Leben? Das hatte ich nicht erwartet. Die Mutter, die ich so sehr wollte, wandte sich für immer von mir ab und die 'Mutter', die ich nicht wollte, machte sich allen Ernstes Hoffnung.

Mein krasses und entschlossenes NEIN muss ihn sehr getroffen haben. Er fragte mich jedoch nicht nach meinen Gründen und das war gut so. Ich wäre in Erklärungsnot gekommen. Wie genau hätte ich ihm meine Gedanken, meine Gründe vermitteln sollen? Das hätte ihn doch maßlos gekränkt und dabei war er doch nicht wirklich mein Problem.

In seinem Gesichtsausdruck spiegelte sich Erstaunen, Enttäuschung und Verletzung wider. Ich sah es genau. Instinktiv fühlte ich, dass ich gerade für uns alle die Weichen gestellt hatte. Er tat mir wirklich leid. Wir hatten uns immer gut verstanden. Zwar hatte er zeitweise etwas viel getrunken, doch bei den Umständen konnte ich ihn inzwischen gut verstehen.

Etwas später hatte ich mich gefragt, warum wir dieses so wichtige Gespräch über eine Adoption nicht zu dritt geführt hatten. Es ging doch auch sie an. Im Nachherein beleuchtet, war das sicher von ihm gut entschieden. Vielleicht ahnte er schon, dass es ein NEIN geben könnte und ihre Reaktion wäre sicher für den weiteren Verlauf nicht angemessen gewesen.

Nach diesem Gespräch mussten wir wieder einmal zum Jugendamt. Meine Pflegeeltern wurden in einen Raum geschickt, ich wurde in einen anderen begleitet. Dort wartete eine fremde Frau auf mich, die mir einen Vortrag über >richtige< und >nicht richtige< Kinder hielt. Sie schilderte mir eindringlich die Vorteile einer Adoption. Ich würde dann doch >richtig< zur Familie gehören. Schließlich wäre ich ja nun schon so viele Jahre dort. Die Pflegeeltern hätten sehr viel durchgemacht und so viel für mich getan. Sie sprach von den Weltkriegen, Gefangenschaft, den Tod ihrer Kinder und ob ich den beiden das nun auch noch antun wolle. Mein Verhalten sei ihr unerklärlich und etwas Dankbarkeit wäre doch wohl angebracht.

Das war schon eine geballte Ladung, doch sie legte nach. „Kind, wie stellst Du Dir denn nun Deine Zukunft vor?" Ich bekäme jetzt die Gelegenheit, noch einmal >einen Moment< über dieses Gespräch und meine Entscheidung nachzudenken. Derweil würde sie ein Gespräch mit den Pflegeeltern führen. Sie wolle mich aber auf keinen Fall beeinflussen. Ich dürfte frei entscheiden.

Da saß ich nun, erschlagen von ihrem Redefluss. Meine Gedanken waren zunächst ausschließlich bei meinem

Pflegevater. Ich wusste nicht, dass er in Gefangen-schaft war. Über frühere Zeiten wurde bei uns nicht viel gesprochen. Er litt sicher von uns dreien am meis-ten und konnte doch am wenigsten dafür. Nun sollte ich in <einem Moment<, eine endgültige Entscheidung treffen. Ich war hin und her gerissen. Neue Fragen ka-men auf. Was passierte, wenn ich beim NEIN bliebe? Musste ich in ein Heim zurück oder würde ich weiter bei ihnen wohnen bleiben? Unter diesen Umständen? Ich undankbares, nicht richtiges Kind - würden sie mich noch behalten wollen? Wollte *ich* das überhaupt?

Wieder viele Fragen, wieder keine Antworten. Wann würde diese Frau wieder hereinkommen? Wie lange dauerte ein >Moment<? Sie hatte mir keine Zeit ge-nannt. Mein Herz schlug heftig, mir wurde kalt und ich begann zu zittern. Ich hasste diesen Zustand, denn ich konnte nichts dagegen tun. Tief in meinem Herzen war mir mein NEIN von Anfang an klar gewesen.
Ich weiß nicht mehr, wie lange ich da gesessen hatte bis diese namenlose Frau wieder hereinkam und mich mit freundlich forscher Stimme fragte, ob ich noch ein-mal nachgedacht und die richtige Entscheidung getrof-fen hätte. Ja, das hatte ich. Ich hatte einen Kloß im Hals so groß wie ein Golfball und nickte. Auf ihre erneute Frage zur Adoption schüttelte ich nur den Kopf. Über-raschung und Unglauben in ihrem Gesicht. Kurze un-heilvolle Pause.
„Bist Du ganz sicher?"
Ich nickte.

„Sag' es."

„Ja."

„Ja, Du möchtest oder Nein, Du möchtest nicht?"

„Nein, ich möchte das nicht."

Mit dem Ausruf:

„Deine Entscheidung!" und „Ich komme gleich wieder" rauschte sie tief luftholend hinaus und ließ mich wieder allein zurück. Wann ist >gleich< und was passiert dann? Leere im Kopf. Sie hatte mich nicht einmal nach dem Grund meiner Ablehnung gefragt.

Irgendwann brachte sie mich wortlos in ein anderes Zimmer. Dort saßen meine Pflegeeltern. Ich sah, dass *sie* geweint hatte, *er* wirkte sehr blass. Sie taten mir in der Situation schon beide leid, doch ich konnte und wollte nichts ändern. Schweigend fuhren wir nach Hause. Beim Schweigen blieb es. Das tat mir nicht gut, war aber immer noch besser als Krieg. Das Leben ging weiter, der Alltag normalisierte sich, verlief ungewöhnlich ruhig und sogar friedlich zwischen den beiden.

Nach dieser Entscheidung konnte ich an nichts anderes mehr denken: Wo waren *meine* Eltern? Wie finde ich sie? Wer kann mir helfen? Irgendwann fasste ich den Mut, meinem Pflegevater einige Fragen zu stellen und die hatte er sicher auch erwartet. Ich sei gleich nach der Geburt (er wusste es nicht besser) in ein Waisenhaus gekommen und sie hätten mich mit fast zwei Jahren von dort abgeholt. Von meiner Mutter wüssten sie nur, dass sie sehr jung gewesen sei und mein Vater ein amerikanischer Soldat. Das war wirklich wenig Information und das wusste ich ja auch schon. Ich versuchte, mir meine richtige Mutter vorzustellen. Wie sah sie wohl aus? Ich hoffte auf Ähnlichkeiten. Natürlich war ich dabei, mir eine Wunschmutter zu basteln. Ich wünschte sie mir mit dunklen Haaren, braunen Augen und einer eher dunklen Stimmfarbe. Schrill hatte ich nun lange genug.

Ich lebte wieder in einer recht wortkargen Zeit. Mir war das nur recht. Inzwischen konnte ich damit umgehen. Wir hatten uns einfach nichts mehr zu sagen.

Das Gesamtpaket der Ereignisse ging nicht etwa spurlos an mir vorbei. Ich war sehr verwirrt und niedergeschmettert. Die Einzige, mit der ich über meine Situation und Gedanken sprechen konnte, war meine Freundin Marion, doch helfen konnte sie mir natürlich auch nicht, aber ich hatte eine Zuhörerin und sie begriff. Ich erinnere mich, dass wir beide einmal Bilder von uns anschauten. Ihre Frage habe ich noch gut im Gedächtnis. „Wieso lächelst du fast nie auf den Fotos?" Ich hatte keine Antwort darauf, doch sie hatte recht. Es war mir nur bis dahin nie aufgefallen.

Nach diesen Ereignissen hatte ich mich verändert. Mit gerade mal vierzehn Jahren war ich nervlich am Ende, magerte ab, die schulischen Leistungen ließen nach, Schule und Lehrer waren nur noch lästig. Das ganze Leben war lästig. Ich konnte mich über nichts mehr freuen. Mir war irgendwie alles egal. Ich sah keinen Ausweg, hatte keinerlei Zukunftspläne. Meine Mit-

schüler führten schon Gespräche über ihre Berufs-
wünsche und wie sie sich ihr späteres Leben vorstell-
ten. Sie hatten Visionen und Träume. Davon war ich im
Moment Lichtjahre entfernt. Ich hatte gerade wieder
andere Probleme.

Bei uns zuhause war wieder Krieg, nur mit dem Unterschied, dass *ich* jetzt Opfer war. Mein Pflegevater arbeitete hart und kam meist vor 22:00 Uhr nicht heim.
So bekam er auch nichts mit. Auch ich blieb immer länger weg, einmal bis in die Nacht. Als ich endlich nach
Hause kam, saß seine Frau im Wohnzimmer und wartete auf mich. Jeder von Ihnen, liebe Leser, kann sich
inzwischen bestimmt ihren Tobsuchtsanfall vorstellen.
Ihre Schlussdrohung: „Das hat Konsequenzen!" Inne-
res Schulterzucken - Na und?

Monate waren vergangen, ich war gewachsen und
überragte sie inzwischen. Als sie eines Tages wieder einen Angriff auf mich startete, riss ich ihr die Schöpf-
kelle aus der Hand, schubste sie an den Tisch und
machte eine drohende Bewegung in ihre Richtung und
sagte erstaunlich leise - fast flüsternd: „Wenn Du mich
noch einmal anrührst, schlage ich Dich tot." In dem
Moment meinte ich, was ich sagte! Ich weiß nicht, ob
es meine Stimmlage, mein Gesichtsausdruck oder die
Geste war, in ihrem Gesicht stand tatsächlich Verwunderung, aber auch Angst. Die Kelle schleuderte ich irgendwo hin und rannte hinaus. Lange bin ich in den
Straßen umher-gelaufen, musste mich beruhigen. Ich

überlegte fieberhaft, was sein würde, wenn ich wieder nach Hause käme. Würde sie es ihrem Mann erzählen und dann auch wahrheitsgemäß?

Da ich keine Idee hatte, wohin ich sonst gehen könnte, ging ich heim. Sie humpelte etwas und hatte Schmerzen im Rippenbereich, atmete etwas kurz. Da war ich doch erschrocken. Wahrscheinlich hatte sie sich durch meinen Schups vertreten oder war umgeknickt und hatte dazu vielleicht eine Rippenprellung. Sie ging nicht zum Arzt. Auch über diesen Vorfall haben wir nie gesprochen. Ich weiß auch nicht, was sie ihrem Mann erzählt hat und es war mir auch egal. Die Fronten waren jedenfalls geklärt. Nie wieder hat sie mich bedroht oder angegriffen. Im Gegenteil, sie hielt sichtlich Abstand von mir und das war gut so.

Besuch in *meinem* Kinderheim

Langsam reifte ein neuer Gedanke in mir: Ich wollte und musste unbedingt das Kinderheim sehen, in dem ich meine Säuglings-, und einen Teil meiner Kleinkindzeit verbracht hatte.

Mit diesem tiefsitzenden Bedürfnis wäre ich sicher nicht auf Verständnis gestoßen, deshalb behielt ich es für mich. Das war nun mein Geheimnis und es machte mich irgendwie glücklich. Ich begab mich in meine Vergangenheit und niemand wusste davon, so konnte es mir auch niemand verbieten und ich musste mich nicht rechtfertigen.

Ich weiß nicht mehr, wie ich herausfand, wo sich dieses Heim befand, doch egal. Ich weiß jedoch noch, was ich mir unter einem Kinderheim vorstellte. Obwohl ich noch nie eines gesehen und auch keine Ahnung hatte, dachte ich an ein großes graues schmuckloses Haus mit vielen Fenstern und einem hohen Zaun drum herum, damit die Kinder nicht weglaufen können. Zu mehr reichte meine Fantasie nicht.

Beseelt von meinem abenteuerlichen Gedanken machte ich mich nun eines Tages mit dem Fahrrad und mächtigem Herzklopfen auf den Weg. Endlich stand ich vor dem Haus - und war sprachlos.

Es übertraf alles, was ich erwartet hatte. Es glich einer Villa und befand sich mitten in einem sehr schönen Park. Ein kleiner Weg, links und rechts gesäumt von großen Rasenflächen, führte zu diesem prächtigen Haus mit einem roten Dach, Spitzgiebeln und Erkern.

Die Fenster hatten Sprossen. Wie ich schon richtig vermutet hatte, war es umgeben mit einem Zaun - einem schönen Zaun. Ich hatte plötzlich nicht mehr den Gedanken, dass hier die Kinder am Weglaufen gehindert werden sollten. Er diente wohl eher der Sicherheit und das war ja auch wichtig.

Ich war schwer beeindruckt - und freute mich. In einem solch schönen Heim hatte ich gewohnt. Wie sah es wohl hinter dem Haus aus? Gab es einen Spielplatz? Leider konnte ich nicht auf das Grundstück. Das Tor war verschlossen. Kein Kind war zu sehen und ich hörte auch nicht eine einzige Kinderstimme. Kein Wunder. Mit einem Blick auf meine Armbanduhr stellte ich fest: Es war Mittagszeit, Ruhezeit für kleine Kinder.

Wie musste dieses schöne Haus erst von innen aussehen? Ich stellte mir große, hohe Räume mit Flügeltüren vor. Ich wollte mich so gern an irgendetwas erinnern. War das möglich? Da stand ich nun, schloss die Augen und gab mir alle Mühe, doch es geschah nichts. Das enttäuschte mich. Ich hatte mir fest vorgenommen, zu klingeln, von mir zu erzählen und Fragen über mich und meine Zeit in diesem Heim zu stellen. Doch jetzt, als ich direkt davorstand, verließ mich der Mut. Das ärgerte mich und machte mich sehr traurig. Das wäre doch die Chance gewesen. Ich konnte es nicht. Im Nachherein glaube ich, dass ich Angst vor einer Ablehnung und eventuellen Repressalien hatte, vielleicht auch nicht zu Unrecht. Was würde eine Heimleiterin tun, wenn da plötzlich und unerwartet ein Kind vor der Tür steht und Fragen zur Vergangenheit stellt? Ich müsste natürlich meinen Namen nennen. Wie sollte sie sonst nachforschen? Ganz sicher würde sie dem Jugendamt Bescheid geben und schon käme ich in Teufels Küche. Das hätte mir sicher den Rest gegeben. Tieftraurig fuhr ich wieder nach Hause.

Fast jeden Abend, wenn ich in meinem Bett lag, arbeitete ich intensiv daran, mich zu erinnern. Das war sehr anstrengend, raubte mir Schlaf und Energie. Ich kann nicht mehr sagen, wie lange diese Bemühungen dauerten, doch irgendwann sah ich in Gedanken Wasser hinter der Villa. Einbildung? Wahrheit? Etwa eine reale Erinnerung? Das sollte ich einige Zeit später erfahren. Ich grub nicht nur nach Erinnerungen. Weitere Fragen brannten auf meiner Seele. Wer hatte mich hierhergebracht, wann und warum?

Wollte meine Mutter mich nicht mehr haben? Wie war unser kurzes gemeinsames Leben? Hatte sie mich geliebt oder war ich ihr zu anstrengend? Störte ich ihr Leben? Hatte sie mich je im Heim besucht oder war sie froh, dass ich weg war? Hatte sie jemals versucht, mich zurück zu holen? Viele Fragen, keine Antworten. Je nach Stimmung tendierte ich mal zu der einen, mal zu der anderen Meinung. Noch ein Schwebezustand und keine gute Voraussetzung für einen entspannten Alltag und gute Zensuren in der Schule.

Dieses Städtische Säuglingsheim wurde laut Darstellung des Bremerhavener Jugendamtes zur Geschichte der Heimerziehung in Bremerhaven 1944 von der nationalsozialistischen Volkswohlfahrt eingerichtet. Das Pflegekinderwesen war in den 50er Jahren in sozialpädagogischer und psychologischer Hinsicht noch auf einem sehr niedrigen Stand. Unsere Empfindungen, unsere Seelen fanden kaum Beachtung. Es ging um den vorherrschenden Gedanken: Satt und sauber. Die damaligen Pflegschaften hatten ein völlig anderes Konzept und auch einen anderen Hintergrundgedanken als heute. Heimaufenthalte waren zum einen wesentlich teurer als Pflegschaften und zum anderen sollten die Wünsche kinderloser Paare erfüllt werden. Eine passende Symbiose entstand. Es war auch nicht besonders schwierig, denn in der Nachkriegszeit gab es genug Heimkinder. Das Bremerhavener Jugendamt war bestrebt, uns möglichst in Pflegefamilien unterzubringen. Ab 1951 wurde sogar per Zeitungsinserat mit dem Slogan geworben: >... *Kinderherzen warten auf Elternliebe ...:<*

Obwohl unter anderem auch dieses Heim damals von der Aufsichtsbehörde wegen mangelnder pädagogischer Betreuung kritisiert wurde, kann ich mich nicht an irgendwelche schlimmen Erlebnisse erinnern. Ich war zu jung und habe im Nachherein auch nicht das Gefühl, dass mir Schlimmes widerfahren sei. Es wurde 1977 geschlossen.

Zu der Zeit war es auch noch üblich, >familiengelöste<

Kinder - welch ein vornehmer Ausdruck - überwiegend inkognito zu vermitteln, das heißt, die >neuen Eltern< wussten nichts oder kaum etwas von den Herkunftseltern, diese wussten gar nichts von den >neuen Eltern< und die Kinder erfuhren weder etwas über ihre leiblichen Familien noch über sich.

Es wurde mit Nachdruck dafür gesorgt, dass die leiblichen Eltern und ihre Kinder auf keinen Fall wieder zueinander finden. Auf meine spätere Nachfrage beim Jugendamt, für wen denn diese Heimlichtuerei sinnvoll sei, bekam ich die Antwort: „Wir müssen doch die Kinder vor ihren Eltern schützen!" Das mochte sicher stimmen, aber eben nur zum Teil. Denn wenn man bedenkt, dass auch heute noch immens viele inzwischen erwachsene Pflege,- bzw. Adoptionskinder ihre Eltern suchen, verzweifelte Mütter ihre Kinder, Geschwister sich gegenseitig, ist das geradezu erbärmlich und grenzt an Selbstherrlichkeit, Gefühlskälte und psychologischer Nullahnung der Gesetzgeber und ihrer Handlanger in den Ämtern

Genau genommen diente diese Haltung dem Schutz der neuen Eltern. Viele, wie auch meine, wollten keine Konfrontation mit den Herkunftseltern, hatten Sorge, das Kind und seine Liebe teilen zu müssen. Das widersprach ihrer Auffassung von „Das ist jetzt >unser Kind<." Alles oder nichts.

Meine Taufe

August 1962 - meine Taufurkunde konnte nicht gefunden werden, doch endlich war die dafür nötige Geburtsurkunde ausgestellt. Im Grunde ein sehr nüchterner Zettel mit mehreren Nummern, Namen, Geburtsdaten-, und Orten. Von ihrer Existenz erfuhr ich allerdings erst vom Pastor. Meine Pflegemutter hatte sie ihm höchst persönlich gebracht.

Für viele von Ihnen, verehrte Leser, ist diese Urkunde vielleicht nichts Spektakuläres. Für mich schon. Ich las nicht nur zum ersten Mal meinen *eigenen* Nachnamen in einer Urkunde, sondern auch Angaben zu meiner leiblichen Mutter. Es waren zwar nur sieben Worte, doch ich las sie immer und immer wieder. Ihr Geburtsdatum fehlte.

Für mich war dieses Dokument etwas ganz Besonderes. Ich hätte dieses Stück Papier so gern für mich ganz allein gehabt. Es gab mir - wenn auch mit vielen Fragezeichen - ein Familiengefühl, eine Zuordnung, eine stille Verbundenheit. Ich bekam diese Urkunde nur ein einziges Mal zu Gesicht, das war's. Ich war nicht wütend, sondern sehr traurig und fühlte mich bestohlen.

Der Tauftermin rückte näher. Leider fand nie auch nur ansatzweise zuvor ein Gespräch mit mir statt, weder über die Auswahl meiner Taufpaten, die Taufzeremonie oder den Inhalt der Rede. Es ging alles an mir vorbei, eigentlich sogar die Taufe selbst.

Ich hatte drei Taufpaten: Die Schwester meiner Pflegemutter, die - wie Sie vielleicht noch wissen - weit weg in Amerika wohnte und nicht anwesend sein konnte und meine Pflegeeltern selbst. War das eigentlich sinnvoll? Wie können Pflegeeltern Paten sein, wo doch der Sinn von Patenschaften auch darin liegt, für das Patenkind zu sorgen, wenn die Eltern einmal nicht mehr in der Lage sind? Macht es Sinn, Paten im fernen Ausland zu haben? Egal - wurde wohl nicht hinterfragt. Später vermutete ich, dass die Hauptsache nur war, überhaupt Paten vor der Kirche benennen zu können.

Die Rede des Pastors war eine Katastrophe für uns alle. Er verfing sich salbungsvoll in christlicher Nächstenliebe, meinem Glück, diesen Menschen begegnet zu sein, ihre Liebe und Fürsorge erfahren zu dürfen, nun das Gefühl von Geborgenheit zu kennen, welches mir im Heim sicher untersagt geblieben wäre und dass ich zeitlebens ein Gefühl der Dankbarkeit und Demut in mir tragen müsse und eine meiner Zukunftsaufgabe sei, stets für sie da zu sein, vor allem im Alter und bei Krankheit. In mir wühlte es. Ich hätte gern laut geschrien. Wäre aber zu früh gewesen. Er steigerte sich. Meinen Pflegeeltern tat er die Katastrophe an, von ihren zwei verstorbenen Kindern und den Umstand ihres Sterbens zu reden. In dem Moment taten die beiden mir wirklich unendlich leid. Es war das erste Mal, das ich beide irgendwie vereint sah - und beide weinten. Das war schwer zu ertragen. Es gibt kaum Worte, diesen Anblick und meine damaligen Gefühle zu beschreiben. Mitleid, Trauer, aber auch gleichzeitig Wut über das Gefühl, nur Ersatz zu sein, keinesfalls die Hauptrolle, sondern eher die Statistenrolle bekommen zu haben.

Solch eine Rede hätte nicht nötig getan. Das hatten sie nicht verdient. Keiner von uns hätte das gebraucht! Aber der Pastor von Gottes Gnaden hatte entschieden, uns alle kräftig leiden zu lassen.

Dafür war ich nun endlich ein vollwertiges Mitglied der Gemeinde und bis auf mich waren wohl alle froh und erleichtert. Den Pflegeeltern wurde nun auch endlich meine Taufurkunde ausgehändigt. Ich fand nicht mehr statt. Im Grunde stand ich im Schatten ihrer verstorbenen Kinder. Ich kann mich nicht an eine Feier oder ähnliches erinnern. Das müsste ich doch - oder?

Von dem Moment an, wo wir Betroffenen Bescheid wissen, werden wir dazu erzogen, still zu sein, niemandem etwas zu erzählen. Wir würden ja den Pflege- oder Adoptiveltern weh tun und Unruhe in die Familie bringen. Außerdem möchten wir doch wohl nicht die Familie der leiblichen Mutter kaputt machen, oder? Ich nenne das staatlich und sozial verordnete >Gehirnwäsche<. Ich musste lernen, mich darüber hinwegzusetzen, an mich zu denken. Sonst tat es ja keiner. Ich musste selbst zu der Erkenntnis gelangen, dass ich an nichts Schuld hatte. So etwas ist immer ein langer, quälender Lernprozess, begleitet von Selbstzweifeln.

Meine Hoffnung auf ein klärendes Gespräch mit meinen Pflegeeltern blieb aus, niemand sprach ein weiteres Wort. Weder über mich, meine Vergangenheit noch die Zukunft - und darüber, warum die Beiden sich so viel antaten.

Das große Schweigen insgesamt begann. Ich war ziemlich verwirrt und hatte enormen Gesprächsbedarf. Gleichzeitig hatte ich aber auch Angst. Wovor war mir zu dem Zeitpunkt nicht ganz klar, doch ich fühlte, dass es da einen ganz wunden Punkt gab und ich irgendwie mittendrin steckte.

Schweigen ist schwer auszuhalten, vor allem, wenn es die anderen tun. Ich wagte einen Versuch, nach Hintergründen und auch nach meinen leiblichen Eltern zu fragen und ob ich Brüder hätte. Schwestern kamen mir nicht in den Sinn. War wohl so eine Vorahnung.

Ich wollte auch so gern wissen, warum sie sich ausgerechnet für *mich* entschieden hatten, es waren doch noch so viele andere Kinder in dem Heim gewesen. Ihre Antwort war so lapidar wie einleuchtend. Für mich allerdings erschreckend. Sie wollten unbedingt ein Mädchen und die Schwestern hätten mich als lieb, freundlich, gesund, trocken und problemlos beschrieben. Zudem sei ein Mädel sinnvoll in ihrer beider Alter, falls sie einmal pflegebedürftig werden sollten. Das passte, denn als sie mich zu sich holten, waren sie ja schon Mitte bis Ende vierzig. Für mich waren das erschütternde Antworten.

Sie gaben mir zu verstehen, dass sie über meine Ver-

Gangenheit nicht sprechen wollten. Sie wüssten ja auch nichts. Das konnte ja so sein, dennoch hätte ich mir mehr Interesse an meinen Gefühlen gewünscht, doch ich erntete Verständnislosigkeit und Empörung. So hörte ich auf zu fragen. Meine nicht richtigen Eltern waren wohl darüber froh und reagierten mit Schweigen. Ich schwieg auch, war aber nicht froh. Sie verwiesen mich stets an meinen Vormund beim Jugendamt, er sei schließlich für mich zuständig. Ich war total verunsichert, fühlte mich allein und unwichtig.

Nach und nach wurde mir Manches klarer, langsam erkannte ich Zusammenhänge und die Bedeutung achtlos hingeworfener Sätze wie *„Ich* bin hier nicht die Rabenmutter!" „Das haben wir jetzt davon!" „Du bist so undankbar!"

Konfirmation

Den Rest meiner Unterrichtszeit als >vollwertige< Konfirmandin hatte ich dem Pastor deutlich bis hart an die Grenze und durch größtmögliche Nichtachtung gezeigt, dass ich ihm sein unchristliches Verhalten übelnahm. Ich war mutiger geworden, wagte es, mich aufzulehnen gegen die Willkür und Ungerechtigkeit. Das ließ ich ihn spüren. Mir war klar, dass ich auf ganz dünnem Eis tapste, doch im Gegenzug bereitete ich mich - und zwar mit Verbissenheit - ganz intensiv auf die Prüfung vor. Dem würde ich es zeigen! Ich konnte es gar nicht abwarten, sein Gesicht zu sehen, wenn ich mit Bravour durch die Prüfung schritt.

So war die Konfirmation für mich zu einer großen Sache geworden. Mein persönlicher Feldzug. Nicht etwa, weil ich nun durch die Taufe dem >Lieben Gott<, der Kirche und dem Glauben näher gerückt war, sondern einfach, weil ich nun dabei war, weil ich dazu gehörte - ganz offiziell.

Ich hatte mich absichtlich und ganz präsent mit meinem neuen schwarzen Kleid, den ebenso neuen schwarzen Pumps und mit meinem neuen schwarzen Gesangbuch in die erste Reihe gesetzt, damit der Herr Pastor mich immer gut im Blick hatte.

Und verehrte Leser, was soll ich Ihnen sagen? Es kam genauso, wie ich es geplant hatte. Mit einer eigens dafür eingeübten Haltung - etwas zwischen Hochnäsigkeit und Verachtung - beantwortete ich alle Fragen problemlos. In dem Moment war ich sehr stolz auf mich. Wenn ich jedoch mein Konfirmationsbild so recht betrachte, sehe ich nicht wirklich glücklich aus.

In meiner Einsegnungsurkunde war ich namentlich wie folgt aufgeführt: Renate Karin Engel … und dann war der Name meiner Pflegeeltern aufgeführt.
Wie bitte? Wie verbohrt war das denn? Wer auch immer hatte wieder den Nachnamen meiner Pflegeeltern hinzugefügt. Dabei hatte ich doch nun *offiziell* einen *eigenen* Namen - wie eigentlich schon von Geburt an. Die Namensübertragung war nicht wirklich legal gewesen. Heute würde ich die Urkunde umschreiben lassen, doch mit damals vierzehn Jahren war ich noch nicht so weit.

Der Titel des Bildes in meiner Urkunde lautet: „Jesus erscheint dem Thomas."
Der Name Thomas sollte für mich noch einmal eine sehr große Bedeutung bekommen.

Erster Versuch - Wo ist *meine* Familie?

Ich erinnere mich nicht mehr, wie lange es dauerte, bis ich endlich den Mut fasste und mit meiner Geburtsurkunde zu meinem Vormund ging. Ich musste unbedingt mit ihm über meine Gedanken und Wünsche, meine eigene Familie und meine eigene Geschichte sprechen. Ich weiß noch, dass mir das Herz bis zum Halse klopfte, als ich vor ihm saß. Ich war sehr eingeschüchtert durch all die ganzen Vorkommnisse, die Beschimpfungen und Empörung meiner Pflegeeltern und auch das fortwährend bedrückende, fast feindliche häusliche Klima.

Er fragte mich nach meinen Motiven, die ich vor Aufregung nicht richtig auf den Punkt bringen konnte. Ich wollte wissen, ob meine Familie tot ist und was passiert sei, oder sie kennen lernen. Ich hatte so viele Fragen.

Er sprach von Undankbarkeit und fehlendem Feingefühl meinen Pflegeeltern gegenüber und ob ich wüsste, was ich ihnen antäte. Außerdem wäre ich noch viel zu jung für die Wahrheit. Nun lagen meine Nerven blank. „Welche Wahrheit denn, verdammt noch mal?" Nach diesem Ausbruch war für ihn das >Gespräch< beendet und ich musste den Raum verlassen. Ich fühlte mich überfordert, bevormundet, unverstanden, eben schlecht. Ich ärgerte mich, dass ich nicht die richtigen Worte gefunden hatte und dass diese auch allen egal war. Ich ärgerte mich auch, dass ich nicht stark genug war, um mich durchzusetzen. Ich wusste aber auch nichts über meine Rechte und solch eine massive Ablehnung hatte ich nicht erwartet.

Im Grunde hatte ich gehofft, ich bekäme die Adresse meiner richtigen Eltern oder zumindest meiner Mutter und könnte dort einfach klingeln. Ich hatte mir vorgestellt, dass sie die Tür öffnen würde und überrascht und hocherfreut sei, dass ich nun endlich da war. Ich stellte mir nicht nur vor, dass sie mich in ihre Arme nehmen würde, ich begann es zu fühlen. Ich wollte ihr all meine Fragen stellen und war überzeugt, alles würde gut. Es musste für alles eine logische Erklärung geben und ich war bestimmt nicht zu jung dafür. Ich wollte alles wissen und verstehen. Ich würde ihr auch auf keinen Fall böse sein, egal wie ihre Geschichte - unsere Geschichte - klang.

Heute glaube ich, dass ich mich zu der Zeit schon in eine andere Welt hineingelebt hatte. Die Vorstellung, dass meine Mutter auf mich wartete und wie mein - nein - unser Leben aussehen würde, erhellte meinen Alltag. Himmel, war ich damals naiv!
An mir, meinen Gefühlen und Bedürfnissen war niemand wirklich interessiert. Das wurde mir immer klarer. Zu Hause sprach man nur noch das allernötigste mit mir. Das eh schon schlechte Verhältnis - vor allem zu meiner Pflegemutter - konnte kaum noch tiefer sinken - dachte ich. Ich verlor jede Hoffnung auf Besserung der häuslichen und auch der Gesamtsituation.
Meine leibliche Familie kennen zu lernen wäre mein größtes Glück gewesen, doch wie sollte ich das nur an-

stellen? Ohne die Hilfe meines Vormundes würde ich es nicht schaffen. Alle Fäden liefen irgendwie bei ihm zusammen. Doch er entschied sich, zu schweigen. Ich fühlte mich machtlos, abhängig, nicht ernst genommen und überflüssig. Ich hatte keinen richtigen, festen Platz und Halt in meinem Leben. Ich war sehr unglücklich, bis auf die Wahnsinnserkenntnis, dass wir nicht verwandt waren. Tief im Innersten hatte ich stets das *Gefühl* gehabt, hier nicht dazu zu gehören. Nun *wusste* ich es. Das machte für mich persönlich einen großen Unterschied! Bei diesem Gedanken und mit diesem Wissen fühlte ich mich etwas freier und losgelöster, aber erstaunlicher Weise nicht besser. Doch wie das so ist mit den Hochgefühlen. Sie werden oft schnell von neuen Ereignissen abgelöst.

Mir fiel in dieser Situation auf, dass ich ja im Grunde zu nichts und niemandem richtig gehörte.
Meine leibliche Mutter gab mich weg - oder wurde ich weggenommen? Sie gab mich aber auch nicht richtig frei. Das musste doch einen Grund haben und das war nicht wirklich ein schlechtes Gefühl. Das gab mir eine Hoffnung, die ich in dem Moment und meiner Verwirrung noch gar nicht richtig benennen konnte. Bei meinen Pflegeeltern war ich eigentlich nur zu Gast und auch nur gern gesehen und herumgezeigt, solange ich nach ihren Vorstellungen funktionierte.
Ich glaubte auch, da ich ja nur >geliehen< war, konnte ich auch jederzeit wieder abgegeben werden. Im Grunde gehörte ich dem Amt. Ich wurde verwaltet und

genauso fühlte ich mich auch. Verehrte Leser, Sie schütteln gerade den Kopf? Warten Sie's ab.

Pubertät

Darüber gibt es bei mir nicht viel zu berichten. Ich habe von der Kindheit fast übergangslos Kurs auf das Erwachsen werden genommen.

Über Themen wie Pubertät, Erwachsen werden, Sinn und Ziel des späteren Berufs,- und Arbeitsleben und wie Leben überhaupt funktioniert, wurde bei uns zu Haus nicht gesprochen und ich stellte keine Fragen. So pubertierte ich ahnungslos, und was das Thema >meine Zukunft< betraf, recht orientierungslos vor mich hin. Natürlich bemerkte ich meine körperlichen Veränderungen und als ich meine erste Regel bekam, war ich mehr als entsetzt und dachte, ich sei sehr sehr krank. Wieso floss plötzlich Blut aus mir heraus? Mit dieser Angst ging ich zu meiner Pflegemutter. Die ganze Aufklärung lautete: „Das hast Du jetzt alle vier Wochen." Ich war ratlos und fragte: „Wieso denn und was muss ich tun, damit das wieder aufhört?" Antwort: „Das hört nach einer Woche von selbst auf." „Wieso?" „Das ist ebenso."

Ich war sehr verwirrt und wusste nicht, was zu tun ist. Wen konnte ich fragen? Meine Schulkameradin und engste Freundin Marion! Zu der damaligen Zeit - immer- hin ist es schon Jahrzehnte her - wurde nicht gern über Pubertät und alles, was damit verbunden war, gesprochen. Keinerlei Aufklärung, nicht zu Hause und auch nicht im Biologieunterricht. Marion war mit ihrer Periode schon vor mir >dran< und erzählte alles, was sie wusste. Das war auch nicht besonders ergiebig und half mir nicht wirklich weiter. Ein biologisches Rätsel und es befiel nur die Mädchen. „Wieso?" Nun kam Marions Erklärung. „Nun kannst du schwanger werden." „Was??" „Wie denn??" Daraufhin folgte eine recht simple und sachliche Schilderung dieses Vorganges, den ich Ihnen liebe Leser, nicht weiter schildern möchte. Ich glaube, Sie wissen Bescheid.

Auch die Pubertät und meine Jugend nahmen ein sehr schnelles Ende. Mit siebzehn Jahren wurde ich schlagartig erwachsen. Nicht, dass ich das geplant hätte. Was soll ich sagen? Marion hatte recht - mit allem.

Berufsfindung

1964 - Ich war fünfzehn Jahre alt. Endlich - die Schule war geschafft. Ein Beruf musste her. Meine Pflegeeltern schlugen mir Standardberufe vor, wie Verkäuferin und Friseurin. Am liebsten aber sähen sie mich gern als Krankenschwester. Sie meinten, das wäre praktisch für uns alle, wäre ich dann doch in der Lage, mich später um beide pflegend kümmern zu können. Das kam mir bekannt vor.

Ich hatte wahrlich keine großen Zukunftsvisionen, doch dieser Vorschlag gefiel mir nun ganz und gar nicht! Ich kann mich nicht erinnern, dass überhaupt jemand jemals mit mir über die berufliche Zukunft gesprochen oder nach meinen Talenten geforscht hat. Leider blieben sie auch mir verborgen oder ich habe sie einfach nicht als solche erkannt und erst recht nicht gewusst, was ich mit meinen Fähigkeiten anfangen könnte.

Meine Stärken waren das Denken, Sprechen, Schreiben und ich liebte kleine Kinder, Musik, Tiere und die Natur. Es wäre also genug Potential vorhanden gewesen, wenn - ja, wenn jemand diese Eigenschaften in mir erkannt hätte. Mein eigener Fokus fiel auf den Bereich der Kinder. Mir gefiel der Gedanke, täglich mit ihnen zusammen zu sein, etwas Sinnvolles mit ihnen zu machen, sie zu erfreuen und etwas zu ihrem Wohlbefinden, ihrer Pflege und Bildung beizutragen. Leider konnte ich auf Grund meiner Notenlage nicht meinen Traumberuf Säuglingsschwester erlernen. Deshalb entschloss ich mich zunächst für die Ausbildung zur Kinderpflegerin. Hauptsache Kinder.

Im April sollte es endlich los gehen. Wieder ein neuer Tagesablauf, neue Lehrerinnen, neue Mitschüler, neue Anforderungen. Zwei Jahre Schule am Stück, danach das praktische Jahr - endlich richtig arbeiten.

Zu Hause krachte es unaufhörlich und mein desolater Zustand hielt an. Somit war der neue Lebensabschnitt eine große Herausforderung für mich. Es war ein gewaltiger Spagat, ausreichend Schlaf und Ruhe zu finden um mich auf die Ausbildung zu konzentrieren, neue Freundinnen zu gewinnen und dem häuslichen Stress zu entfliehen.

Eine mir außerordentlich sympathische Lehrerin nahm mich einmal auf die Seite und fragte, ob ich Probleme hätte und sie mir helfen könne. Ich verneinte, alles wäre okay. Warum habe ich diesen Strohhalm nicht ergriffen, diese Möglichkeit nicht erkannt? Wahrscheinlich konnte ich nicht fassen, dass sich jemand für mein Befinden interessiert, so war ich wohl mit diesem plötzlichen Hilfsangebot überfordert.

Innerhalb dieser Ausbildung musste ich mehrere Praktika absolvieren. Unter anderem entschied ich mich für eines in dem Kinderheim, in dem ich als Kleinkind zu Hause war. Das hatte ich mir sehr gut überlegt. Ich suchte die Nähe zum Heim und sah eine neue Chance. Mein heimlicher Gedanke war natürlich, etwas über mich zu erfahren. Gab es noch Unterlagen oder gar Bilder von mir? Kannte mich eventuell sogar noch eine der älteren Mitarbeiterinnen und konnte mir aus ihrer Erinnerung erzählen? Bei dieser Vorstellung wurde ich ganz aufgeregt und konnte kaum die Zeit abwarten. Nach so vielen Jahren wieder dieses Heim zu betreten, bereitete mir Herzklopfen. Würde ich mich an irgendetwas erinnern? Irgendetwas wiedererkennen? Gab es etwa noch den kleinen weißen Stuhl, an den ich mich schreiend geklammert hatte, als meine Pflegeeltern mich 1950 abgeholt hatten?

Schon am Tag vor dem Vorstellungstermin war ich aufgeregt. Ich hatte nicht gut geschlafen, konnte morgens kaum frühstücken. Ungeduldig fuhr ich schon etwas früher los, denn ich wollte wieder ein wenig das Haus und seine Umgebung betrachten und mich auf das einstimmen, was kam. Ich musste unbedingt meine Nervosität los werden. Sie würde bestimmt falsch gedeutet und das würde eventuell den Erfolg dieses Gespräches beeinflussen. Diese Chance durfte ich nicht verspielen.

Mit diesem Wirrwarr von Gedanken und Gefühlen betrat ich nach langer Zeit wieder das Heim. Ich trat in die Eingangshalle, schaute auf eine breite Treppe, die in die erste Etage führte. Bei diesem Gesamtbild hatte ich ganz kurz das Gefühl einer Erinnerung. Noch heute bin ich nicht sicher, ob Einbildung, Wunsch oder Wirklichkeit meine Gedanken bestimmten. Das Gespräch mit der Heimleiterin lenkte meine Gedanken in andere, im Moment wichtigere Bahnen. Für den Erfolg gab ich alles. Ich bekam die Zusage und war überglücklich.

Ernüchterung zu Hause. Dort angekommen erzählte ich voller Freude von meinem Glück. Normalerweise freuen sich doch Eltern, wenn alles gut läuft. Meine Pflegeeltern waren offensichtlich nicht so begeistert wie ich. Vielleicht hatten sie ja den gleichen Gedanken und die Befürchtung, dass ich mit meiner Suche irgendwie weiterkäme. Ich gab mir Mühe, ihre Stimmung an mir abprallen zu lassen und freute mich alleine weiter.

Zweiter Versuch – gibt es noch Unterlagen?

Voller Neugier auf die Kinder und meine neuen Aufgaben, jedoch abwartend begann ich mein Praktikum. Meine Fragen mussten noch warten, auch wenn es mir schwerfiel. Ich wollte nicht gleich mit der Tür ins Haus fallen. Auch hier musste ich auf den richtigen Moment warten.

Ich weiß nicht mehr, wie lange ich das aushielt, doch irgendwann fasste ich Mut und ergriff eine >passende< Gelegenheit, die Heimleiterin um ein persönliches Gespräch zu bitten. Sie war sehr überrascht, schien nicht irgendwie in meine Geschichte eingeweiht zu sein. Sie hörte mir aufmerksam zu und versprach, sich zu erkundigen und mir dann Bescheid zu geben.

Nun, sie hatte sich beim Jugendamt erkundigt und deshalb war es nicht verwunderlich, dass nichts dabei herauskam. Das wäre wieder mal eine gute Gelegenheit gewesen, mir die Möglichkeit zu geben, meine Familie kennen zu lernen. Ich servierte diese Chance dem Amt ja geradezu auf einem silbernen Tablett. Ich war hochgradig enttäuscht, hatte aber nicht den Mut, meinen Vormund selbst anzusprechen. Ich erinnerte mich an seine letzte Reaktion. So blieb alles wie es war.

Ich arbeitete meine Praktikumszeit brav ab. Rückblickend betrachtet war diese Zeit doch sehr belastend für mich. Zum einen, gerade mit meinem Hintergrund dort zu arbeiten, zum anderen zu wissen, dass alle Kinder dort das gleiche Schicksal haben. Deshalb sah ich sie auch mit anderen Augen. Dazu kam die Erkenntnis, mit meiner Suche kein Stückchen weiter gekommen zu sein.

Sommer 1965, ich war inzwischen sechzehn Jahre alt und lernte meinen ersten festen Freund kennen. Natürlich verheimlichte ich das so lange als möglich, denn ich wollte nicht, dass mir jemand diese Beziehung kaputt redete. Ich wusste genau, meine Pflegeeltern würden dafür alle Hebel in Bewegung setzen.

Gespräche über die erste Liebe mit ihrer schwankenden Gefühlswelt und weitere elementar wichtige Themen einer Heranwachsenden wurden in meiner Familie nie geführt. Es war wohl zu der Zeit auch ganz allgemein nicht üblich, denn meine Freundinnen waren ebenso naiv wie ich. So schlitterte ich ahnungslos in mein Unglück und es kam, wie es kommen musste. Marion hatte recht, mit allem.

Nach diesen zwei Berufsschuljahren folgte das >Praktische Jahr<. Man konnte wählen, ob man es in einem Kindergarten, Kinderheim oder einer Privatfamilie absolvieren wollte.

Ich brauchte nicht wählen, dass tat das Jugendamt für mich - ohne mich.

Verbannung

Mit siebzehn Jahren wurde ich schwanger und noch unglücklicher. Auch meine Pflegeeltern waren sehr unglücklich, enttäuscht, völlig überfordert und auf mich auch sehr böse. Was denken die Nachbarn? Wie solle man das den Verwandten erklären?

Das Schlimmste für sie war jedoch wohl erst mal der Gang zum Jugendamt, den sie ohne mich antraten. Ich wusste zunächst davon auch nichts, da nun wieder ein großes Schweigen anbrach. Ich fand nicht mehr statt. Es gab kaum noch Blickkontakt, dafür wortlos hingestelltes Essen.

Mit dieser Schande konnten und wollten sie nicht leben. Ich bekam zu hören:

„Der Apfel fällt nicht weit vom Stamm." „Das musste ja so kommen."

Ich verstand den Inhalt dieser Anspielungen und empfand sie beleidigend für meine richtige Mutter.

Der Einzige, der zu mir hielt, war der angehende Vater meines Kindes, aber das nützte wenig.

Die Art und Weise des Umgangs mit mir machte mich wütend und traurig, Ich kann mich nicht erinnern, dass mich jemals irgendjemand fragte, wie es mir nun geht, was ich fühle oder denke. Kein Zukunftsgespräch, kein Rat, kein psychologischer Beistand. Alle blieben stumm und agierten an mir vorbei.

Doch das Jugendamt hatte eine Lösung. Unfassbar aber wahr: Ich wurde nicht über meinen bevorstehenden Umzug informiert - bis es eines Vormittags klingelte. Meine Pflegemutter ließ eine Frau herein, die mir mitteilte, dass sie mich nun >woanders< hinbringen würde, indem ich die >nächste Zeit< wohnen könne, das Praktische Jahr meiner Ausbildung beenden, mein Kind auf die Welt bringen, es betreuen und dort auch weiterarbeiten könne.

Während ich noch völlig überrumpelt und sprachlos dastand, füllten beide einen kleinen Koffer mit etwas Kleidung, ich durfte mir ein paar Bücher aussuchen - das war's.

Ich habe die Wohnung mit den Worten verlassen: „Ich will nie wieder hierher zurück und Euch nie wiedersehen!" und das hatte ich auch genau so gemeint.

In Begleitung dieser Jugendamtsmitarbeiterin wurde ich im April 1966 in ein Heim überstellt. So hieß es im Amtsdeutsch.

Sie fuhr mit mir zum Hauptbahnhof, dann ging es mit dem Zug weiter. Erst dort erfuhr ich, wohin es nun gehen sollte und dass es so für mich und das Kind besser sei. Sie sagte stets: >das Kind< und >dieses Kind<, niemals >dein Kind<.

Ich war wie eine Marionette, nicht fähig, meiner Fassungslosigkeit und sonstigen Gefühlen Ausdruck zu verleihen. Es hatte mir im wahrsten Sinne des Wortes die Sprache genommen, mir dafür Magen-, und Herzschmerzen gebracht. Insgesamt war diese ganze Reise ein Horrortrip. Diese Frau ließ mich nicht aus den Augen, keinen Moment. Hatte sie gemeint, ich würde aus dem Fenster steigen, um mich auf die Schienen zu werfen? Von dieser Idee war ich wirklich weit entfernt. Selbst auf dem Weg zur Toilette begleitete sie mich und blieb vor dieser Tür stehen. Gefühlt fragte sie mich alle paar Sekunden, ob alles in Ordnung sei. Welch eine bescheuerte Frage! Nichts war in Ordnung! Ich wurde gerade deportiert.

Nachdem mich diese Frau wieder zurück ins Abteil begleitet hatte, versuchte sie, mich in ein freundliches Gespräch zu verwickeln, doch daran hatte ich nicht das geringste Interesse. Mit mir reden, ja, das hätten alle eher tun sollen. Nun war es zu spät, Chance vertan. So wurde es eine sehr schweigsame Reise. Sie beobachtete mich, ich ignorierte sie.

Ich versuchte meine Gedanken zu ordnen, dachte eher zukunftsorientiert. Meine Gefühlswelt schwankte im Moment zwischen Erleichterung, Bremerhaven zu verlassen, mit meinem Kind ein neues Leben zu beginnen und der Angst davor, wer und was jetzt auf mich zukommen würde und wie ich das alles alleine bewältigen sollte. Für mich war es eine Fahrt ins Ungewisse, ins Unbekannte, wieder mal in eine neue Welt und ein neues >Zuhause<; das dritte.

Am Ziel angekommen verriet mir ein unübersehbares Schild über der Eingangstür: Dies ist ein Säuglingsheim. Na, dann war ich hier wohl richtig. Etwas Hoffnung keimte in mir auf: Ich würde viele Kinder um mich haben und unter meinesgleichen sein - wieder einmal.

Eine Frau in Schwesterntracht öffnete uns die Tür. Das

wiederum hatte ich nicht erwartet und ich fühlte meine aufsteigende Freude dahinschwinden. In der Zwischenzeit war mir mein Status und mein Ansehen in der Gesellschaft sehr klar geworden. Ich wusste auch, wie die Kirche zu dem damaligen Zeitpunkt über schwangere, ledige Frauen und erst recht Jugendliche dachte und genau das wurde uns auch in diesem Heim vermittelt.

Hier wohnten tatsächlich werdende Mütter zwischen vierzehn und vierundzwanzig Jahren und auch andere mit ihren schon geborenen Kindern. Ich war mit meinen siebzehn Jahren die Zweitjüngste. Jede von uns brachte ihre eigene Geschichte mit, natürlich alle mit einem traurigen bis tragischen Hintergrund. Einige studierten zuvor im Ausland und mussten es wegen der Schwangerschaft verlassen. Manche wurden einfach von ihren Familien verstoßen. Tragischerweise spielte bei einigen auch Vergewaltigung eine Rolle. Ein Inzestopfer war erst vierzehn Jahre alt.

Zu meinem Erstaunen hatte jede Bewohnerin ein eigenes Zimmer, die Kinder der Mütter wohnten zusammen mit den tatsächlichen Heimkindern in den Kinderzimmern - von ihren Müttern getrennt.

Nur in den wenigen Freistunden oder an freien Tagen - und auch nur mit Zustimmung der Schwester - durften wir unser Kind mit auf unser Zimmer nehmen.

Wenn wir mit ihnen außerhalb des Grundstückes spazieren gehen wollten, benötigten wir so etwas wie eine Genehmigung, die dann auch den genauen Zeitraum der Abwesenheit enthielt. Zudem wurden wir jedes Mal mit Nachdruck darauf hingewiesen, dass es Konsequenzen hätte, sollten wir die vorgegebene Zeit nicht einhalten. Wir hielten *alle* und *immer* genau diese Zeit ein, denn wir wussten nicht, was diese Konsequenzen waren und hatten Angst, dass es mit unseren Kindern zu tun hatte.

Am Ankunftstag durfte ich mich in meinem Zimmer einrichten, die Hausordnung und den Arbeitsplan der Woche studieren. Eine der Heimschwestern führte mich wortkarg durchs Haus. Wir erreichten die Kinderzimmer. Das Säuglingszimmer war recht nett eingerichtet, doch beim Anblick der beiden Räume für die Krabbelkinder war ich entsetzt.

Weißgrau getünchte Wände, hässlich verkratzter Linoleumfußboden, ehemals weiß gestrichene Gitterbetten, viel zu groß für diese kleinen Kinder. Inzwischen war die Farbe abgeblättert, das graue Metall war großflächig zu sehen. Dünne, durchgelegene Matratzen mit hässlichen Flecken. Kein einziges Bild an der Wand, nirgendwo ein Farbklecks. Genauso stellte ich mir eine *Anstalt* vor, nicht ein Kinderheim.

Als wir den Raum betraten, wendeten einige Kinder ihre Augen in unsere Richtung, einige reagierten nicht. Jedes der sechs Kinder zwischen einem und zirka zwei Jahren saß oder lag in seinem Bettchen und spielte mit seinen Fingern. Die >Größeren< zogen sich an den Gitterstäben hoch und schauten erwartungsvoll. Einige streckten ihre kleinen Ärmchen durch die Stäbe. Mein erster Impuls war, auf sie zuzugehen, doch die Schwester ergriff meinen Arm und meinte: „Nicht, dann wollen sie alle auf den Arm und wenn sie erst mal weinen, kann man sie nicht so schnell wieder beruhigen." Die Blicke der Kinder zerissen mir das Herz. In dem Kinderzimmer der Zwei- bis Dreijährigen sah es nicht anders aus. Es *war* eine Anstalt. Hier sollte mein Kind wohnen? Das werde ich ändern!

Trotzdem war für mich jetzt erst mal die Welt so in Ordnung wie noch nie. Alle Bewohnerinnen waren in meiner Lage Alle hatten ähnliche Probleme, wir verstanden uns und hielten zusammen. Für mich eine völlig neue Erfahrung. Einfach genial. Balsam für meine Seele. Bisher dachte ich immer, ich wäre mit meinem Problem allein auf der Welt.

Diese Situation konnte man wahrlich einen abrupten und endgültigen Abschied von meiner Kindheit und Jugendzeit, aber auch von Gewalt und >meiner Familie< nennen. Ich bekam eine neue und stellte fest: Alles und jeder ist austauschbar. Wie praktisch.

Gefallene Mädchen

In dem Ort hieß dieses Haus nur: >*Heim für gefallene Mädchen*<

Das Wort *gefallene* kannte ich bis dahin nur im Zusammenhang mit den im Kriege gefallenen Soldaten und ich erinnerte mich an meine Einsätze mit der Sammelbüchse und an die Kriegsgräberpflege. Ich hatte keine Erklärung, was es mit uns zu tun hatte und fragte auch niemanden. Ich wollte mich nicht blamieren, ahnte aber, dass es mit unserer speziellen Situation zu tun hatte. Es dauerte auch gar nicht lange, bis sich mir die Bedeutung erschloss. Ich befand mich in einem erzkatholischen kleinen Ort. Jeder kannte hier jeden. Natürlich war auch das Heim bekannt und noch heute bin ich davon überzeugt, dass jeder Ortsbewohner genau wusste, wann wieder eine neue *Gefallene* ankam. Man mag es nicht glauben! Wenn wir an einer der wenigen freien Stunden einmal in den Ort gehen wollten, um unser Kind spazieren zu fahren oder etwas einzukaufen, >erkannte< man uns auf den ersten Blick. In einigen kleineren Geschäften wurden wir einfach nicht bedient.

Verehrte Leser, versetzen Sie sich bitte einmal in folgende Situation – in meine Situation:

SIE gehen nichts Böses ahnend in ein Lebensmittelgeschäft, in dem sich mehrere Kundinnen angeregt unterhalten. Alle Blicke sind auf SIE gerichtet. Nicht etwa neutral oder gar freundlich, wie SIE es von früher kannten. Nein, sie sind eindeutig geringschätzig und abweisend. Achtung, es kommt schlimmer.

SIE möchten etwas kaufen und die Verkäuferin würgt IHNEN entgegen: „An solche wie Sie verkaufe ich nichts!"

Ich weiß nicht, wie es Ihnen gerade damit geht. Ich jedenfalls war wie vom Donner gerührt, wusste nicht, wie mir geschah und es dauerte einige Sekunden, bis ich begriff. Mein Herzschlag knallte mir bis zum Hals hinauf. Ich schaute hin zu den Kundinnen, doch die hatten sich inzwischen abgewandt. Mit weichen Knien verließ ich den Laden, lief zum Heim zurück und erzählte meinen Mitbewohnerinnen völlig entsetzt von diesem Erlebnis.

Die Reaktion: „Willkommen im Nirgendwo." Einige von ihnen hatten dieses schon vor mir erlebt. Sie hatten es mir nicht aus Böswilligkeit verschwiegen, sondern meinten, dass jede Neue dieses Erlebnis haben sollte, um auf weitere vorbereitet zu sein.

Als >Gefallene Mädchen< wurden in gutbürgerlichen Kreisen bis ins 20. Jahrhundert hinein junge Frauen bezeichnet, die schon vor einer Ehe ihre Jungfräulichkeit verloren hatten.

Noch bis über die Mitte des 20. JH. hinaus existierten Heime und Anstalten für *Gefallene Mädchen*. Teilweise waren dies Strafanstalten für Frauen, die nicht den Moral- oder Rechtsvorstellungen der Kirchen bzw. ihrer Familien oder der Gesellschaft entsprachen, teilweise aber auch ausschließlich Anlaufstellen für in Not geratene Mädchen und Frauen. In der protestantischen Heimerziehung gab es noch bis in die 1950er und 1960er Jahre den „Rettungsgedanken". Was nicht erwähnt wurde: Es waren auch Umschlagplätze für die Vermittlung der Kinder dieser >sittenlosen< Mütter.

So gab es in Deutschland Anfang des 20. Jahrhunderts etwa 40 unter Leitung von Diakonissen stehende Anstalten, in denen *Gefallene Mädchen* längere Zeit Aufnahme fanden und auf ein >neues geordnetes und gesittetes Leben< vorbereitet werden sollten. Für die in diesen Heimen geleistete Arbeit bekamen sie jedoch kein oder nur einen geringen Lohn.

Wie schon erwähnt, hatten viele Menschen eine eigene spezielle Meinung über uns und den Schwestern im Heim war klar, dass sie sehr auf uns aufpassen mussten. Wir könnten ja über die Stränge schlagen, uns mit den Vätern unserer Kinder oder anderen Männern treffen. Das läge ja nahe. Vielleicht würden wir aber auch heimlich davon laufen und und und … . Deshalb gab es Erlaubnisse - oder auch nicht, Kontrollen und immer wieder Erinnerungen an die Konsequenzen.

Zunächst hatte ich ein sehr kleines Zimmer unter dem Dach. Anfangs hatte mich nur dieser muffige Geruch gewundert, irgendwann sah ich dann kleine Mäuse über den Flur flitzen. Ich bat um ein anderes Zimmer. Half nicht. Ich forderte recht schrill ein anderes Zimmer. Half erst recht nicht. Schrill war nicht erlaubt.

Hochsommer 1966 und immer noch wohnte ich unter dem Dach. Die Hitze staute sich unangenehm und die Mäuse vermehrten sich völlig sinnlos. Als ich eines freien Tages eine Maus direkt in meinem Zimmer herum sausen sah, machte ich mit einem großen Aufschrei einen Satz vom Stuhl auf den Tisch. Mitbewohnerinnen stürmten in mein Zimmer. Ich schrie hysterisch: „Eine Maus ist hier!" Ich wollte gar nicht wieder von dem Tisch herunter, ich wollte gar nicht mehr in diesem Raum bleiben und schon gar nicht mit Kind *und* Maus. Ich bekam ein großes schönes Zimmer im Erdgeschoss. Ich war überglücklich und bedankte mich mehrfach dafür - ohne einen zweifelhaften Gedanken! Ich kann nicht behaupten, dass wir in dem Heim schlecht behandelt wurden, es war nur immer so - erzieherisch. Stets der erhobene Zeigefinger, die Ermahnungen. Wir konnten aber durch Sorgfältigkeit und Pünktlichkeit durchaus ein freundliches Wort oder Lächeln ernten. Eher zufällig erfuhren wir, dass monatlich eine Beurteilung der Schwestern an das Jugendamt ging.

Außer den zwei Schwestern gab es als Hausangestellte noch eine freundliche Köchin. Die anderen Mitarbeiterinnen waren wir. Unsere Aufgaben bestanden aus Küchen,- und Reinigungsdienst und der Säuglingspflege.

Es gab drei Kinderzimmer: Eines für die Säuglinge, eines für die Kinder zwischen einem bis zwei Jahren und noch ein kleines Krankenzimmer.

Es war eigentlich ein überschaubares Heim, nicht zu

groß, nicht zu viele Kinder und stets so zirka sechs Mütter und >Werdende<.

Unsere Mahlzeiten nahmen wir immer gemeinsam ein, das tat uns allen gut. Dieser Raum war Essraum und Büro in einem, eingerichtet mit schweren dunklen Möbeln, u.a. einer Anrichte.

Eines Mittags saßen wir wieder beisammen, als plötzlich ein deutliches gleichzeitiges KLACK und ein schrilles Quietschen unter dieser Anrichte ertönte und uns alle erschreckt vom Stuhl hochschnellen ließ. Was war passiert? Die Schwestern hatten überall Mausefallen aufgestellt. Mahlzeit.

Wie schon erwähnt, wohnte ich nun glücklich im Erdgeschoss und konnte endlich durch ein großes Fenster nach draußen und ins Grüne schauen.

Eine strenge Anordnung war, nachts die Fenster zu schließen und das wurde auch kontrolliert. Das gefiel mir gar nicht und ich erklärte, dass ich frische Luft bräuchte und geschlossene Räume nicht gut aushalten könne. Es half nichts, die Fenster blieben zu.

Draußen unter den Fenstern gab es Stachelgestrüpp und rund herum einen Ring aus Erde, der von den Schwestern jeden Abend sorgfältig geharkt wurde. Irgendwann sagte ich zu meinen Mitbewohnerinnen: „Unsere Damen lieben wohl Gartenpflege, sie harken ja täglich unter den Fenstern."

Alle fingen an zu lachen, sie bogen sich geradezu. Ich saß da nur und hatte keine Ahnung. Die Aufklärung:

„Denk' doch mal nach Du Dummchen! Das ist nicht Gartenpflege, das ist Kontrollharken!"

„Wie bitte??"

„Ob Du nachts aus dem Fenster steigst. Denn wenn Du wieder drin bist, kriegst Du deine Fußstapfen nicht mehr weg."

Ich wollte das zunächst nicht glauben, doch es stimmte tatsächlich. Die Schwestern handelten wohl aus Erfahrung.

Abgesehen von einigen Umständen war diese Zeit im Heim im Grunde das Beste, was mir passieren konnte. Ich war unter Gleichgesinnten, nahrungsversorgt und für die Kinder galt: Satt und sauber.

Wir, die zukünftige Mütter, konnten uns so schon einmal arbeitsmäßig auf unser eigenes Kind vorbereiten und bekamen einen Überblick über die kommenden Aufgaben und die enorme Verantwortung für ein Kind. Doch wir konnten hier leider nicht lernen, wie Selbständigkeit funktionierte.

Für mich war der Umgang mit Kindern und ihre Pflege nicht ganz so neu und überraschend, weil ich ja schon zwei Jahre Ausbildung zur Kinderpflegerin mit einigen Praktika hinter mir hatte. Hier absolvierte ich nur noch mein >Praktisches Jahr<. 1966 gab es wegen der Einschulungsumstellung ein Kurzschuljahr, also waren es nur neun Monate. Dann endlich hatte ich meinen Beruf und eine Berufsbezeichnung. Welch eine Lebensaufwertung. Kinderpflegerin war nicht wirklich mein

Wunschberuf. Doch zur Säuglingsschwester hatte es nicht gereicht. Meine schulischen Leistungen - na ja - Sie wissen schon.

Meinen Wunschberuf habe ich mir dann aber mit zweiundvierzig Jahren erfüllt - seit 1995 darf ich mich Kinderkrankenschwester nennen.

Mit den sechs Wochen Arbeitspause vor der Entbindung nahm ich es nicht so genau und ich glaube, auch die Schwestern waren nicht unglücklich darüber. Es gab viel zu tun. Das Haus war voll belegt. Ich wollte mich ablenken und hatte ja auch sonst keine Pläne.

Eines aber wurde von den Schwestern völlig >vergessen<: Mich über den Vorgang der bevor- stehende Entbindung aufzuklären. Will damit sagen: Ich hatte wenig Ahnung und das, was die anderen Mütter mir erzählten, erfüllte mich mit großer Unruhe und Besorgnis. Nicht zu Unrecht, wie sich herausstellen sollte.

16.August 1966

Nach zweiunddreißig Stunden im Kreißsaal wurde Michael geboren – auch an einem Dienstagmittag, genau wie ich.

Die Entbindung war sehr schwierig, denn die Hebamme ließ mich gleich zu Beginn wissen, was sie von >Mädels< wie mir' hielt. Da lag ich nun ziemlich verlassen und bemühte mich, die Entbindung tapfer zu überstehen, doch nach einigen Stunden hatte ich das Gefühl, dass etwas in mir nicht stimmte. Die Schmerzen wurden unerträglich und ich schrie nach der Hebamme.

Ihre Ablehnung gipfelte in den Worten: „Tja Mädel - rein geht's wohl besser als raus."

Sie zeigte mir, wie sich totale Abhängigkeit und Verachtung anfühlt!

Ich schrie und schrie, eine Mischung aus Wut, Verzweiflung und Schmerzen. War es Erbarmen, Erkenntnis oder nun doch etwas Angst? Ich weiß es nicht, doch plötzlich stand ein Arzt an meiner Liege. Er untersuchte mich kurz und sein Gesichtsausdruck verhieß nichts Gutes. Nun ging alles sehr schnell. Ich erinnere nicht mehr alles, einige Personen standen herum und redeten durcheinander. Kurze Momente später war mein Sohn da - doch er schrie nicht. Der Arzt ging mit ihm irgendwo hin, für Erklärung war wohl keine Zeit mehr. Die erwähnte Hebamme war plötzlich eifrig um mich bemüht, keine schäbigen Bemerkungen oder geringschätzige Blicke mehr. Etwas später kam der

Arzt mit meinem Sohn zurück und erklärte mir, dass nun alles in Ordnung und mein Sohn ein hübsches Kind sei. Ich erfuhr, dass eine große Zyste den Geburtskanal versperrt hatte und mein Sohn deshalb nicht das Licht am Ende des Tunnels erblicken konnte. Er hatte sich mehrfach gedreht und somit die Nabelschnur dreimal um seinen kleinen zarten Hals gewickelt.

Am nächsten Tag kam der Arzt aus dem Kreißsaal zu mir und erklärte mir die gesamte Tragweite der Entbindungssituation und die damit verbundene Gefahr für meinen Sohn. Noch kurze Zeit später und es hätte seinen Tod, mindestens aber eine Behinderung durch Sauerstoffmangel bedeutet. Außerdem müsste ich in ein paar Tagen operiert werden, die Zyste müsse weg. Fassungslos rang ich nach Worten, erinnerte mich an die Gleichgültigkeit der Hebamme und gab ihr die alleinige Schuld. Ich konnte es nicht mehr für mich behalten, schilderte dem Arzt meine ganzen Erinnerungen und wiederholte auch die Beleidigung der Hebamme und war überglücklich, dass mir jemand zuhörte und mir sogar zu glauben schien. Doch innerlich war ich bis zum Platzen wütend.
Zwei Tage später musste ich zum Chefarzt ins Büro und noch einmal genau den Hergang im Entbindungsraum schildern. Zunächst hatte ich Angst, dass er mir nicht glaubt, doch so war es nicht. Ich weiß nicht mehr wann genau, aber eines Morgens kam diese besondere Hebamme mit einem überdimensionalen Blumenstrauß zu mir und knirschte so etwas wie eine Entschuldigung

heraus. Sie stammelte von Überlastung und einem Versehen.

Kurz gesagt: Es war mir nicht möglich, ihre Entschuldigung und den Blumenstrauß anzunehmen. Zu tief saß der Schock über das, was meinem Sohn hätte geschehen können, meine Wut und Verzweiflung über ihren Umgang mit mir. Meiner Erinnerung nach lag ich nach der OP noch zirka zwei Wochen im Krankenhaus.

HEIMkehr

Da war ich nun wieder, aber eben nicht mehr allein. Im Heim angekommen erlebte ich eine große Überraschung. Es gab eine kleine Feier für mich mit Kuchen und Süßigkeiten. Die Schwestern schenkten Michael ein Jäckchen und die Mitbewohnerinnen hatten ihm eine Strampelhose gekauft.

Alle waren außerordentlich glücklich. Die Schwestern wussten von meinem Krankenhauserlebnis und hatten es meinen Mitbewohnerinnen erzählt. Ich konnte vor Rührung gar nichts sagen. Sie gaben mir Zeit, mich zu fangen. Alle tüddelten mit meinem Sohn herum.

Das Gesetz bescherte mir nach der Entbindung acht freie Wochen. Doch das war durch die bereits erwähnte OP ein paar Tage nach Michaels Geburt alles ein wenig durcheinandergeraten. Keine Einigung, ab wann dies denn nun genau gelte. Nach der Entbindung? Nach der Entlassung? Die Schwestern meinten ersteres. Ich hatte keine Energie, darüber zu diskutieren und kam auch nicht auf die Idee, mich irgendwo zu erkundigen. Streit konnte ich auch nicht gebrauchen, denn es war ja immer noch mein Praktikumsjahr und ich musste ein gutes Abschlusszeugnis bekommen.

Zudem wollte ich meine restlichen Kräfte nutzen, um wieder richtig gesund zu werden und mich intensiv mit meinem Kind beschäftigen zu können. So machte ich den Vorschlag, dass ich in erster Linie meinen Sohn voll versorgen möchte, aber auch Aufgaben übernehmen wolle, die ich bewältigen könne. Eine große Unterstützung für alle wäre es sicher, wenn ich während der Wickel- und >Fütterungs<zeiten helfen würde. Das war mein Angebot. Was hätte ich auch ohne Beschäftigung wochenlang in diesem Heim machen sollen? Michael schlief noch viel und war auch sonst problemlos. So hatte ich alle irgendwie glücklich gemacht.

Mein 18. Geburtstag

Verehrte Leser, ich nehme es Ihnen nicht übel, wenn Sie es nicht glauben können, doch ich hatte ihn vergessen. Wie konnte das nur passieren? Nun ja, da gibt es wohl mehrere Gründe. Erstens war dieser Geburtstag nichts Besonderes, denn volljährig wurde man zu der Zeit erst mit Einundzwanzig und zweitens war ich nach Michaels Geburt sehr abgelenkt und eingespannt. Meine Gedanken waren ganz bei ihm und der Bewältigung der Arbeit und des Alltags. Hätten meine Mitbewohnerinnen nicht meinen Platz hübsch dekoriert und ein kleines Büchlein auf meinen Teller gelegt, es wäre mir nicht aufgefallen.

Der Alltag war wieder eingekehrt. Mein Sohn entwickelte sich prächtig, er blieb pflegeleicht und war immer lustig. Sein Lächeln und die immer gute Laune erhellte das sonst so triste Zimmer mit den rostigen Betten, kahlen weißen Wänden und einer einzigen grell leuchtenden Deckenlampe. Keine Regale mit Spielzeug, nirgendwo so etwas wie ein Farbklecks.

Die Kinder wurden schon sehr früh zum Trockenwerden >erzogen< und dies wurde <intensiv gefördert<.
Die damaligen Methoden würden heutzutage jeden Psychologen auf den Plan rufen und die Eltern würden protestieren. Die Kinder wurden mit einer Stoffwindel um den Bauch an ihr Bett gebunden, damit sie nicht mit dem Nachttopf durch den Raum rutschen konnten und jegliches Spielzeug wurde ihnen aus der Hand ge-

nommen. Sie sollten sich ohne Ablenkung auf ihr >Geschäft< konzentrieren. Nicht alle Kinder fanden das gut. Manche wehrten sich, schrien und versuchten sich zu befreien. Andere wieder ließen es einfach geschehen. Wenn der Erfolg ausblieb, mussten sie so lange sitzen, bis wirklich keiner mehr zu erwarten war. Wenn wir die Kleinen dann endlich hochnehmen durften, hatte das Töpfchen tiefe und rote Ränder in ihren kleinen Po gegraben. Doch wir schummelten sie sooft es ging eher vom Topf hoch. Die Augen der Schwestern konnten eben nicht überall sein.

Das war schwer auszuhalten und kein schöner Anblick für mich und die anderen Mütter. Ich fand das ganze Procedere erbärmlich und weigerte mich nach kurzer Zeit, mein Kind wie einen Hund anzuleinen und *ich* entschied, wann er aufstehen durfte.

Was mich sehr betrübte, und diesen Eindruck hatten wir Mütter alle gemeinsam, dass es bei unseren eigenen Kindern keinen Unterschied machte, wer sich um sie kümmerte. Damit meine ich, dass sie jede von uns gleichberechtigt sahen. Zwar bemühten wir uns alle, dafür zu sorgen, dass jede Mutter die Chance bekam, ihr eigenes Kind zu versorgen und ihm die Mahlzeiten zu geben, doch das war nicht einfach. Wir wurden den Kinderzimmern zugeteilt und hatten uns eben um genau diese Kinder zu kümmern. Oft war aber eben nicht das eigene Kind dabei. So tauschten wir eigenständig unsere Bereiche oder auch mal die Kinder, damit man das eigene bemuttern konnte. Das funktionierte nicht lange. Die Schwestern meinten, wir müssten lernen, uns auch mal von unserem Kind zu trennen, alle seien schließlich gleich wichtig. Natürlich waren sie das, aber hier ging es darum, dass unsere eigenen Kinder uns als ihre Mütter begriffen. „Es bleibt dabei, es wird nicht getauscht!"

Wir führten eine Grundsatzdiskussion über unseren Status und den Unterschied zu unseren eigenen Kindern und den eigentlichen Heimkindern, die wir übrigens genauso liebevoll behandelten. Die Schwestern begriffen, dass wir alle zusammenhielten und bereit waren, für unseren Wunsch zu kämpfen. Sie wollten wohl kein Aufsehen und so gestatteten sie uns, unsere Kinder in jeder freien Minute zu uns zu nehmen. Eine Revolution des bisherigen Systems in dieser bisherigen Sozialordnung. So gaben wir alles und unsere Kinder begannen zu >lernen<, dass jedes seine eigene Mutter hatte.

Auch das Jugendamt hatte so seine eigenen Kontrollvorstellungen. Michaels Vater bekam nicht nur Besuchsverbot, er bekam gleich Stadtverbot. Er durfte sein Kind nicht sehen. Wir durften nicht einmal miteinander telefonieren. Er berichtete mir später, dass er sich des Öfteren beim Jugendamt nach unserem Befinden erkundigte. Nicht ein einziges Mal bekam er eine Antwort. Oft heißt es, dass die Väter sich nicht um ihr Kind kümmern und die Kindesmutter sitzen lassen. Michaels Vater wollte sich kümmern. Er kaufte ein: Sportkarre, Zeug, Spielzeug u. vieles mehr. Alles stapelte sich in Bremerhaven und kam nicht zum Einsatz. Er fotografierte die Gegenstände, nahm die Bilder mit zum Jugendamt, um so zu beweisen, dass er sich doch kümmern möchte. Es half nichts - es änderte nichts.

Den Wunsch meiner Pflegemutter, uns besuchen zu dürfen, lehnte ich kategorisch und auf Lebenszeit ab. Viel später erfuhr ich, dass es viel Druck und Unverständnis von Seiten der Nachbarschaft gab und sie inzwischen gemieden wurde. Doch wenn DAS der einzige Grund für den Besuchswunsch war, wollte ich gern darauf verzichten.

Neue Eltern für meinen Sohn? NIEMALS!

Es war im Oktober desselben Jahres, als mich an meinem freien Tag eine der Heimschwestern auf einen besonderen Besuch vorbereiten wollte. Sie verkündete, dass ein Jugendamtsvertreter des Ortes am Nachmittag vorbeikäme, um Wichtiges mit mir zu besprechen. Sie war außerordentlich freundlich. Das beunruhigte mich! Was konnte so wichtig sein? Ich war mir keines Vergehens bewusst. Hatte es mit meinen Pflegeeltern zu tun? Sollten wir etwa wieder dahin zurück? Die Entscheidungsmacht hatte das Amt ja noch ein paar Jahre Ich war zwar Michaels Mutter, hatte aber kein Entscheidungsrecht. Das hatte ausschließlich das Vormundschaftsgericht. Ich hatte lediglich ein Vorschlags- und Mitbestimmungsrecht. Ich versuchte, der Schwester den Grund dieses ungewöhnlichen Besuches zu entlocken, doch sie meinte nur, das hätte Zeit bis zum Gespräch. Es ging mir gar nicht gut.

Der Nachmittag kam, der Jugendamtsvertreter auch. Er hatte noch eine Frau mitgebracht, sie mir aber nicht vorgestellt. Da saß ich nun den beiden und der Schwester gegenüber und hatte das Gefühl, ich befände mich im Gerichtssaal. Zunächst fielen ein paar lobende Worte über meine positive Entwicklung, die geleistete Arbeit, ebenso warme Worte über die Entwicklung meines Sohnes. Dann ging es um die Zukunft. Mir fiel sofort auf, dass nur über *meine* Zukunft gesprochen wurde. Michael wurde überhaupt nicht erwähnt. Auch das beunruhigte mich. Nun hätte ich doch einen abgeschlossenen Beruf und somit Chance auf eine Arbeitsstelle, eventuell sogar in meiner Heimatstadt, könne Geld verdienen und sparen, damit ich mir eine kleine Wohnung leisten könne. Das Amt würde mir auch bei allem behilflich sein. Noch immer kein Wort über meinen Sohn. Mir kam ein ungeheuerlicher Gedanke und ich hoffte inständig, dass ich mich irrte. So lenkte ich das Gespräch in seine Richtung und suchte nach einer guten Taktik. Ich lobte zunächst die gute Idee mit der anschließenden Frage, wo ich denn meinen Sohn unterbringen solle während ich arbeitete. Ich bezog ihn ganz bewusst mit ein, denn ich wollte ihnen unmissverständlich klar machen, dass ich mein neues Leben *mit* ihm leben wollte. Ihre Blicke wanderten hin und her und mir wurde klar, dass mein Gefühl richtig war.

Es gäbe so viele Ehepaare, die keine eigenen Kinder bekommen könnten, sich aber so sehr eines wünschten. Ob ich mir nicht vorstellen könnte, Michael in liebevolle Hände solcher Menschen zu geben. Damit wäre doch allen geholfen. Meinen Vorteil hatten sie mir ja schon schmackhaft gemacht. Sie malten mir nun wortreich und blumig Michaels Vorteile und das Glück der zukünftigen Eltern aus. Ich war fassungslos. *Nie* hatte ich erwähnt, meinen Sohn abgeben zu wollen! Anbetracht meiner eigenen Kindheit und Erlebnisse war der Gedanke geradezu absurd.

Ich lehnte entrüstet und aufgeregt ab. Unverantwortlich, egoistisch, trotzig nannten sie meine Reaktion. Ob ich mir vorstellen könnte, was ich den kinderlosen Paaren damit antäte.

Plötzlich Kopfkino! Es tat sich ein grausiges Bild vor meinem geistigen Auge auf: Ich sah fremde Gestalten, die gerade jetzt meinen Sohn wegholten, während ich hier saß und es nicht mitbekäme. Mein Herz raste und ich weiß noch genau, dass ich aufsprang und losrannte. Ich stürmte in das Kinderzimmer, in dem auch Michael >wohnte<. Er lag in seinem Bett! Ich nahm ihn sofort hoch, lief mit ihm auf den Flur und rief sehr laut, dass ich ihn nicht hergäbe. Instinktiv >rief< ich nach Zeugen. Die bekam ich auch. Allen Mitbewohnerinnen war klar gewesen, dass hier heute mit mir etwas Ungewöhnliches geschah. Sie standen wie auf Bestellung in den Türen. Ich weinte und schrie, Michael weinte inzwischen auch, ebenso einige Mitbewohnerinnen. Sie konnten meinen Ausbruch und meine Angst sicher sehr gut verstehen. Vielleicht war eines Tages jemand von ihnen das Opfer. Da brauchte man Verbündete! Die beiden Amtspersonen verließen mit Kopfschütteln das Haus, die Schwester meinte, ich könne nun mein Kind wieder in's Bett legen. NEIN! Das tat ich nicht! Ich nahm es mit auf mein Zimmer und dort blieb es bei mir die ganze Nacht. Ich weigerte mich, das Zimmer zu verLassen. Ich weigerte mich, zu arbeiten. Ich weigerte mich, zu essen. Abends stellte ich Geschirr auf einen Stuhl und platzierte diesen von innen vor die Zimmertür. Es sollte laut scheppern, wenn jemand wagte, ungebeten herein zu kommen. Ich hatte wahnsinnige

Angst, dass irgendjemand mir heimlich mein Kind wegnehmen könnte Wie sollte das nur weiter gehen? Ich konnte ihn ja nicht ständig im Blick behalten. Darüber dachte ich in der Nacht stundenlang nach. Es gab keine zuverlässige Lösung. So bat ich meine Mitbewohnerinnen, ihn immer und gut im Auge zu behalten und sofort Zeichen zu geben, wenn sich Ungewöhnliches anbahnt. Alle versprachen es. Sie waren einfach unglaublich. Keine von ihnen hatte den Vorfall wirklich überwunden, alle waren immer noch erschrocken.

Ich suchte das Gespräch mit der Schwester. Ich wollte sicherstellen, dass so etwas nie wieder passieren wird. Sie meinte, dass hätte ich ja nun deutlich gemacht und dass so ein Geschrei nicht nötig gewesen wäre.

Fortan schlief Michael wieder im Kinderzimmer. Die Mitbewohnerinnen versicherten mir hoch und heilig, gut auf ihn zu achten, auch während ihrer Nachtwache. Das glaubte ich ihnen, denn auch sie hatten ja Kinder. Trotzdem konnte ich nie wieder richtig schlafen. Mein Kopfkino drehte sich unbarmherzig und oft stand ich nachts auf, um nach Michael zu schauen.

Heute würde ich sagen, dass ich traumatisiert war. Damals war mir das gar nicht so bewusst.

Dezember 1966 - Das Jahr ging zu Ende

Für mich ein ganz besonderer Monat, denn am 31. beendete ich nicht nur mein >Praktisches Jahr<, sondern auch offiziell meine Ausbildung. Ich würde mein Zeugnis und meine Abschlusspapiere bekommen. Ich hatte eine wichtige Etappe in meinem Leben geschafft. Endlich hatte ich einen Beruf und einen Titel. Vom Jugendamt hatte ich schon die Genehmigung bekommen, noch weiter in dem Heim arbeiten zu können - als Kinderpflegerin mit einem richtigen Gehalt und meinem Sohn Das versetzte mich zunächst in Hochstimmung.

Doch da gab es auch eine andere Seite der Gefühle. Die Adventzeit hatte begonnen. Wir mussten die Räume schmücken, hatten aber keine Freude daran. Alle waren in einer sonderbaren Stimmung, weder froh noch munter. Eher still, nachdenklich bis melancholisch und traurig. Für alle Mitbewohnerinnen und auch für mich war es das erste Weihnachtsfest mit Kind - aber ohne die Familie. Letzteres war für die meisten ein schwer zu ertragender Zustand. Vieles ging uns durch den Kopf. An einem unserer gemeinsamen Abende hatte niemand wirklich Lust auf Spiele. Wir stellten fest, dass es uns allen nicht gut ging. Diese Zeit mit ihrer besonders emotionalen Stimmung drückte auf unser Gemüt. Uns wurde unsere deprimierende Situation so richtig vor Augen geführt. Die entsprechende Musik im Radio machte es nur noch schlimmer.

Wie sollte das bloß erst an den Weihnachtstagen werden? Wie wurde in diesem Hause eigentlich überhaupt Weihnachten gefeiert? Ich mochte nicht daran denken. Ich wollte diese Zeit nicht! Wir waren ratlos, aber es mussten Entscheidungen her, mit denen wir alle irgendwie die Zeit überstehen konnten. Wie sollten wir die Abende gestalten, vor allem den Heiligabend?

Wir verabredeten, uns gegenseitig keine Geschenke zu machen. Das wäre sowieso bei unserem Einkommen ein Riesenspagat geworden. Wir hatten schon gespart, weil es uns sehr wichtig war, unseren Kindern ein erstes Weihnachtsgeschenk zu kaufen. Keine von uns wollte irgendwelche rührseligen Lieder singen. Kerzen waren sowieso nur auf dem Esstisch in Anwesenheit der Schwestern erlaubt. Ihre Botschaft an uns: Sollte jemand verzweifeln, bitte sofort melden! Keine Kurzschlusshandlungen - immer an das Kind und die Konsequenzen denken! Danke, das mit den >Konsequenzen< kannten wir schon. Wir passten alle höllisch auf uns auf. Das war auch für mich der einzige Trost und hielt mich am Laufen.

Das Stimmungstief hielt an, vier lange Wochen, dann kam Heilig Abend. So etwas vergisst man nicht. Die Schwestern hatten natürlich schon längst bemerkt, dass wir seelisch am Boden lagen und gaben sich wirklich Mühe, uns diese Zeit leichter zu machen. Der Umgangston wurde milder und auch die Regeln wurden aufgeweicht. Wir durften öfters in den Ort gehen - wenn auch nach Absprache und mit Zeitvorgabe, doch ohne Ermahnungen.

In dieser Zeit bekamen wir mit aller Wucht ein Bewusstsein für unsere Situation. Es war schwer, die Vielfalt der Gefühle auszuhalten. Man klammert sich an sein Kind, stellt sich viele Fragen: Was macht die Familie? Denkt sie an uns? Werden wir etwa doch ein wenig vermisst?

Mir war klar, dass ich einen großen Fehler gemacht hatte. Damit hatte ich meine Pflegeeltern und den Vormund sehr enttäuscht. Mir machte lediglich die Verachtung zu schaffen. Ganz besonders schwer war es für mich, zu ertragen, dass auch Michael einen Teil davon abbekam. Ich war damals schon der Meinung, dass unsere Kinder sehr wohl, wenn auch unbewusst, mit uns fühlen.

Nach der Geburt meines Sohnes hatte ich oft über meine leibliche Mutter nachgedacht und so viele Fragen begleiteten mich. WO lebte sie? WIE lebte sie? Dachte sie noch an mich? Hatte sie inzwischen bereut, mich weg gegeben zu haben? Es schlich sich wieder mal ganz leise eine Sehnsucht ein - die Sehnsucht, diese Familie zu finden.

Meine Mutter hatte nun einen Enkel. Ich wollte, dass sie ihn kennen lernt, dass sie mich kennen lernt. Ich wollte, dass auch mein Sohn seine leibliche Familie kennen lernt. Doch auch mein dritter Versuch scheiterte kläglich. Ich schrieb meinem Vormund zunächst einen langen Brief, versuchte ihm meine Gedanken und Gefühle nahe zu bringen. Ich hoffte so sehr auf sein Verständnis.

Seine Antwort:

„Kind, lass das. Das ist nicht gut für Dich. Kümmere Dich um Deinen Sohn und um Eure Zukunft. Damit hast Du genug zu tun."

Er sagte >Kind< zu mir! Ich war inzwischen Mutter. Natürlich war mein Status nicht dazu angetan, mir Verständnis und Entgegenkommen zu zeigen. Unehelich, unmündig, Pflegekind mit einem unehelichen Kind im Heim, dass schreit ja geradezu nach Missachtung. Damals konnte ich meine Gefühle noch nicht in passende Worte fassen. Doch heute nenne ich das Verhalten der Behörden eigenmächtig, unterlassene Hilfeleistung, hochgradig unmoralisch, geradezu sittenwidrig und es war seelische Grausamkeit.

Zu meinen >Verwandten< in Amerika hatte ich nie die Verbindung verloren. Ilse und ich schrieben uns immer noch Luftpostbriefe. Wir waren nun Verbündete, denn auch sie hatte inzwischen einen unehelichen Sohn bekommen - sehr zum Leidwesen ihrer Eltern, doch sie schickten sie nicht in die Verbannung.

Auswanderungsgedanken

Mein Vergangenheitsgegenwartszukunftsgedanken-karussell rotierte wieder.

Der Gedanke, nach Amerika auszuwandern keimte schon sehr lange in mir, nun aber nahm er richtig Gestalt an. Ich dachte kurz aber sehr intensiv darüber nach, wie das mit Michael zu schaffen sei und schrieb all meine Gedanken und Ideen an Ilse. Sie würde mich verstehen. Sie würde mir helfen, da war ich mir sicher. Ich brauchte doch nur einen Bürgen, eine kleine Wohnung, eine Arbeitsstelle und jemanden, der auf Michael aufpasste, wenn ich arbeitete.

Dieses Mal war es ein sehr langer und eindringlicher Brief. Ich schrieb so ziemlich alles, was mir widerfahren war und dass ich hier keine Chance für uns sah. Ich wollte einen Neuanfang in einer neuen Umgebung mit neuen Menschen und neuen Aufgaben.

Meine Hoffnung lag darin, dass die Schwester meiner Pflegemutter meine Patentante war. So machte ich ihr den Vorschlag, doch die Vormundschaft für Michael und mich zu übernehmen. Es wären ja nur drei Jahre. Ich versprach, fleißig zu arbeiten, meine Wohnung sauber zu halten, mein Kind verantwortungsvoll zu versorgen und vieles mehr und ich meinte es auch so. Das Thema >Geld< ließ ich aus, da hatte ich keine Idee und hoffte auf die Lösungen anderer.

Das Jugendamt hatte mir ja schon im Winter 1966 bei diesem widerwärtigen Adoptionsansinnen in Aussicht gestellt, mich zu unterstützen. Warum dann nicht auch für Amerika? Dafür brauchten sie dann ja hier in Deutschland nichts mehr für uns zu bezahlen. Dabei ließ ich es erst einmal.

Nachdem ich ein paar Tage lang an Gründen und Formulierungen gearbeitet hatte, schickte ich den Brief los - natürlich mit einem Bild von meinem entzückenden Sohn. Wenn das nicht half ...

Nun hieß es abwarten - Luftpostbriefe dauerten damals lange und so rechnete ich erst in zirka sechs Wochen mit einer Antwort.

Das war eine aufregende Wartezeit. Ich konnte mit niemanden über meine Gedanken und Pläne sprechen. Zunächst wollte ich die Antwort abwarten und auch alles gut vorbereiten. Es sollte nichts schief gehen oder gar scheitern. Ich dachte, wenn ich meinem Vormund beweisen konnte, dass ich es ernst meinte und in Amerika Unterstützung habe, wird er schon zustimmen. Nein - er musste einfach zustimmen!

Die Wochen verrannen und ich wurde immer nervöser, aber auch stiller. Meine Gedanken kreisten nur noch um die Auswanderung und das Leben dort.

In meiner Freizeit und besonders in den Abendstunden in meinem Zimmer malte ich mir aus, wie es sein würde, selbständig und vor allem selbst bestimmt in diesem großen, bunten Land zu leben. Weg von all den Menschen hier, die mein Leben, meine Zukunft und mein Gedankengut bestimmen wollten. Weg von der gefühlten Enge in meinem jetzigen Leben. Freiheit für meinen Sohn und mich war das Ziel.

Ich war voller Hoffnung, Tatendrang und Mut. Mir wuchsen innerlich Flügel. Tausend Gedanken und Fragen flogen durch meinen Kopf und beherrschten meinen Alltag. Ich hatte noch keinen genauen Plan, wie und wann genau ich wem zuerst die Botschaft überbringen sollte.

Ich hatte inzwischen festgestellt, dass Jugendamtsmitarbeiter sehr empfindlich sind, wenn es darum geht, ihre Machtbefugnisse in Frage zu stellen oder gar zu untergraben. Ich musste am besten gleich >ganz oben< bei den Entscheidungsträgern anfangen.

Es gab schon so viel Vorbereitendes zu bedenken, traute mich aber nicht, all meine wichtigen Gedanken aufzuschreiben, weil ich nicht wusste, wohin mit dem Zettel. Ich war immer noch sicher, dass unsere Schränke und auch unsere Privatsachen kontrolliert würden. So lernte ich die ganze Liste an Gedanken, zukünftigen Aufgaben und Ideen auswendig. In jeder mir möglichen Zeit wiederholte ich alles gebetsmühlenartig um bloß nichts zu vergessen. Doch es wurde immer umfangreicher und so erstellte ich mir doch einen Merkzettel, den ich alphabetisch in Themen unterteilte und ihnen Zahlen zuwies, jedoch so, dass niemand etwas daraus ableiten konnte. Den legte ich einfach gut sichtbar auf meine Wäsche in der Hoffnung, dass die Schwestern so etwas Offensichtliches für unbedeutend hielten. Ich schrieb ihn noch ein zweites Mal und diesen Zettel trug ich immer an meinem Körper – Tag und Nacht. Irgendwann reichte ein Zettel nicht mehr aus. Meine Phantasie und Vorfreude waren im Moment das Einzige, was mich trug und die Wartezeit aushalten ließ. Ich schrieb und schrieb - und lernte alles auswendig.

Natürlich gab es auch Momente der Unsicherheit und Angst. Angst vor einem >NEIN< aus Amerika, vor dem >NEIN< des Vormundes. Die größte Angst war jedoch, dass auf Grund meiner Idee das Amt mich für ungeeignet hielt, meinen Sohn zu behalten, aber ich konnte nicht noch drei Jahre warten.

Ich erinnere mich nicht mehr genau, wie lange die Antwort aus Amerika auf sich warten ließ. Es dauerte länger, als ich dachte, aber sie kam. Ich möchte an dieser Stelle noch erwähnen, dass meine Mitbewohnerinnen und ich irgendwann gefordert hatten, dass unsere Post nicht mehr geöffnet würde.

Endlich - Luftpost aus Amerika

Eine der Heimschwestern sagte mir, es läge ein Brief für mich im Büro. Das konnte nur die Antwort aus Amerika sein! Aufregung stieg in mir hoch und mein Herz schlug schneller. Ich bemühte mich, konzentriert weiter zu arbeiten, hatte aber den Eindruck, dass die anderen meine Nervosität bemerkten. Egal - konnte ich nicht ändern. Endlich Mittagspause! Ich holte meinen so heiß erwarteten Brief ab. Mein Herz klopfte. Dieser Brief enthielt Michaels und meine Zukunft - egal, wie die Antwort lautete. Ich musste ihn *jetzt* lesen, warten war unmöglich!

Mir fiel auf, dass er etwas dicker war, als die sonstigen Briefe. Er schien mir auch ungeöffnet. Mit zitternden Händen riss ich den Umschlag auf. Mein Magen fuhr Fahrstuhl und ich begann zu frieren - wie immer, wenn ich enorm aufgeregt und angespannt bin.

Mehrere Seiten in Ilse's Handschrift. Mein Puls raste. Ich begann zu lesen - und konnte kaum glauben, was dort stand!

Es hätte etwas länger gedauert mit dieser Antwort, aber es wäre viel zu besprechen und zu organisieren gewesen. Doch nun wäre alles vorbereitet, alles Weitere hinge jetzt vom Amt ab.

Was war inzwischen in Amerika geschehen?

Meine Cousine Edda - Ilse's Schwester - war mit einem Arzt befreundet und hatte ihm meine Situation geschildert. Er war bereit, mir Arbeit zu verschaffen. Es ständen mir mehrere Möglichkeiten zur Verfügung.

Im Hause meiner Tante gab es ein Dachgeschoss, in das ich mit Michael einziehen könne. Sie und ihr Mann wollten für uns beide die Vormundschaft bis zu meiner Volljährigkeit übernehmen. Ich war sprachlos. Mir war richtig schwindelig vor Glück. Licht im Tunnel. Menschen, die mich nicht einmal kannten, wollten mir helfen.

Die Pause ging viel zu schnell vorbei. Wie sollte ich jetzt nur weiterarbeiten? Schnell lief ich noch zu Michael und erzählte ihm, dass nun alles anders und besser werden würde und dass wir auch bald ein neues Zuhause hätten. Für mehr war im Moment keine Zeit. Meine Flügel waren wieder da.
Den Rest des Arbeitstages erledigte ich wie in Trance und hatte Mühe, mich zu konzentrieren. Ich sehnte den Abend herbei. Das gemeinsame Abendbrot mit den Schwestern und Mitbewohnerinnen dauerte mir heute viel zu lange. Es wurde stets mit abschließenden Worten einer Schwester beendet, dann noch das übliche Procedere: Abräumen, abwaschen, wegräumen und nach den Kindern sehen.

Die Abende verbrachten wir unterschiedlich, ganz so, wie es uns gefiel. Nur hinaus durften wir nicht mehr. War egal, wohin hätten wir auch gehen können? Geld für Extras hatten wir sowieso nicht. Normalerweise setzten wir uns oft ohne die Schwestern zusammen und erzählten uns etwas oder spielten Brett- und Kartenspiele. Einen Fernseher gab es in dem Heim nicht. Diese gemeinsamen Abende waren für jede von uns sehr wichtig und auch ich war immer gern dabei. Sie festigten unsere Gemeinschaft. Wer wollte, sprach über seine Sorgen, suchte Rat oder erzählte einfach etwas. Sie gaben einem das Gefühl, dazu zu gehören, ein wichtiger Teil zu sein.

Doch heute Abend wollte ich nur noch auf mein Zimmer. Dort holte ich den Brief aus meiner Tasche und las ihn immer wieder und wieder.

Termin beim Vormund

Es gab viel zu tun und ich wollte keine Zeit verlieren. So machte ich mir Notizen. Was gab es nun zu tun und in welcher Reihenfolge?

Die wichtigste Person für mich war mein Vormund. Den musste ich für mein Vorhaben begeistern. Von ihm hing alles ab. Sollte ich ihm schreiben oder ihn anrufen und alles mit ihm besprechen? Ich hätte wirklich jemanden gebraucht, dem ich mich hätte anvertrauen können. Ich brauchte so dringend einen Rat, aber ich hatte Angst vor Verrat.

Ich hatte nur diese eine Chance und war mir meiner schwierigen Situation durchaus bewusst.

Ein persönliches Gespräch, das war die Lösung! Wenn er zu mir ins Heim käme, könnte er sich auch gleich ein Bild von meinem Sohn machen, das würde ihn ganz sicher positiv beeinflussen. Ich wusste, dass die Schwestern ein gutes Bild von mir hatten, zumindest was Michael und meine berufliche Arbeit betraf. Ich selbst galt bei ihnen wohl als etwas sperrig und zu aufmüpfig, das wusste ich. Doch schnell fiel mir ein, dass diese Idee eher ein großes Risiko barg: Dann würden auch die Schwestern zu früh von meinem Plan erfahren und ich wusste, dass sie das nicht gutheißen würden. Ich glaubte, dass dieser weit an ihrer Vorstellungskraft vorbei gegangen wäre. Ich nach Amerika und dann noch allein mit einem Kind. Sie hätten sich garantiert dagegen ausgesprochen und das brauchte ich nicht. Ich brauchte Mutmacher und Befürworter.

So entschloss ich mich, für dieses so elementar wichtige Gespräch nach Bremerhaven zu fahren.

Na ja, so einfach war das wieder auch nicht. Ich benötigte zunächst einen freien Tag. Das Schwierigste würde jedoch werden, den Schwestern zu erklären, dass ich einen ganzen Tag lang ohne meinen Sohn das Haus verlassen wollte. Sie würden sofort Vermutungen anstellen. Sie würden nach der Begründung fragen und wenn ich keine abgäbe, würden sie mich nicht gehen lassen und wahrscheinlich meinem Vormund Meldung machen. Ich musste es bei dem Telefonat so hinbiegen, dass *er* mich einlud. Bei all diesen Widrigkeiten wurde mir ganz bange und es kamen mir Zweifel, ob ich richtig handle und welche Konsequenzen das weiterhin für mich haben könnte - vor allem in Hinblick auf mein Kind. Doch ich wollte jetzt nur noch nach vorn schauen. Ich kannte nur diese Richtung.

Nun musste ich vieles koordinieren: Wichtig war unser Dienstplan. Keine Mitbewohnerin durfte frei haben - und hoffentlich würde niemand krank. Es durften keine außergewöhnlichen Aktivitäten geplant sein. Nach dieser Recherche hatte ich drei verschiedene Tage herausgefiltert, die mir die größte Chance auf einen freien Tag boten.

Ich musste mir die Erlaubnis für ein privates Telefonat holen und dann dafür sorgen, dass niemand herein kam und mithörte. Türen zuzuschließen war nicht erlaubt und im Büro auch nicht möglich. Die Schwestern hatten den Schlüssel.

Nun der Anruf bei meinem Vormund. Ich war sehr aufgeregt. Es musste mir einfach gelingen, einen Termin zu bekommen! Ich wollte jedoch nicht gleich mit der Tür ins Haus fallen, da hätte er wohl sofort abgelehnt. So nahm ich mir vor, ihm nur zu sagen, dass ich etwas sehr Wichtiges mit ihm zu besprechen hätte, dass es meine Zukunft beträfe, dass dies nur in einem persönlichen Gespräch möglich wäre und ich eigens dafür nach Bremerhaven käme. Das sollte ihn neugierig machen und ihm zeigen, wie ernst meine Angelegenheit war. Also los!

Endlich hatte ich einen rechten Moment zum Telefonieren gefunden. Das Herz klopfte mir bis zum Hals. Ich hatte mir einen Spickzettel geschrieben um nichts zu vergessen und bloß nicht den Faden zu verlieren.

Ich brauchte mehrere Anläufe bis ich mit zitternden Fingern endlich die Wählscheibe des großen schwarzen Telefons drehte. Das Freizeichen ertönte. Dann die Stimme meines Vormundes. Ich nannte meinen Namen und fragte, ob er wüsste, wer ich sei.

„Kind, aber natürlich weiß ich, wer Du bist", meinte er. „Ist etwas passiert? Ich meine, weil Du mich persönlich anrufst".

So fasste ich nun Mut und bat um ein persönliches Gespräch in seinem Büro. Es sei ungeheuer wichtig für mich und bot ihm meine drei möglichen Termine an.

Er schien überrascht und hakte nach. Doch ich bat um Verständnis und eben dieses persönliche Gespräch. Zu meinem großen Erstaunen sagte er zu. Die nächste

Frage hatte ich erwartet: „Bringst Du Deinen Sohn mit oder wer kümmert sich um ihn?"

Das brachte mich nach dem Telefonat zur nächsten Entscheidung. Ich musste mir die Mitbewohnerin suchen, die Michael mitversorgte und ihn stets im Blick hatte. Das war jedoch nicht schwer nach all den Vorfällen der letzten Monate. Alle waren bereit. Ich war gerührt vor Freude und Glück. Es mag kitschig klingen, doch das hatte was von Familie. So stellte ich sie mir vor. Man war füreinander da. Ein mulmiger Gedanke war allerdings, dass mich niemand hätte im Notfall verständigen können. Es gab zu der Zeit noch kein Handy. Da musste ich nun durch. Das musste ich aushalten. Mein Trost war, dass die Schwestern wussten, dass wir alle an einem Strang zogen, aufeinander und auf unsere Kinder achteten. Natürlich waren alle Mitbewohnerinnen neugierig, was denn nun los sei und warum ich wegmüsse. Ich versprach, ihnen zu einem späteren Zeitpunkt alles zu erklären.

In dieser Nacht hatte ich kaum geschlafen. Immer wieder ging ich meine Argumente durch, las meinen Spickzettel, fügte etwas hinzu, strich wieder etwas weg.

Meine Gedanken schweiften in die Zukunft. Ich sah meinen Sohn und mich in diesem anderen Land, in einer eigenen Wohnung selbständig leben. Nicht wie hier, wie in einem Maßregelvollzug. Keine ständigen Ermahnungen und Kontrollen. Ich weiß, das war etwas blauäugig, aber ich war noch sehr jung, hatte Visionen und die besten Vorsätze. Es konnte doch nur dort besser werden, wo ich eine Chance und Unterstützung bekam.

Schon sehr früh am nächsten Morgen war ich in der Küche, half, das Frühstück vorzubereiten und den Tisch zu decken. Nachdem ich das gemeinsame Frühstück hinter mich gebracht und Michael versorgt hatte, machte ich mich auf den Weg zum Bahnhof. Die Schwestern waren von meinem Vormund informiert worden und entließen mich mit den üblichen Ratschlägen und Ermahnungen, doch dieses Mal in gemäßigter Form. Ich gebe zu, dass ein wenig Schadenfreude in mir hochkam, als ich eine leichte Anspannung und Unsicherheit bei ihnen bemerkte.

Endlich saß ich im Zug. Inzwischen war es Frühjahr geworden. Ich schaute aus dem Fenster und versuchte mich abzulenken. Doch lange funktionierte das nicht. Wieder drehten sich meine Gedanken um das kommende Gespräch und meine Argumentation. Ich musste meinem Vormund vermitteln, dass ER die richtige Entscheidung trifft. ICH lieferte nur die Idee.
Mir fiel wieder seine ablehnende Antwort auf meinen Brief vom letzten Oktober ein. Das half mir gerade gar nicht. Mit jedem dahinsausenden Kilometer sank mein Mut.

Nun war es soweit. Mit zitternden Beinen und Herzklopfen betrat ich das Büro. Mein Vormund zeigte auf einen Stuhl. Ich setzte mich und versuchte seine Stimmungslage zu ergründen. Das war wichtig - wegen der Gesprächstaktik. Meine Wortwahl, mein Tonfall, alles musste sitzen. Nur nicht zu forsch, aber auch nicht zu zaghaft auftreten. Ich musste unbedingt Selbstbewusstsein, Stärke, Weitblick und Verantwortungsbewusstsein ausstrahlen. Auf diesen Spagat hatte ich mich eingestellt. Für einen guten Einstieg in das Gespräch hatte ich Bilder von meinem Sohn mitgebracht. Ich erzählte, dass Michael ein sehr lustiges und schlaues Kind sei. Ich verwies noch mal auf meine beendete Berufsausbildung und das meine Arbeit mir viel Freude bereitete. Kurzum: Ich warf alles, was mir irgendwie helfen konnte, in eine Waagschale. Er hörte sich alles an, stellte nur ab und wann eine Frage. Er verhielt sich freundlich abwartend. Dann endlich kam ich auf den Punkt. Ich erzählte von meinem Wunsch, nach Amerika auswandern zu wollen und zeigte ihm Ilse's Brief. Meinen hatte ich wohlweislich nicht mitgenommen. Das hätte keinen guten Eindruck gemacht. Er las und seine Mimik veränderte sich. Was ich sah, gefiel mir nicht. Seine Antwort war ein eindeutiges NEIN!

Ich sei nicht volljährig, überhaupt zu jung, zu unerfahren im Leben, könne die Sprache nicht, hätte kein Geld und überhaupt sei das verantwortungslos meinem Kind gegenüber. Er erschlug mich förmlich mit seinen Argumenten, doch noch schlimmer für mich war der herablassende Tonfall und das durch ein Kopfschütteln begleitete >Lächeln<. Da war sie wieder, diese Nichtachtung. Doch der Knaller kam noch: Unter gewissen Umständen wäre es für mich möglich, nach

Amerika auszureisen - aber ohne mein Kind.

Mir verschlug es die Sprache - wirklich! Noch heute sehe ich mich dasitzen. Ich war fassungslos und entsetzt. Ohne auf meine Gründe einzugehen, diese von allen Seiten zu beleuchten und sie mit mir durch zu sprechen, wischte er sie einfach vom Tisch und stellte mich als verantwortungslose Person dar. Sah er mich überhaupt als Mutter? Sah er in Michael überhaupt das mir zugehörige Kind? Er maß sich an, uns wie Schachfiguren hin und her zu schieben, ganz wie er es für richtig hielt. Was für ein Machtspiel. So war das damals. Wo Unverständnis, Hilflosigkeit und Macht sich treffen, wird Angst gesät und Überlegenheit ausgespielt. Eine wirklich miese Masche, aber sie tat ihre Wirkung. Ich weiß nicht mehr genau, wie lange ich so stumm dasaß, ich weiß auch nicht mehr genau, was er sonst noch sagte. Da ist irgendwie Nebel in meinem Kopf. Ich weiß nur noch, dass ich mich gar nicht mehr traute, überhaupt etwas zu sagen. Nicht meinetwegen. Ich hatte Angst um Michael. Was würde als Nächstes passieren? Vielleicht ein Anruf im Heim und er wäre weg, wenn ich zurückkäme? Meine schlimmsten Befürchtungen nahmen Gestalt an. Welch ein unglaublich blöder Fehler war es, hier her zu kommen und an ein hilfreiches Gespräch zu glauben. Wie konnte ich nur so naiv, so einfältig sein! Ich wollte nur noch hin zu meinem Sohn. Was hatte ich nur getan. Welch ein Leichtsinn! Ich erinnerte mich an den Vorfall im Oktober 1966. Das durfte nicht passieren. Ich konnte nur hoffen, dass meine Mitbewohnerinnen gut aufpassten. So stand ich auf und bat um meine Bilder und den Brief. Die Bilder bekam ich zurück. Keine Ahnung, was er mit dem Brief anstellen wollte. Ein Beweis für meine Dummheit und meinen Leichtsinn? Ein Beweis, dass man mich nicht ernst nehmen konnte? Noch schlimmer: Ein Beweis dafür, dass ich nicht reif genug für mein Kind war?

Physisch wie auch psychisch völlig erschöpft und keines klaren Gedankens mehr fähig, fuhr ich zurück ins Heim. Hatte mein Vormund etwa schon mit wem auch immer telefoniert? Hatte er den Brief vielleicht schon an das Vormundschaftsgericht weiter gereicht? Die Zugfahrt ging mir gar nicht schnell genug. Nach meinem Empfinden fuhr er so langsam, dass ich dachte, jemand schiebt ihn zum Bahnhof.

Als ich im Heim ankam, war es Nachmittag. Ich musste klingeln. Mein Herz raste. Die Schwester öffnete. Ich versuchte in ihrem Gesicht zu lesen. Wirkte es irgendwie anders als sonst? Gab es irgendeinen Hinweis für mich? Nein, sie schaute wie immer und begrüßte mich kurz wie immer. Ich wollte sofort zu meinem Sohn, musste mich überzeugen, dass er noch da war. Auf dem Flur dahin begegnete ich einer Mitbewohnerin. Wir konnten uns nichts sagen, die Schwester stand hinter mir. So ging ich schnurstracks ins Kinderzimmer. Er lag mit anderen Kindern im Laufstall und war fröhlich wie immer. Für mein Gefühl gibt es auch heute noch nicht das treffende Wort für meinen Zustand.

Natürlich wirkten meine Unruhe und meine Angst vor Repressalien noch lange nach. Wieder das Gleiche wie damals nachdem das Jugendamt im Oktober 1966 > einen Vorschlag< machte. Schlaflose Nächte, aufpassen, aufpassen - eine nervenaufreibende Zeit, Tag wie Nacht. Ich erzählte wie versprochen meinen Mitbewohnerinnen vom Grund meines Besuches beim Jugendamt und auch von dem grandiosen Misserfolg. Große Empörung allerseits aber auch Bewunderung für meinen Mut. Das tröstete mich etwas.

Die Wochen verrannen, doch nichts Außergewöhnliches passierte. Keine Reaktion der Schwestern, des Jugendamtes oder des Vormundes. Die Ruhe vor dem Sturm?

Im Mai endlich kündigte mir die Schwester den Besuch meines Vormundes an. Es gäbe Wichtiges zu besprechen. Wieder verriet sie nichts. Nicht einmal einen kleinen Hinweis. Ich hasste sie dafür. Ich versuchte, mich auf das Gespräch einzustellen. Doch wie sollte das so ganz ohne Anhaltspunkte gelingen? Innerlich war ich auf Kampf eingestellt. Doch was konnte ich mir schon erlauben? Ich konnte weder über mich noch über mein Kind bestimmen. Gedeih und Verderb - das hing vom Wohlwollen, Verständnis und Einsicht des Amtes ab.

Ein paar Tage zittern, Ungewissheit aushalten, Vermutungen anstellen, Fakten und Taktik zurechtlegen. Ich sprach mit den Bewohnerinnen und wir schmiedeten einen Plan. Eine von ihnen würde Michael während des Gespräches zu sich nehmen. Alle wussten von der Aktion und standen dazu. Motto: Eine für alle - alle für eine. Die sicherste Möglichkeit wäre gewesen, ihn aus dem Haus zu bringen. Doch das war nicht möglich, weil die Schwester stets das Hinausgehen und Zurückkommen kontrollierte. So hielt meine Kollegin sich mit ihm im Hause auf. Ich wusste, dass alle auf der Hut waren und das beruhigte meine Nerven etwas.

Der Tag kam. Es war Nachmittag, als mein Vormund eintraf - allein. Ich war froh, dass er nicht nach Michael fragte oder ihn gar sehen wollte. Es war ein Gespräch zwischen der Schwester, dem Vormund und mir. Ich fühlte mich unbehaglich. Immer die gleiche Sitzordnung. Die beiden saßen vor mir und ich allein ihnen gegenüber. Ich hatte wieder das Gefühl, vor Gericht zu sitzen. Mein Vormund hatte nach unserem desolaten Gespräch wohl endlich und ernsthaft über mich und meine Situation nachgedacht und seinerseits nach einer Lösung gesucht. Die teilte er mir nun mit. Ich war sicher, dass die Schwester schon informiert war. Was war passiert?

Er hatte Kontakt mit einem Krankenhaus in Bremerhaven aufgenommen. Dieses bot mir eine Arbeitsstelle als Kinderpflegerin im dortigen Säuglingszimmer an. Dort wurden die Neugeborenen gehegt und gepflegt, bis sie mit ihrer Mutter entlassen werden konnten. Ebenso könnte ich dort in einem der Schwesternzimmer wohnen. Meine Wäsche würde vom Haus gewaschen, kochen bräuchte ich nicht, denn die Mahlzeiten könnte ich in der Kantine einnehmen. Für alles sei gesorgt. Der Start wäre schon in drei Monaten, am Montag den 04. September. Natürlich würde ich auch ein Gehalt bekommen von dem nur die Zimmermiete und Nebenkosten abgehen würden.

Zu meiner großen Überraschung erfuhr ich nun auch, dass meine Pflegeeltern sich wieder an ihn gewandt und darum gebeten hatten, einen Kontakt zu mir herzustellen. Den hatte ich ja stets abgelehnt. Sie würden Michael gern zu sich nehmen, damit ich arbeiten und mein Leben neu aufbauen könne. Ich stellte mir später die Frage: Taten sie es meinetwegen oder ihretwegen? Wollte sie mir wirklich aus Überzeugung helfen oder sahen sie in Michael den eigenen Sohn?

Sie wären nur übergangsweise auch Michaels Pflegeeltern, da ich noch nicht volljährig sei, aber er bliebe natürlich *mein* Kind. Ich könne ihn jederzeit besuchen und etwas mit ihm unternehmen. Ich solle mir alles gut überlegen und auch bedenken, dass noch zwei weitere Jahre im Heim keine gute Lösung für uns beide wäre. Er gab mir für eine Entscheidung eine Woche Zeit, dann würde es ein weiteres Gespräch geben. Ob ich noch Fragen hätte?

In meinem Kopf schwirrten die Gedanken unkontrolliert hin und her. Logisches Denken war nicht möglich. Eigentlich war es gar kein Gespräch. Es war eine Informationsveranstaltung und ich war froh, dass sie nun zu Ende war. Mehr konnte ich auch gar nicht aufnehmen und verarbeiten. Ich hatte alles Mögliche erwartet, aber nicht, dass sich komplett und in Kürze unser Leben verändert. Nicht nur das. Es sah nach irgendeiner Zukunft aus und was noch unfassbarer war: Ich wurde gefragt. Ich bekam Zeit für die Entscheidung. Das Größte aber: Michael fand statt. Man sah uns endlich als eine Einheit!

Verehrte Leser, Sie haben sich nun schon durch viele Seiten meiner Geschichte gekämpft und es war sicher nicht immer eine leichte Lektüre. Können Sie sich in etwa vorstellen, was das jetzt in mir auslöste? Endlich, nach so vielen Erfahrungen mit Missachtung, Ignoranz, Machtlosigkeit und Angst und Kampf um meinen Sohn nun diese Kehrtwende. Da glaubt man doch, man träumt, oder?

Nachdem der Vormund das Heim verlassen hatte, nahm die Schwester mich auf die Seite und sagte: „Ich habe bei Deinem Vormund eine sehr gute Arbeitsbewertung abgegeben und auch Dein Pflichtbewusstsein hervorgehoben. Enttäusche mich nicht." Mit dem Anflug eines Lächelns fügte sie leise hinzu: „Es muss nicht Amerika sein."

Nachdenklich ging ich zu meinem Sohn. Den Mitbewohnerinnen gab ich ein positives Zeichen. Die Erleichterung war groß und alle entspannten sich.

Abends, nach getaner Arbeit saßen wir zusammen um unseren großen Esstisch und ich erzählte. Ich brauchte jetzt auch vor der Schwester kein Geheimnis mehr draus zu machen. Das Erstaunen war groß, alle gratulierten mir zu dieser Chance, doch ich war nicht so euphorisch. Ich war irgendwie überfordert und benötigte dringend den Rat und die Vorschläge der anderen, denn ich konnte meine Gedanken nicht ordnen.

Nachdem ich noch einmal zu Michael schaute, ging ich auf mein Zimmer und versuchte zu schlafen. Das klappte natürlich nicht. Immer wieder drehten sich meine Gedanken um meine Zukunft.

Am nächsten Tag bat ich die Schwester um einen halben freien Tag. Ich musste nachdenken, sortieren, abwägen. Ich bekam den Nachmittag geschenkt. Welch eine Wandlung!

Ich nahm Michael mit zu mir ins Zimmer. Für diese wichtige Entscheidung musste ich ihn unbedingt an meiner Seite haben. Es betraf ja schließlich auch ihn.

Um klarer und effektiver denken zu können, nahm ich einen großen Block und schrieb einen Positiv-Zettel und einen Negativ-Zettel.

Die Vorstellung, in einer Klinik bei den Säuglingen zu arbeiten und eigenes Geld zu verdienen war mehr als verlockend.

Nicht bei meinen Pflegeeltern wohnen zu müssen, sondern ein eigenes abschließbares Zimmer zu bekommen, fand ich auch prima. Das hatte schon etwas von selbstbestimmtem Leben.

Natürlich war es beruhigend, meinen Sohn aufgehoben zu wissen, während ich im Schichtdienst arbeitete. War er aber wirklich gut bei ihnen aufgehoben? Ich dachte an meine eigene Kindheit. Zudem waren sie inzwischen nicht mehr die Jüngsten, immerhin schon 61 und 66 Jahre alt. Konnten sie tatsächlich noch ein Kleinkind betreuen? Mir kamen da Zweifel. Was war, wenn es nicht gut klappte? Wie reagierte *sie* bei Überforderung? Michael könnte mir nichts mitteilen.

Der Gedanke an eine Zusammenführung mit meinen Pflegeeltern bereitete mir Kopfzerbrechen. Schon lange hatte ich mich innerlich von ihnen distanziert, vor allem von *ihr*. An ein Zurück hatte ich nie gedacht. Wie sollten wir uns nach allem was vorgefallen war, nur jemals wieder annähern? Das schien mir fast unmöglich. Ich konnte nicht vergessen und verzeihen. Das Schwierigste schien mir tatsächlich, wieder auf sie zu gehen zu können. Aber ich musste es für Michael schaffen. Ich baute darauf, dass sie den ersten Schritt taten.

Entscheidungen

Die ganze Woche lang quälte ich mich mit meiner Entscheidung herum. Ich fertigte mir eine Problemliste an und brachte diese dann in eine Rangordnung.

Mir half schon immer das geschriebene und gelesene Wort. Gedanken sind so flüchtig und geraten oft in Vergessenheit. Das Geschriebene bleibt.

Ich stellte fest, dass es im Grunde für mich nur zwei Probleme gab. Erstens: Michael ohne mich bei meiner Pflegemutter. Eigentlich war es auch immer noch mein Zuhause, meine Meldeadresse. Ich brauchte Kontrollmöglichkeiten! Ich wollte einen Schlüssel und jederzeit ein und aus gehen können - unangekündigt.

Alles, was mein Vormund mir versprach, wollte ich schriftlich haben. So eine Art Vertrag. Den musste ich noch aufsetzen. Das musste sein. Ich brauchte Sicherheit.

Das Gleiche galt für meine Pflegeeltern. Es mussten unbedingt Absprachen und Regeln her. Da musste ich noch eine Liste schreiben. Wenn etwas schief ginge, wollte ich beweisen können, was abgesprochen wurde. Schließlich war ich in der Minderheit und das schwächste Glied in der Kette, das war mir klar. Wenn es Probleme gäbe, würde die Schuld wahrscheinlich wieder zuerst bei mir gesucht. Das kannte ich nun schon.

Die Woche verlief im Eiltempo. Ich schlief wenig, arbeitete bis in die Nacht an meinem Vertrag für den Vormund und der Liste für meine Pflegeeltern.

Das war nicht einfach. Wären es zu viele Forderungen, würden wohl alle abwinken. Wären es zu wenige, hätte ich nicht all meine wichtigen Bedingungen untergebracht. Welch ein Spagat.

Natürlich kam mir auch der Gedanke, dass beide Parteien meinen Vertrag entrüstet ablehnen könnten. Dass musste ich aber riskieren. Durch das viele Denken und Schreiben wurde mir immer klarer, dass jeder etwas von jedem wollte. Das bedeutete zu meiner eigenen Überraschung auch, dass selbst ich an ein paar Fäden ziehen konnte. Es war wie eine Dreierbeziehung. Wenn alle an einem Strang zogen, konnten auch alle nur gewinnen. Das machte mich mutig. Mit dieser Wahnsinnserkenntnis und einem gewissen Wohlgefühl schrieben sich meine Listen gleich viel leichter.
Bevor ich sie jedoch meinem Vormund überreichte, zeigte ich sie meinen Mitbewohnerinnen. Ich benötigte wieder ihren Rat und sie hatten es verdient, informiert zu sein. Während der letzten Monate hatten sie meine Sorgen und Ängste mit mir geteilt, mir geholfen, mit mir gelitten und mich getröstet. Wie hätte ich das alles nur ohne sie geschafft?
Hatte ich nun alles gut formuliert? Auch nichts vergessen oder gar übertrieben? Vergessen hatte ich gar nichts! Wir kürzten beide Texte um zirka ein Drittel. Ich musste wohl in einen Schreibrausch geraten sein.
Am nächsten Morgen berichtete ich der Schwester von meiner Entscheidung, mit meinem Sohn unter gewissen Umständen nach Bremerhaven zu ziehen und

meine Chance zu nutzen. Sie war höchst erfreut und lobte mich dafür. Ich durfte meinen Vormund anrufen und es ihm persönlich sagen. Auch er war in Hochstimmung. Ob ich es meinen Pflegeeltern mitteilen möchte? Nein! Dass war *seine* Aufgabe!

Es war inzwischen Juni geworden. Für mich brach nun eine aufregende Zeit an. Eine Zeit voller Planungen und Vorbereitungen. Ich war aufgedreht und voller Einfälle. Meine Gedanken hüpften wild wie Gummibälle in meinem Kopf hin und her. Ich konnte sie gar nicht alle bändigen und in eine hilfreiche Reihenfolge bringen. Ich war schon lange nicht mehr so beschwingt und voller Vorfreude gewesen und bekam das Grinsen gar nicht mehr aus dem Gesicht. Trotzdem gab es zeitweise auch noch wieder andere Gedanken und leise Zweifel kamen auf. Ich dachte an die Probezeit auf der neuen Arbeitsstelle. Was, wenn ich nicht gut genug war? Wo konnte *ich* hin, wenn ich nach den drei Monaten gehen müsste? Mein Sohn und ich gemeinsam bei den Pflegeeltern war unter gar keinen Umständen eine Option! Was war, wenn sie ihrer Betreuungsaufgabe nicht gewachsen waren? Was war, wenn beides eintrat? Würde das Heim uns wieder aufnehmen? Fremde Pflegeeltern für Michael? Noch war ich nicht volljährig.

Mein Vormund sah das wesentlich entspannter. Wo nahm er bloß diese Gelassenheit her? Es wären dann doch ein Stück weit auch *seine* Probleme.
>Ich solle mich nicht schon vorher verrückt machen.

Wenn etwas schiefginge, gäbe es sicher Lösungen<. Doch die behielt er leider für sich. Das konnte ich nicht leiden!

Ich machte mir inzwischen auch Gedanken über den Abschied vom Heim beziehungsweise von meinen treuen Mitbewohnerinnen. Wie geht man so etwas an? Ich konnte doch in diesem ehrenwerten Hause keine Party schmeißen.

Der Vormund organisierte ein Vorstellungsgespräch in der Klinik- und ein Gespräch mit den Pflegeeltern, beide an einem Tag. Mit meinen Listen im Gepäck machte ich mich auf nach Bremerhaven. Ich war gut vorbereitet, aber verständlicher Weise wieder sehr aufgeregt.

Das Gespräch lief prima. Nach dem Rundgang durch die Klinik durfte ich mein neues Zuhause bewundern. Mein Zimmer war geprägt von bestechender Schlichtheit, aber ich war ja nicht ohnehin nicht verwöhnt. Mein eigenes kleines Reich. Ein weiterer Meilenstein für mich: Ich musste mich nicht mehr abmelden, wenn ich das Haus verlassen wollte. Freude kam auf. Lief doch alles prächtig.

Nun ging es weiter zum Büro meines Vormundes. Dort warteten die Pflegeeltern. Ich will nicht sagen, dass ich mutlos wurde, doch meine Stimmung bekam einen gehörigen Dämpfer. Natürlich entging ihm das nicht. Er machte mir Mut und meinte, dass es schon zwei vorbereitende Gespräche zwischen ihnen gegeben hatte und er dieses heute auch leiten würde.

„Mädel, entspann Dich."

Na, das war ja mal ein Schlachtruf!

Dieses Zusammentreffen zu beschreiben ist nicht einfach und jeder von uns hätte es sich bestimmt anders gewünscht. Ich glaube wirklich, es lag allein an mir. Mein Vormund und ich traten in den Raum. Er schloss die Tür und ich blieb am Rahmen stehen. Meine Beine wollten sich einfach nicht vorwärtsbewegen. Die Pflegemutter stand auf, kam zögerlich mit ausgestreckter Hand auf mich zu. Ich war nicht in der Lage, das Gleiche zu tun. Es ging nicht. Ich war wie gelähmt. Mein Blick war starr auf sie gerichtet, in meinem Kopf war nichts, kein einziger Gedanke, ich spürte nur meinen Herzschlag und den Pudding in den Beinen. Mein Vormund setzte mich auf einen Stuhl. Ich glaube, spätestens jetzt war ihm klar, wie groß die Kluft von mir zu ihr war. Ich meine, dass wohl im Moment jeder dachte, das wird nichts. Ich war immer noch wie ferngesteuert. Dabei hatte ich mir vorgenommen, sie höflich zu begrüßen. Nicht mal das schaffte ich. Ich schaute meinen Pflegevater an. Er litt. Diesen Gesichtsausdruck kannte ich von früher. Das tat mir sehr leid. Ich versuchte, ihm ein freundliches Lächeln hinüber zu schicken, so von Opfer zu Opfer. Er hatte es verdient. Mir wurde klar: Dies war nicht der Tag meiner Listen.

Ich erinnere mich auch nicht mehr, was noch besprochen wurde. Ich fand einfach keinen Weg aus der Situation. Im Grunde war ich gedankenlos und irgendwie handlungsunfähig. Ich weiß auch nicht mehr, wie genau die Verabschiedung vor sich gegangen ist, vergessen, nicht haften geblieben, irgendwie Blackout.

Der Vormund fuhr mich zurück ins Heim. Ich erwartete Vorwürfe, doch sie blieben aus. Er verabschiedete sich freundlich von mir und meinte, sobald sich alle wieder gefangen hätten, sollte es noch ein weiteres Treffen geben. Ich konnte mir nicht vorstellen, wie ich es schaffen sollte, es das nächste Mal besser zu machen.

In der heutigen Zeit hätte ich wahrscheinlich einen Personaltrainer an die Seite bekommen. Die Gesamtsituation war wirklich schwierig, doch niemand kam auf die Idee, uns eine beratende Person an die Seite zu stellen. Niemand reflektierte das Geschehene mit mir und so war ich auch schon in Sorge um das nächste Treffen. Was würde geschehen, wenn es wieder nicht zu aller Zufriedenheit ausging? Schließlich waren mein Arbeits- und Mietvertrag schon unterschrieben. Meine Gedanken liefen ins Leere, ich hatte keine Idee oder Lösung parat. Ich musste mir wieder eine Liste mit meinen Fragen anfertigen und vor dem nächsten Treffen wollte ich unbedingt ein Gespräch mit meinem Vormund führen. Was geschieht, wenn es keine Einigkeit gäbe, wenn meine Bedingungen nicht angenommen würden? Es gab so viele >Wenn's<.

Michaels erster Geburtstag im Heim

In diese aufregende Zeit fiel auch Michaels erster Geburtstag.

Sein erster und letzter in einem Heim schwor ich ihm und mir. Leider kein freier Tag für mich, nicht einmal ein halber. Das machte mich etwas traurig. Es war Sommer und ich wollte uns einen schönen Tag bereiten. So blieb mir eigentlich nur die Mittagspause, doch mein Sohn zog es vor, seinen Schönheitsschlaf zu machen. Schon am Morgen aber hatte ich ihn besonders hübsch angezogen und drückte ihm mein Geschenk in seine kleinen Hände. Ich sehe es noch genau vor mir. Es war ein bunter dicker Wackelclown, der sich immer wieder aufrichtete. Bei jedem Hin- und her wackeln machte er melodische Geräusche. Mein Sohn sah ihn mit einem breiten Lächeln an, haute ständig auf ihn herum und war höchst entzückt. Darüber freute ich mich natürlich sehr und ich beobachtete ihn eine ganze Weile mit der Erkenntnis, ihm etwas Gutes ausgesucht zu haben.

In der Tiefe meines Herzens war ich jedoch unglücklich. Das Besondere dieses Tages ging einfach im Arbeitsablauf verloren. Das machte mir ein schlechtes Gewissen meinem Kind gegenüber. Er hatte es schöner verdient. Der Gedanke, dass er ja noch so klein war und davon nichts bemerken würde, machte es für mich nicht angenehmer. Nachmittags gab es zur Feier des Tages Kekse von mir für alle. Mein Budget gab nicht mehr her.

Das zweite Treffen mit meinen Pflegeeltern verlief besser als gedacht. Schon der Raum war ein anderer und irgendwie gemütlicher. Wir vier saßen alle um einen Tisch herum, eher so als Gruppe. Ich hatte an dem Tag nicht das Gefühl, vor Gericht zu sitzen.

Zuvor hatte ich tatsächlich mit meinem Vormund telefoniert und ihm meine besorgten Fragen gestellt und auch meine Bedingungen vorgelesen. Er hatte sie mitgeschrieben. So konnte er sich schon mal Gedanken darüber machen und sie eventuell sogar mit meinen Pflegeeltern vorbesprechen. Sie würden dann nicht so überrascht sein und es gäbe keine langen Diskussionen.

Erstaunlicherweise geschah es genauso und meine Wünsche wurden erhört. Zunächst taten sich zwar alle etwas schwer, mir dieses schriftlich zu geben, doch letztendlich bekam ich auch das. Wir alle setzten unsere Unterschrift darunter. Für mich war das eine recht merk,- und denkwürdige Situation. Ich stellte Regeln auf und sie wurden akzeptiert. Wir hatten wohl alle dazu gelernt.

Abschied

Schon Wochen zuvor hatte ich mir Gedanken gemacht, wie ich den Abschied von den Schwestern, Mitbewohnerinnen und auch den Kindern gestalten sollte. Ich wollte kein großes Trara darum machen. Das lag mir nicht. Bei einem unserer allabendlichen Treffen wollte ich dieses Thema ansprechen. Doch dazu kam ich gar nicht. Sie sprachen *mich* an. Sie alle wollten meinen letzten Abend ausrichten. Ich solle mich nur überraschen lassen und entspannt abwarten. Wie sollte ich das denn machen?

Dieser letzte Tag kam gefühlt schneller als die vorherigen. Ich spürte den ganzen Vormittag schon eine besondere Stimmung. Alle taten sehr geheimnisvoll und freuten sich, dass ich so ahnungslos war.

Die Schwester schenkte mir schon mal einen freien Nachmittag, den letzten. Oh Freude!

Packen musste ich nicht mehr. Das hatte ich schon vor ein paar Tagen erledigt und das auch sehr schnell. Die paar Dinge, die man mir damals einpackte, waren schnell verstaut und Michael hatte ja auch nur ein paar eigene Kleidungsstücke und etwas Spielzeug. Im Alltag trug er wie die anderen Kinder auch die Heimkleidung. Das war von der Leitung her so gewollt. Unsere Kinder sollten sich nicht von den anderen Heimkindern unterscheiden. Zunächst zog ich ihm seine eigenen Sachen nur am Wochenende, an Feiertagen oder zum Ausgehen an. Das änderte sich, als ich den Schwestern sagte, er würde so schnell herauswachsen. Gewonnen!

Nun war er endlich da, der wirklich letzte Abend und ich war gar nicht entspannt. Die Zeit zum Abendessen war gekommen und so betrat ich unseren Gemeinschaftsraum.

Überraschung - mein Platz war hübsch dekoriert. Jemand hatte aus bunten Servietten Fächer gefaltet. Eine dicke und sogar angezündete Kerze auf dem Tisch verlieh dem Raum eine besondere Atmosphäre. Das war eine große Ausnahme, denn wie schon gesagt, brennende Kerzen waren hier nicht erlaubt.

Üblicherweise bestand die Abendmahlzeit meist aus Brot und Auflage. Heute gab es eine bunte Wurstplatte, appetitlich garniert mit Petersilie, Obst und Salzstangen, daneben stand ein großer Plastik-Käsepilz. In ihm steckten viele kleine verschieden bunte Piekser mit Käsewürfeln und Weintrauben.

Als kleinen Scherz hatte man mir noch ein Kissen auf meinen Stuhl gelegt. Überwältigt stand ich davor und staunte. Mit einem solch liebevollen Aufwand hatte ich nicht gerechnet. Jetzt bloß nicht heulen! Nachdem ich mich von meiner Überraschung erholt hatte, setzte ich mich. Eine meiner Mitbewohnerinnen stand auf und hielt eine Rede. Sie wohnte schon vor meinem Eintreffen in diesem Heim. So begann sie denn tatsächlich mit meinem Ankunftstag, schlug den Bogen zu Michaels Geburt bis hin zum heutigen Tag. All die unangenehmen Geschehnisse ließ sie aus, dafür hob sie die Erfolgreichen besonders hervor. Selbst die Schwestern bekamen etwas Lob ab. Im Nachhinein betrachtet, fand ich das taktisch unglaublich geschickt und klug im Hinblick darauf, dass die anderen ja weiterhin dort wohnen mussten. Auch wenn ich den Beweis nicht antreten kann, so glaube ich doch, dass diese Rede auch für die künftigen Bewohnerinnen eine positive Wirkung hatte. Die Schwestern hatten sicher verstanden.

Ganz besonders berührten mich die Worte über unsere Gemeinsamkeiten, den Zusammenhalt und vor allem, dass sie meinen Sohn mit einbezog. Ich schaute in die Runde und bemerkte, dass dies alle bewegt hatte, sogar die Schwestern.

Nun war es an mir, mich für all die Unterstützung und das Mitgefühl in verschiedenen Situationen zu bedanken. Es war mir ein großes Bedürfnis, ihnen allen zu versichern, dass ich vieles ohne ihre Hilfe nicht geschafft hätte. Das Wichtigste aber war, dass ich durch sie wieder so etwas wie Vertrauen zu anderen Menschen fassen konnte. Ich hielt mich kurz. Rührseligkeiten sind nicht meine Sache. Nun aber ans Buffet. Welch ein Genuss.

Solch einen entspannten Abend hatte es hier selten gegeben. Ich war glücklich, denn diese Zeit im Heim hatte ein schönes Ende und ich die Hoffnung, dass die neue Zeit einen guten Anfang nähme.

Bevor der Abend endgültig ausklang, sprach die Schwester noch ein paar wohlwollende Worte. Natürlich nicht, ohne mir ein paar Mahnungen mit auf den Weg zu geben. Das fand ich zwar überflüssig, ließ es aber ohne Groll über mich ergehen. War schließlich das letzte Mal.

Damit beendete sie den Abend. Pappsatt und zufrieden räumten wir auf. Die anderen mussten ja am nächsten Tag wieder arbeiten und die Nachtwache musste auf einer Pritsche auf dem Flur liegend ihren Dienst antreten.

Ich schaute noch einmal nach meinem Sohn. Er lag wie immer friedlich in seinem Bettchen und schlief. Die letzte Nacht. Ein letztes Mal in einem Heim!

In meinem Zimmer angekommen, ließ ich den gesamten Abend noch einmal an mir vorbeiziehen. Schlafen konnte ich ohnehin nicht. Mich bewegten immer noch die Worte und Gefühle meiner Mitbewohnerinnen. Ich war ihnen wirklich sehr dankbar und bin es bis heute. In meinem Kopf routierte wieder mal mein Dreizeitengedankenkarussel: Vergangenheit, Gegenwart und Zukunft.

Der 25. August 1967 – ein Freitag. Ich war schon sehr früh wach und musste mich beschäftigen. So ging ich in die Küche und half, das Frühstück mit vorzubereiten. Der Tisch wurde ja üblicherweise schon abends eingedeckt, doch heute legte ich noch ein Schippchen drauf. Zwar kann ich immer noch keine hübschen Gebilde aus Servietten falten, aber ich holte sie aus dem Schrank und legte jeder eine neben den Teller und schrieb das Wort „DANKE" darauf.

Das war auch nur möglich, weil im Laufe der Zeit außer

dem Büroschrank die anderen Schränke nicht mehr wie früher verschlossen wurden. Wenn ich jetzt beim Schreiben darüber nachdenke, haben wir doch so Einiges erreicht. Das macht mich ein ganz klein wenig stolz.

Das Frühstück verlief vergleichsweise zum Vorabend recht still ab. Wie auch ich, hingen alle ihren Gedanken nach. Es war ein sehr merkwürdiges Gefühl. Das Bewusstsein, nie wieder hier her zurück zu kehren und mein Kind würde nie wieder in einem Heim leben müssen erfüllte mich mit Hochgefühl.

Eine Abschiedsrunde musste sein! Noch einmal ging ich mit Michael durch alle Räume. Wir verabschiedeten uns von jedem einzelnen der Kinder und ich dachte darüber nach, was wohl aus ihnen werden würde. Für jedes Kind, das irgendwann ging, bekam ein Nächstes diesen Platz. Dieses Karussel wird sich immer weiterdrehen.

Am Abend zuvor hatte ich schon allen mitgeteilt, dass Abschiedszeremonien nicht meins seien, deshalb machten wir es alle kurz. Ich glaube, das war auch jeder recht.

Mit dem Auto wurden Michael und ich früh am Vormittag von unserem Vormund abgeholt. Kind und Koffer konnte ich allein mit dem Zug nicht bewältigen.

Neuanfang

Der Vormund fuhr uns zunächst zu meinen Pflegeeltern. Ich muss mich verbessern: Ab jetzt waren es *unsere* Pflegeeltern. Mir gefiel diese Bezeichnung nicht. Im Gegensatz zu mir hatte mein Sohn eine Mutter, die für ihn sorgte. Doch offiziell war Michael in einer Pflegestelle untergebracht und die war auch seine Wohnadresse. Zudem war mein Vormund nun auch *unser* Vormund. Irgendwie grotesk. Am 21. September 1969 würde sich zumindest *das* ändern! Dann war ich endlich volljährig. Mein früheres Zimmer war für ihn hergerichtet worden. Da gab es keine große Veränderung zu früher. Statt meines Jugendbettes stand nun ein Kinderbett an der Wand. Es rührte mich aber, dass auf der Kommode ein schmucker neuer Teddy saß.

Ich staunte auch nicht schlecht, als ich im Wohnzimmer eine nagelneue Sportkarre sah. In ihr lag eine Menge Spielzeug und ein Berg Kinderkleidung. Zunächst dachte ich, die Pflegeeltern hätten groß eingekauft, doch so war es nicht. Es waren all die Dinge, die Michaels Vater gleich nach der Geburt seines Sohnes gekauft hatte und nicht nur das. Er hatte seiner Familie von seiner Vaterschaft berichtet und auch die hatte eingekauft. Leider würde Michael nun vieles davon nicht mehr passen. Welch eine Verschwendung! Wie schon erwähnt, hatte sein Vater niemals die Möglichkeit bekommen, dies alles persönlich an seinen Sohn weiter zu geben. Wieso hatte unser Vormund mir diese Sachen nicht mitgebracht? Er war doch oft genug bei uns im Heim gewesen. Er hatte sie nicht einmal erwähnt. Mir war klar, dass hiermit ein weiterer Kontakt zwischen Michaels Vater und mir unterbunden werden sollte. Das ging für mich nun entschieden zu weit. Welch eine Missachtung seines guten Willens und der Liebe zu seinem Sohn, den er bis dahin noch nie gesehen hatte. Das machte mich richtig wütend! Darüber musste ich unbedingt noch mal ein Gespräch führen! Leider war ich gerade nicht in der Position, hier einen Krach vom Zaun zu brechen. Ich konnte unmöglich unsere Zukunft aufs Spiel setzen und wollte auch nicht, dass mein Sohn etwas ausbaden musste. Ich hatte außerdem immer noch die Angst im Nacken, dass er mir abgesprochen würde, wenn ich nicht so funktionierte, wie es alle anderen gern sähen. Mir wurde gerade wieder sehr klar, dass ich immer noch in einer großen Abhängigkeit war und auch das machte mich richtig wütend! Der richtige Zeitpunkt für ein Gespräch würde kommen. Ich musste mir unbedingt Notizen machen. Das musste gut vorbereitet sein.

Nach einem kurzen Gespräch zwischen dem Vormund, den Pflegeeltern und mir ließ er uns nun zurück. Wir waren alle drei etwas unsicher. Es war inzwischen Mittag und Zeit für Michaels Gemüsemahlzeit. Ich ließ ihn meine Pflegemutter >füttern< und wickeln, denn daran musste er sich ja gewöhnen. Beide mussten sich umgewöhnen. Wir hatten bis zu meinem Arbeitsbeginn am 04. September noch neuneinhalb Tage Zeit für die Umstellung. So war die Planung. Mein Sohn nahm das alles tiefenentspannt hin. Ich glaube, das kam da her, dass er von Beginn an gewohnt war, dass viele unterschiedliche Personen mit ihm umgegangen waren. Es war für ihn nichts Besonderes, eben eher Normalität. Das sollte nun anders werden.

Meine Pflegemutter hatte diesen Tag gut geplant. Nun gab es erst einmal Mittagessen für uns drei. Das beruhigte und entspannte die Stimmung. Danach wollte ich mein neues - inzwischen viertes - Zuhause in der Klinik beziehen und wieder zurück sein, wenn mein Sohn von seinem Mittagsschlaf aufwachte. Ich hatte Sorge, dass er anfängt zu weinen, wenn ich nicht da bin. Wie sich heraus stellte, eine unnötige Sorge. Als ich nach Hause kam, lag er schon im Laufstall und spielte vergnügt vor sich hin. Ich war froh, dass er sich wohl fühlte und auch unsere Pflegeeltern in guter Stimmung waren. Den Rest des Nachmittages verbrachten wir vier zusammen. Ich wollte sehen, wie die beiden mit meinem Kind umgehen. War vor allem *sie* geduldig genug? Hatten beide den Überblick und konnten Gefahren erkennen? Ich hatte leise Zweifel. Kleinkinder greifen ja nach allem. Waren die Steckdosen geschützt? Im Wohnzimmer stand ein Ofen an dem man sich gefährlich verbrennen konnte. Würden sie aufmerksam genug sein? Ich hatte diese Wohnung ja nie wieder betreten und je intensiver ich mich umsah, je mehr fiel mir auf, dass es viele Gefahrenquellen gab. Darüber musste ich mit ihnen sprechen. Das hatte aber noch ein wenig Zeit. Michael war ja gerade erst ein Jahr alt geworden und ich war froh über den Laufstall. Zudem war es hilfreich, mir vorher noch eine Liste mit all den Gefahrenquellen und Lösungen anzufertigen.

Nach dem Abendessen sprachen wir noch etwas über die Abläufe. Ich hatte das Gefühl, dass alles soweit geregelt und in Ordnung war. Ich nahm ihnen das Versprechen ab, mich umgehend in der Klinik anzurufen, wenn es Probleme, Unklarheiten oder Unsicherheiten gab und vor allem, wenn irgendetwas mit meinem Sohn nicht in Ordnung war, egal ob Unwohlsein, Fieber oder oder oder…

In meinem Klinikzuhause angekommen, ließ ich den Tag Revue passieren. Um mich selbst zu beruhigen und mir ein zufriedenes Gefühl zu gönnen, suchte ich all die positiven Ereignisse hervor, doch all meine Gedanken flogen wieder durcheinander. Keine Ordnung im Kopf. Ich konnte mich nicht entspannen und nicht wirklich schlafen. Alles war neu und ungewohnt. Neue Umgebung, neues Bett und mein Kind das erste Mal seit einem Jahr nicht bei mir. Das war schwer auszuhalten. Ich musste etwas tun. So stand ich wieder auf und holte Zettel und Schreiber. Ich teilte das DIN A 4 Blatt längs in zwei Hälften und schrieb oben drüber: *positiv / negativ*.

Ich brauchte den klaren Blick auf den Stand der Dinge. Was musste ich ändern und vor allem: Mit was konnte ich mich beruhigen? Das geschriebene Wort prägt sich ein und gibt ein sichtbares Bild.

Während des intensiven Nachdenkens bemerkte ich, dass in den Pflegeeltern etwas vor sich gegangen war. Wodurch auch immer, sie hatten sich verändert und sich wohl eingestanden, dass ihr Verhalten und die Ablehnung mir und der Situation gegenüber falsch waren. Auch wenn sie der Verantwortung damals nicht gewachsen waren, frage ich mich heute: Wie hätten sie reagiert, wenn es die eigene Tochter gewesen wäre? Es ist eine Vermutung, doch ich glaube, sie hätten sie nicht weggeschickt. Sie hätten wie richtige Eltern reagiert und wären sich ihrer moralischen Pflicht bewusst gewesen und auch nachgekommen. Schlägt bei einem eigenen Kind und dem zu erwartenden eigenen Enkelkind das Herz vielleicht anders? Ist Blut wirklich >dicker< als Wasser?

Nun denn, sie hatten eine Entscheidung getroffen und beschlossen, sich der aktuellen Situation zu stellen. Nicht nur sich selbst, sondern auch gegenüber ihren Familien, den Nachbarn und Bekannten. Der Vormund war sicher maßgeblich an ihrem Umdenken beteiligt und wie ich viel später erfahren sollte, auch die Nachbarschaft.

Als meine Geschichte und die Entscheidung der Pflegeeltern die Runde machte, war die Empörung groß und beide wurden gemieden. So etwas ist sicher schwer auszuhalten. Da kommt man doch unweigerlich ins Grübeln. Ich weiß bis heute nicht, wie die bei den Familienclans darauf reagiert hatten.

Egal! Ich muss fair sein und berichten, dass mein Sohn es wirklich gut bei ihnen hatte. Sie liebten ihn, er liebte sie. Sie tüddelten unentwegt mit ihm herum und fuhren ihn stolz umher. Sahen sie in Michael so etwas wie ihren eigenen Sohn? Die Nachbarn grüßten wieder und mit seinem breiten Lächeln und seiner immer guten Laune erwärmte Michael alle Herzen im Sturm.

Nie wieder habe ich zurückgeschaut. Es hatte ein neuer Lebensabschnitt begonnen und es gab für uns beide nur eine Richtung: VORWÄRTS.

Mein Weg in ein >normales< Leben war für mich ein langer und intensiver Prozess. Nachdem ich mit meinem kleinen Sohn aus dem Heim ausgezogen war, kam ich in eine andere Welt. Ich wurde mit neuen Regeln und Gesetzen konfrontiert. Ich musste plötzlich eigene Entscheidungen treffen, zukunftsweisende Entscheidungen nun für zwei Menschen - für mich und meinen Sohn. Zuvor hatte ich wie in einem Kokon gelebt. Alles wurde von anderen Menschen für mich entschieden, mein Leben wurde geregelt. Bis zu diesem Zeitpunkt war ich lediglich ein Verwaltungskind. Nun musste ich lernen und zwar schnell. Zeitweise war ich überfordert und recht hilflos. Niemand hatte mich auf diese Situation vorbereitet.

Ich wusste nicht, wie eigenständiges Leben geht.

Montag, 4. September 1967, mein erster Arbeitstag. Kurz zuvor hatte man mich informiert, dass ich leider nicht im Säuglingszimmer arbeiten könne. Das hatte nichts mit mir zu tun. Klinikinterne Gegebenheiten forderten diese Entscheidung. Dafür bekam ich einen ebenso interessanten und für mich ungewöhnlichen Arbeitsplatz angeboten: Schwesternhelferin im Op-Saal. Obwohl ich zunächst etwas enttäuscht war, nicht bei den Säuglingen arbeiten zu können, gab ich im OP alles. Ich wollte unbedingt alles gut und richtig machen, wollte allen, dem Vormund, den Pflegeeltern, meinem Arbeitgeber und auch mir beweisen, dass ich alles schaffen und allen Aufgaben gerecht werden kann. Sobald ich volljährig war, wollte ich für Michael und mich eine eigene kleine Wohnung suchen. Dann wäre er drei Jahre alt und könnte in einen Kindergarten gehen - wenn da nicht der Schichtdienst wäre. Doch bis dahin würde es vielleicht eine Lösung geben. Knapp zwei Jahre hatte ich nun Zeit, alles vorzubereiten und genug Geld zu sparen. Um des lieben Friedens willen behielt ich meine Pläne für mich.

Stress - lass nach

Michael war nun fast zwei Jahre alt. Beruflich wie auch privat lief alles wie am Schnürchen. Ein Jahr ohne nennenswerte Zwischenfälle war vergangen, doch zwei Begebenheiten machten mir Kopfzerbrechen. Zum einen Michaels Gewicht. Die Pflegemutter übertrieb es. Mein Kind aß sehr gern und so ziemlich alles, was geboten wurde. Ich bemerkte, dass er immer moppeliger wurde. Die Kleidung saß ziemlich eng. Er verwandelte sich in ein Pirelli-Männchen. Eines Nachmittags kam ich von der Arbeit. Es war Sommer. Michael jagte in seinen kurzen Hosen seinem großen gepunkteten Ball hinterher. Als er mich sah, lief er lachend auf mich zu. Das war ein schöner Moment. Er freute sich, mich zu sehen. Ich hatte wie so oft meine AGFA-Boxkamera dabei und schoss spontan ein Foto. Ja - ich schoss nur *ein* Foto. Damals überlegte man sich jedes Motiv ganz genau, denn fotografieren war teurer und auch umständlicher als heute:

Man musste zunächst den Negativ-Rollfilm einlegen und etwas vorspulen, Verschluss spannen, Blende einstellen für Sonne oder Wolke, Auslöser drücken und auf ein gelungenes Bild hoffen. Bei Bedarf Blitzwürfel aufsetzen. Das Entwickeln der Bilder war eigentlich das teuerste. Digitalkameras mit ihrem Komfort waren damals noch in weiter Ferne.

Mein Fotoapparat hatte nicht viel Schnickschnack. Er war narrensicher zu bedienen. Ich konnte aber keine Wunder von ihm verlangen. Für perfekte Profi-Aufnahmen war er nicht gedacht. Mein Anspruch war aber auch nicht besonders hoch. Er sollte nur schöne und scharfe Bilder hervorbringen, in schwarz-weiß.

Als ich Michael auf dem Bild betrachtete, fiel es mir so richtig auf.

Seine Beine sahen aus wie kleine Säulen und hätte man seinen Ball und Kopf vertauscht, wäre es kaum aufgefallen. Das konnte so nicht weiter gehen. Ich suchte vorsichtig das Gespräch. Leider sah die Pflegemutter es nicht so wie ich. Das Kind wäre genau richtig so und wenn es einmal krank würde, hätte es was zum Zusetzen. Diese Ansicht kam wohl noch aus der Kriegsbzw. aus der Nachkriegszeit.

Ich versuchte ihr klar zu machen, dass dieses Gewicht für ein Kleinkind zu viel und ungesund sei. Außerdem gäbe es im Gegensatz zu früher genug Möglichkeiten, eine eventuelle Krankheit zu behandeln ohne dass überflüssige Fettreserven gebraucht würden. Die Meinungen gingen hin und her und es kam, wie es kommen musste. Der erste Streit war da. Ihre Argumente waren unsachlich und erschlagend. Ich wäre zu jung, hätte keine Erfahrung und im Übrigen wäre Michael *ihnen* anvertraut worden. Als ob das alles nicht schon reichte, bekam ich noch zu hören, dass ich undankbar sei. Was konnte ich tun? Meinen Pflegevater wollte ich nicht mit einbeziehen. Er hätte sich zwischen uns entscheiden müssen. Zwar war ihre Beziehung zu einander besser und der Umgangston ruhiger geworden, doch das wollte ich ihm nicht antun. Ich überlegte fieberhaft, wie wir auf einen Nenner kommen könnten. Ich wusste, dass, wie auch genau zu *meiner* Kinderzeit, der Vormund in Abständen vorbeischaut, um nach dem Rechten zu sehen. Das war die Lösung. Ich musste ihn aufsuchen und ihm von meinen Sorgen und dem Streit berichten. Ich machte einen Termin und mir mal wieder eine Argumentationsliste. Das war wichtig, aber wo war die konkrete Lösung? Ich konnte doch nicht die Mahlzeiten kontrollieren. Einen Essensplan? Nein, daran würde sie sich nicht halten.

Ihre Devise war: Appetit ist gut, noch mehr Appetit ist besser. Der Teller musste leer gegessen werden. Ja, das kannte ich noch aus meiner Zeit. Kurzum: Ich hatte keine Lösung. Das beunruhigte mich.

Die Liste war fertig, der Termin beim Vormund war da Ich freute mich, dass er mir aufmerksam zuhörte. Ich hielt ihm Michaels Bild unter die Nase, damit er sich einen Eindruck machen konnte und welch eine Über- raschung: Er gab mir recht. Sein Lösungsvorschlag: Er würde bei einem baldigen >zufälligen< Besuch mit bei- den auf dieses Thema zu sprechen kommen, jedoch ohne zu verraten, dass wir beide schon ein Gespräch hatten. Er wolle versuchen, an ihre Vernunft zu appel- lieren. Sollte es da keine Einsicht geben, wollte er vor- sichtig einen ärztlichen Untersuchungstermin vor- schlagen. Wir hofften beide, dass es soweit nicht kom- men würde. Das war eine knifflige Angelegenheit, selbst für den Vormund. Eigentlich war abgesprochen, dass seine Besuche mit uns vieren zusammen stattfanden, doch ich war froh, dass er diesen zunächst ohne mich in Angriff nehmen wollte.

Was soll ich sagen - es kam so, wie ich es erwartet hatte. Der Vormund hatte es schwer. Die Pflegemutter nahm dieses Gespräch als Angriff auf ihre Kompetenz und Erfahrung. Sie gab sich, als wäre Michael *ihr* Kind. Sie war wohl so in seine Pflege aufgegangen, dass sie irgendwie die Zuordnung der Personen durcheinandergebracht hatte. Dazu passte auch, dass mein Sohn *sie* Mama und *mich* Renate nannte. Wie konnte das passieren? Gut, sie nannten mich beim Vornamen, doch ich hatte Michael gelehrt, dass *ich* >Mama< war. In seiner Gegenwart nannte ich beide Oma und Opa. Wenn wir allein waren, vermied ich eine Anrede. Wie kam er also darauf? Das musste wieder geradegerückt werden. Das musste *ich* persönlich regeln, doch nach dem voran gegangenen Desaster war es noch zu früh. Ihre Uneinsichtigkeit blieb und so hatte ich keine andere Wahl, legte alles in eine Waagschale und drohte ihr, in einem Jahr mit meinem Sohn eine eigene Wohnung zu beziehen.

Mir war klar, dass ich nicht bei jeder Gelegenheit diese Drohung aussprechen konnte. Nun entschloss ich mich aber dazu nach dem Motto >Wehret den Anfängen<. Ich wusste, dass ich sie damit wirklich traf, doch ich sah keine andere Möglichkeit.

Nachdem sie sich von ihren ersten Schreckminuten erholt hatte, versuchte ich es noch einmal auf die ruhige

Art. Ich sagte ihr, dass ich das im Grunde gar nicht möchte, dass ich sähe, dass es Michael bei ihnen wirklich gut ginge und ich durchaus dankbar wäre. Sie müsse aber auch einsehen, dass sie nicht das alleinige Bestimmungsrecht hätte und akzeptieren solle, dass tatsächlich *ich* die Mutter sei und schon auf Grund meines Berufes und unserer Zeit im Heim sehr wohl Ahnung hätte. Eine weitere Diskussion hätte nichts gebracht, deshalb beendete ich das Thema und schlug vor, dass wir uns alle beruhigen und bis zum nächsten Tag darüber nachdenken sollten. Das war die richtige Entscheidung.

Am nächsten Nachmittag schien sie sich gefangen zu haben. Ich kann mir vorstellen, dass ihr Mann etwas dazu beigetragen hatte. Jedenfalls konnte sie sich entschließen, meinem Sohn nur die von mir zugeteilten Süßigkeiten zu geben und die Portionen der Mahlzeiten kleiner zu halten. Nachschlag verboten. Als Zwischenmahlzeit Obst. Ich war sehr erleichtert und beiden sehr dankbar. Das sagte ich ihnen auch. Frieden wiederhergestellt. Sie hielt sich an die Regeln, wohl wissend, dass ich meine Drohung wahr machen würde. Ich glaube, sie - oder beide - brauchten Michael. Im Grunde brauchte hier jeder jeden und genau das machte ich ihnen noch mal klar. Friede und Freude auf ganzer Linie.

An meinen freien Tagen nahm ich Michael oft mit in mein Klinikzuhause. So hatte ich ihn für mich allein und wir konnten uns beide auf uns konzentrieren. Ich musste unbedingt unsere Mutter - Kind - Bindung stärken. Ich war nicht Renate, ich war Mama.

Wir spielten, puzzelten, ich las ihm vor oder wir machten Musik auf meiner Gitarre. Bildung war das Stichwort. Ich wollte, dass er diesbezüglich einen besseren Start hatte als ich. Nebenbei bemerkt konnte ich so auch heimlich sein Gewicht kontrollieren und stellte tatsächlich fest, dass sich der Zeiger, wenn auch langsam, aber immerhin nach links bewegte. Das machte mich sehr froh, denn es bedeutete, dass die Pflegemutter unsere Abmachungen einhielt und vor allem mich ernst nahm. Hoffentlich geschah dies nicht nur allein wegen meiner Drohung.

Ich nahm mir vor, ihr zu sagen, dass Michael mir schlanker vorkäme und er auch besser die Treppen steigen könne ohne zu japsen. Ich wollte sie dafür loben. Das hatte sie auch verdient. Kompromisse und sich ein Stück weit zurück zu nehmen war nie ihre Stärke gewesen. Ich musste anerkennen, dass sie sich geändert hatte. Auch der Jähzorn schien fast verflogen. Wenn sie auch zu *mir* noch manchmal aufbrausend war, so war sie doch Michael gegenüber stets sanftmütig, überbesorgt und sehr liebevoll. Ich merkte auch an seinem Verhalten, dass es ihm wirklich gut ging und so ging es auch mir gut.

Auf meinem Weg zur Selbständigkeit und Selbstbestimmung tastete ich mich Schritt für Schritt vorwärts. Durch meine kleinen Erfolge war ich mutiger geworden und versuchte nach und nach meine Vorstellungen von meinem Leben durchzusetzen. Dabei war natürlich oberste Vorsicht geboten. Es war zum Beispiel nicht immer in ihrem Sinne, wenn ich mit meinem Sohn die Wohnung verließ. Sie hätte mich - oder besser uns - lieber im Auge behalten, doch sie nahm es hin.

Wenn meine Schichten es erlaubten, übernachtete mein Sohn auch schon mal bei mir in der Klinik.
Eines Tages wurde ich zur Klinikleitung gebeten. Es wäre ihr zu Ohren, dass zeitweise mein Kind bei mir übernachtet. Das ginge aber so ohne Erlaubnis einfach nicht. Ich entgegnete, dass es aber doch mein Zimmer sei und ich dafür Miete zahlte. Ich sah das Problem nicht. Die alte Leier: Ich hätte zunächst unseren Vormund um Erlaubnis fragen müssen, der dann wiederum die Klinikleitung hätte kontaktieren müssen, damit man eine gemeinsame Entscheidung hätte treffen können. Da war sie wieder, die Abhängigkeit. Ich hatte also gar nichts dabei zu bestimmen. Dieses Herablassende ging mir so auf die Nerven! Welche Wahl hatte ich? Ich rief den Vormund an. Er war sehr erstaunt über diese Entwicklung. Es wäre wohl etwas übertrieben reagiert worden und er würde das regeln. Es gäbe keinen Grund, dass mein Kind nicht auch mal über Nacht bei mir wäre. Ha! Gewonnen! Auch das hatte ich durchgesetzt. Ich war also auf einem guten Weg.

Vierter Versuch, wo ist meine Familie?

1969 - inzwischen waren fast zwei Jahre vergangen. Ich war volljährig.

Beruflich wie auch privat lief es gut. Mein Zeitplan war eng gestrickt durch meine Arbeit im Teil-, und Schichtdienst und der Zeit raubenden Fahrerei zu meinem Sohn. Ich besuchte ihn so oft als möglich und wir unternahmen viel miteinander. Er würde nun bald drei Jahre alt werden. Ich dachte viel über unsere Zukunft nach.

Verehrte Leser, Sie erinnern sich an meinen Traum von einer eigenen Wohnung? Dieser Wunsch erfüllte sich schon im April 1970. Ganz in der Nähe der Klinik bekam ich eine Einzimmerwohnung. Klein, aber fein und vor allem bezahlbar.

Michael blieb noch bei den Pflegeeltern. Er ging nun in einen Kindergarten. Das war mir sehr wichtig und auch diesen Kampf gegen die Pflegemutter hatte ich gewonnen. Ich wollte, dass er eine längere Zeit am Tag mit anderen Kindern verbringt, von und mit ihnen viel lernt, Spaß hat und selbständiger würde. Die Pflegeeltern kümmerten sich zwar weiterhin liebevoll um ihn, aber sie bemutterten ihn zu sehr, banden ihn so eng an sich, dass er kaum die Chance auf eine Selbständigkeit bekam. Das musste sich flugs ändern, es erinnerte mich sehr an meine eigene Kindheit.

Ich wuchs in einem, wie man heute sagt, sehr bildungsfernen Umfeld auf, war schon sehr früh eine immer und ewig Fragende. Damit brachte ich beide oft an den Rand ihrer Möglichkeiten. Das führte sich leider auch während der Schulzeit fort, genau genommen zog es sich durch meine gesamten fünfzehn Jahre. Das war nicht einfach für mich. Sehr viel später fiel mir erst so richtig auf, wie unwissend ich allgemein und erst recht insbesondere war. Intellektuell war ich wirklich unterbelichtet. Ich ging nie in einen Kindergarten. Schade, dass hätte mich sicher ein ganzes Stück weitergebracht, auch im Hinblick auf meine späteren Jahre.

Ich hatte keine Ahnung vom Leben, von Lebensführung, von Selbständigkeit, worauf es ankam, worauf man zu achten hatte, was man tun oder lassen sollte, woher man Unterstützung bekommt. Alles was ich machte, geschah intuitiv oder weil es für mich logisch war. Erst nach und nach in Gesprächen mit Kolleginnen oder Bekanntinnen - ja, das ist meine Wortkreation - bekam ich so nebenbei Informationen. Einiges hätte meiner Geldbörse gutgetan. So wusste ich zum Beispiel überhaupt nicht, dass es von der Stadt Zuschüsse für Miete und Bekleidung und überhaupt Beratungsstellen gab.

Doch was soll's - ich kann die Zeit nicht zurückdrehen, aber für meinen Sohn konnte und wollte ich es besser machen. Ich wusste nur noch nicht genau, wie ich alles angehen sollte. Mit meinem Verdienst konnte ich keine großen Sprünge machen. Es hatte sich nämlich einiges geändert. Da ich inzwischen nun für mein Kind voll verantwortlich war, musste ich auch einen Teil meines Einkommens an Michaels Pflegeeltern zahlen. Das war natürlich auch völlig in Ordnung. Es schmälerte jedoch mein Gehalt empfindlich, so blieb mir fast nichts zum Sparen.

Mich beschäftigte jedoch noch etwas anderes. Da waren immer die Gedanken an meine richtigen Eltern. Sie ließen mich nicht zur Ruhe kommen. Ich hatte immer noch keinerlei Wissen über meine Herkunft und das betraf ja nicht nur mich, sondern auch meinen Sohn. Wer und wo sind seine Großeltern, Tanten und Onkel, Cousinen und Cousins?

Ich dachte, mit meiner Volljährigkeit hätte ich endlich Rechte. Ich erwartete, dass man mich in den Ämtern nun auch als Erwachsene behandelt und ernst nimmt. Ich nahm mir vor, bestimmter aufzutreten, mich nicht mehr abweisen und schon gar nicht abwertend behandeln zu lassen. Warum? Ich brauchte keine Angst mehr um mein Kind zu haben. Ich hatte das alleinige Sorgerecht und wir beide keinen gesetzlichen Vormund mehr. Das machte mir Mut.

Ich wollte noch mal einen Versuch wagen, etwas über meine Herkunftsfamilie heraus zu finden. Als erstes wollte ich mir einen Termin bei meinem ehemaligen Vormund holen, denn er war ja von Beginn an mit meiner Geschichte vertraut. Doch zu meinem Erschrecken musste ich erfahren, dass er inzwischen leider gestorben war. Man hatte es nicht einmal für nötig gehalten, mir mitzuteilen, dass der wichtigste amtliche Ansprechpartner in meinem Leben nicht mehr da war.

Das machte mich traurig. Zum einen konnte ich mich nicht einmal mehr bei ihm bedanken. In den letzten Jahren hatte er mir zur Seite gestanden und mich wirklich unterstützt. Es hatte bei ihm ein Umdenken stattgefunden. Er hatte mich mit meinen Problemen, Fragen und Wünschen wichtig genommen und mich inzwischen als Mensch und Mutter gesehen, nicht als einen >Fall<. Das hatte mir sehr viel bedeutet.

Doch genau genommen mussten sie mich auch wohl nicht informieren, denn ich lag ja schon mit meiner Akte im Archiv. Zum anderen sah ich meine Felle davon schwimmen. Jetzt war da eine Person, die weder mich noch meine Aktenlage kannte, was konnte ich da schon erwarten? Nun musste ich mit einer Fremden vorliebnehmen. Das gefiel mir überhaupt nicht. Hoffentlich hatte sie sich wenigstens vorbereitet. Ich fühlte mich unwohl und hoffte, dass nicht das gleiche Theater losbräche, wie vor Jahren. Ich hoffte auf eine positive Entwicklung im Amt.

Leider war es bis 1980 gängige Praxis, dass die Akteneinsicht für Betroffene im Ermessensspielraum der Behörden lag.

Das Sozialgesetzbuch wurde diesbezüglich 1981 reformiert >…damit wir nicht nur ein Objekt von Behördenentscheidungen seien….<

Die Sache mit dem eigenen Ermessen und auch der ganz persönlichen Meinung der Behördenmitarbeiterin wurde mir allzu deutlich serviert. Auf meine Frage nach meiner Familie gab die >Neue< mir zur Antwort:

„Was, das fällt Ihnen erst nach so vielen Jahren ein? Ihre Mutter wollte sie früher doch auch nicht. Wieso sollte das denn heute anders sein? Graben Sie doch nicht in Ihrer verkorksten Vergangenheit. Kümmern Sie sich um Ihre Zukunft und wühlen Sie nicht alte Geschichten auf." Beeindruckend fand ich auch die Frage an mich:

"Wissen Sie eigentlich, dass mich die Sucherei viel Zeit kostet?"

Auf die Frage nach Geschwistern bekam ich als Antwort:

„Sie zerstören unter Umständen deren Familien, ist Ihnen das eigentlich klar?"

Zudem wäre mein Fall abgeschlossen und die Akten - soweit noch vorhanden - lägen bereits im Keller. Ach so war das. Sie hatte einfach keine Lust, sich da hinunter zu bemühen. Sie war einfach zu faul gewesen, sich in meinen Fall einzulesen. Sie hatte einfach keinerlei Interesse, sich auf eine menschliche Ebene zu begeben. Beamtin auf Lebenszeit? Wie praktisch.

Meine Beherrschung verlor ich fast, als eine Beamtin später einmal zu mir sagte:

„Bringen Sie mir das Einverständnis der Leute, die Sie suchen. Dann helfe ich Ihnen weiter."

Wie bitte?? Was geht bloß in solch einem Kopf vor?

Ich war gefangen in meiner eigenen Sprachlosigkeit und entsetzt über solch eine geballte Ladung von Gleichgültigkeit, Geringschätzigkeit, Arroganz und wünschte ihr die Pest an den Hals. Wenn Beamte ihre

Macht *so* ausüben, bleibt oft nichts als Erstaunen bis Fassungslosigkeit.

Die Macht fremder Menschen

Sie bestimmte immer noch mein Leben und auch das meines Sohnes. Schreibtischtäter entschieden, was in ihren Augen gut und richtig für uns war. Büroangestellte, die uns weder kannten, noch emotional an uns oder unserer Situation beteiligt waren, mischten die Karten für unser Leben - und allesamt waren gnadenlos schlechte Spieler. Psychologisch ungeschult und meist mit Desinteresse an unserer Vorgeschichte und unseren Gefühlen wurden sie auf uns Betroffene losgelassen.

Nur mit gewollt schroffer Abfuhr konnten sie erreichen, dass wir Suchenden Abstand von ihnen und unseren Hoffnungen nahmen. Ob man sich damals in den Ämtern dieser seelischen Grausamkeit bewusst war?

Dieser >Erfolg< konnte nur klappen, wenn alle Beamten und Angestellte in diesem System mitmachten, oft auch wider besseres Wissen!

Leider wusste ich nicht, an wen ich mich hätte wenden können. Wenn auch traurig bis verzweifelt - ich beließ es zunächst dabei.

Wieder hatte sich in meinem Leben viel ereignet. 1971 hatte ich geheiratet. Wir bezogen eine größere Wohnung und endlich konnte ich meinen Sohn zu mir nehmen. Eineinhalb Jahre später kam mein zweiter Sohn Oliver zur Welt. Michael ging inzwischen schon zur Schule. Viele neue Aufgaben im Alltag hatten meine Gedanken an die Suche ein wenig nach hinten gerückt, doch ich hatte sie nie ganz aus dem Sinn verloren.

Nach Olivers Geburt hörte ich auf zu arbeiten. Wir wechselten in einen Kind gerechteren Stadtteil und in eine größere Wohnung. Mein Leben hatte eine neue Wende genommen. Nun hatte ich ein Schulkind, einen Säugling und einen größeren Haushalt zu versorgen. Das forderte meine ganze Aufmerksamkeit und Energie.

Doch tief in meinem Herzen war ich unglücklich. Die Sehnsucht nach meiner richtigen Familie ließ nicht nach. Mit vierundzwanzig Jahren wagte ich einen fünften Versuch. Es war wie ein innerer Zwang und ich konnte nichts dagegen tun. Aber auch dieses Mal bekam ich keine Auskunft. Die erste Antwort war auch immer die gleiche:

„Sie haben kein Recht auf Akteneinsicht."

Nun ja, mir hätte es schon genügt, nur Antworten auf meine Fragen zu bekommen. Das war schon deprimierend. Dazu kam noch dieser gewisse Tonfall, irgendwie gleichgültig bis herablassend, und der Gesichtsausdruck komplettierte alles zu einem schwer zu ertragenden Gesamtbild.

In einem anderen Amt sagte man mir, dass es im Lande Bremen keine einheitlichen Aufbewahrungsbestimmungen gäbe. Ich bekam auch ein Durcheinander an Begründung zu hören: Dass meine Akte vielleicht bei einem Brand zerstört worden sei. Sie würde aber sowieso spätestens mit meiner Volljährigkeit vernichtet und wegen einer damaligen Verwaltungsumstellung wurde sie sowieso geschreddert.

Meine Frage:

„Warum denn so früh?"

Ihre Antwort:

„Der Keller war voll, so mussten alle 1948 / 49er Jahrgänge dran glauben."

Ich:

„Das waren aber doch mit dem Tage meiner Volljährigkeit meine ureigensten Unterlagen! Wieso wurde ich nicht benachrichtigt?"

Sie:

„Es stand für Sie doch sowieso nichts Wichtiges drin."

Ich:

„*Was* steht denn überhaupt in solchen Unterlagen?"

Sie:

„Na, eben nur Namen und Daten, sonst nichts."

Ich:

„Daten?? Wessen??"

Sie:

„Die Ihrer Eltern natürlich."

Ich:

„Meiner Eltern?? Darum geht es mir doch!! Ich suche doch auch noch meinen Vater! Gibt es denn weitere Unterlagen über ihn? Einen Namen? Er ist Amerikaner, ich brauche Daten. Falls er wieder in Amerika ist, brauche ich Daten!"

Sie:

„Sie glauben wirklich, Sie finden Ihren Vater? Einen völlig unbekannten Mann im großen Amerika? Das klappt doch nie. Selbst wenn Sie ihn fänden, meinen sie wirklich, der würde sich freuen, von Ihnen zu hören? Der wird eine eigene Familie haben und die Vergangenheit wird ihn nicht interessieren, glauben Sie mir. Wahrscheinlich weiß der nicht einmal, dass es Sie gibt."

Ihr ungläubiger Blick und dieses dauernde Kopfschütteln brachten mich zur Weißglut.

Meine Stimme überschlug sich.

„Sie haben meine Vergangenheit vernichtet!! Wie finde ich jetzt meine Familie? Da musste doch auch etwas über mich stehen. Es geht doch auch um mich!"

Sie zuckte die Schultern und meinte nur:

„Sind Sie sicher, dass Ihre Familie das möchte?"

Ist so viel Gefühllosigkeit noch zu überbieten? Ich war einer Schnappatmung nahe.

„Wie können *Sie* denn entscheiden, was für mich wichtig ist oder nicht? Für mich ist jedes Wort - nein, jeder Buchstabe wichtig!"

Ich besaß bis zu dem Zeitpunkt weder Unterlagen oder Fotos von meiner Herkunftsfamilie, keine frühen Kleinkindfotos von mir, einfach nichts. Beamte warfen sich schützend über meine Akten und waren der Meinung, sie und wohl auch ich gehörten ihnen persönlich. Die meisten erkannten einfach nicht, dass sich dahinter Schicksale, Sehnsüchte, ja sogar seelische Nöte verbargen. Sie sahen nur, was sie sehen wollten und bewerteten es für sich. Mütter gaben ihre Kinder weg und waren somit Rabenmütter, die es auch nicht verdient hatten, jemals wieder ihr Kind zu Gesicht zu bekommen. Eine - wie ich es empfand - persönliche Bestrafung. Welch ein Hochmut und wie einfach war das doch aus der Anonymität heraus. Alle Macht lag bei den Ämtern.

Verehrte Leser, es ist sicher für viele von Ihnen schwer nachzuvollziehen, wie es sich anfühlt, nichts über seine Herkunft und Vergangenheit zu wissen. Sich in niemandem wieder zu finden. Man schaut in den Spiegel und entdeckt keinerlei Ähnlichkeiten mit irgendjemandem. Weder optisch noch in seinem eigenen Wesen. So kann sich doch kein Zugehörigkeitsgefühl entwickeln. Eine Katastrophe für die eigene Entwicklung und das Leben. Wer seine Vergangenheit nicht kennt, befindet sich gefühlsmäßig in einem Dauerschwebezustand. Ein Zustand der Unwissenheit, der Sehnsucht und fehlender Gefühle wie Schutz, Geborgenheit, Zugehörigkeit. Stattdessen fühlt man sich unverstanden, alleingelassen, hilflos. Ich glaubte damals tatsächlich, ich sei die Einzige mit diesem Problem. Ich kannte weit und breit keine andere Person mit meinem Hintergrund. Es gab noch keine Selbsthilfegruppen und kein Internet, in dem ich mich hätte informieren können. Genau deshalb und eben auch durch den mangelhaften bis gar keinen Auskunftswillen der Ämter haben so unendlich viele Menschen auf der ganzen Welt nie oder zu spät ihre leibliche Familie kennen gelernt und leiden heute noch darunter. Dazu gehöre auch ich.

Bremerhaven und die Amerikaner

In >Klein Amerika< - so nannte man die >Carl-Schurz-Kaserne< in Weddewarden bei Bremerhaven - bündeln die Amerikaner sämtliche US-Einrichtungen. Sie bauten sich ihre eigene Welt. Die Soldaten und ihre Familien hatten hier alles, was sie zum Leben brauchten: Eine eigene Kirche, Kino, Theater, Ihren eigenen Radiosender AFN, eine amerikanische Schule, Schnellrestaurants, Einkaufsmöglichkeiten sowie verschiedene Sportanlagen.

Als Bremerhaven noch >Vorort von New York< genannt wurde, war die Club & Kneipenszene in dieser Stadt legendär. Zwischen den 1940er bis in die 1990er Jahre blühte die Kneipenkultur. Namen wie >Chico's Place<, >Rote Mühle<, >Bahamas<, >Kraftwerk< und >Metropol< bringt man auch heute noch mit den Amerikanern in Verbindung. Der erste amerikanische Club dieser Stadt wurde 1946 im >Hotel Metropol< am Rande des Bremerhavener Rotlichtviertels eröffnet. Wahrheitsgetreuer gesagt: Die Amerikaner beschlagnahmten den Laden und nannten ihn >Club Tug Boat Inn< (sinngemäß: Schlepperhafen). Zwei Jahre später gab die Army das Hotel wieder an die Besitzer zurück und von da an heißt es bis heute wieder >Metropol<. Rund um die Lessingstraße gab es dann weitere gut frequentierte Lokale mit verheißungsvollen Namen wie: >Elfie Bar<, >Barbarina Bar<, >Rio Rita<, >Oceana Bar< oder >Odeon<.

Es gab auch zwei ausschließlich amerikanische Wohnviertel in der Stadt: >Am Blink< und >Engen Moor<. Die Wohnungen wurden nach den typisch amerikanischen Bedürfnissen gebaut. Durch die Wohnungstür gelangte man direkt in den Livingroom - das Wohnzimmer.

Alles was in Amerika >hipp< war, landete auf dem Wasser,- oder Luftweg zuerst in Bremerhaven. Große, bonbonfarbene Straßenkreuzer und der typisch amerikanische Lebensstil betonten das Stadtbild. Mit ihrer speziellen Musik, den mitreißenden Rhythmen und die für die Deutschen ungewohnten Tanzstile beglückten sie große Menschenmassen in den Diskos und Clubs und prägten sie nachhaltig. Die offene amerikanische Lebensweise kam bei den Bremerhavenern gut an. Auch für die Kinder wurde viel getan. Unsere heutigen städtischen Freizeitheime sind auf Initiative der Amerikaner entstanden, um Freizeitangebote für Kinder und Jugendliche zu schaffen. Ebenso wurden für die Deutschen tausende Jobs geschaffen. Man kann zu Recht behaupten, dass die bis zu 4000 Soldaten und ihre Angehörigen unserer Stadt viel Geld einbrachten. Eine der großen Attraktionen war das alljährliche Deutsch-Amerikanische Freundschaftsfest auf dem Phillips-Field im Stadtteil >Lehe< - kurz und liebevoll >Ami-Markt< genannt. Es wurde dort alles geboten, was es sonst bei uns nicht gab.

Hier hatte ich meine erste Begegnung mit der irre gut schmeckenden Ice Cream und weiteren typischen Leckereien. Das erste Mal in meinem Leben Fastfood, zum Beispiel aufgespießte geröstete Maiskolben und 'Häämbörger' - ein weiches Brötchen, auf der unteren Seite belegt mit einer großen flachen Frikadelle und darauf dann ein wildes Gemisch von Ketchup, Senf, Mayonnaise, Zwiebeln und saure Gurkenscheiben. Es war schier unmöglich, diesen Turm auch nur ansatzweise kleckerfrei zu essen. Für den geneigten Betrachter war es auch optisch ein Genuss. Um einigermaßen unbefleckt davon zu kommen, standen die Genießer mit vorgebeugtem Oberkörper, Gesicht, Arme und den Burger so weit als möglich von sich gestreckt herum und versuchten, mit weit aufgerissenem Mund einen saftigen Bissen dieses mehrstöckigen Turmes mitsamt der Gewürzmasse in sich hinein zu stopfen.

Ganz klar, dass sich Ketchup, Mayo und Senf, vereint zu einer farbenfrohen Masse, zwischen Nase und Kinn großzügig verteilten um dann den Weg zur Bekleidung anzutreten.

Besonders beliebt waren auch die Spiel- und Spaßbuden wie zum Beispiel >Dunk-Ball<. Mit einem kleinen Ball konnte man auf eine Scheibe werfen und die Person, die auf einem Klappbrett saß, fiel in einen darunter stehenden Wasserbottich - natürlich nur bei entsprechender Wetterlage. Großes Erstaunen immer dann, wenn der oder die Freiwillige ins Wasser fiel, obwohl niemand einen Ball warf. Waren etwa auch amerikanische Geister unter uns?

Fast vierzehn Tage lang konnte man eintauchen in eine amerikanische bunte und laute Glückswelt.

Zum großen Bedauern aller Beteiligten und Freunde dieses Events fand das letzte, das 31. Deutsch-Amerikanische Volksfest, im August 1992 statt.

Ich erinnere mich schemenhaft an ein amerikanisches Weihnachtsfest, aber ich weiß nicht an welchem Ort. Viele Erwachsene, viele Kinder. Ganz deutlich allerdings sehe ich auch heute noch einen riesigen bunt geschmückten Weihnachtsbaum vor mir. Ein stattlicher Weihnachtsmann saß in einem großen Sessel. Wir Kinder mussten zu ihm gehen und bekamen Geschenke. Für mich gab es einen bunten Karton mit vier Fingerfarbtöpfen und eine Papiertüte mit Obst und Süßigkeiten.

In den amerikanischen Wohnvierteln ging es schon zu Beginn der Adventszeit ausgesprochen bunt zu. Das machte sich besonders bei der Dekoration bemerkbar. Alle Häuserzeilen waren geschmückt, es funkelte und glitzerte, sogar die Sträucher an den Eingängen waren mit blinkenden Lichterketten überzogen. Auf den Dächern sah man leuchtende Engel und dicke lustige Weihnachtsmänner, die schweigend ihre Weihnachtsbotschaften an das staunende Volk sendeten. Vor und hinter den Häusern standen lichtflackernde Weihnachtsschlitten mit Rentieren, natürlich alle in Übergröße. Alles kunterbunt bis schrill, so kitschig schön

und pompös. Unsere Augen waren jedes Mal völlig überfordert. Es war durchaus die Frage angemessen, ob dieses Lichter-
meer den Flugverkehr über der Stadt beeinflussen könne.

Am 20. Mai 1945 wurden Bremen und Bremerhaven zur amerikanisch besetzten Zone. Da die U.S. Streit-kräfte einen Hafen zur Versorgung ihrer Truppen be-nötigten, war Bremerhaven mit dem Zugang zur Nord-see der wichtigste Verladehafen Europas: Der >Port of Embarkation<
Jeder amerikanische Soldat oder Militärangehörige kam durch diese Stadt nach Deutschland. Jedes Ge-päckstück und Gefährt wurde hier ausgeschifft.
Am 01.Oktober 1958 kam sogar Elvis Presley, >Der Kö-nig des Rock'n Roll< mit dem Truppentransporter GE-NERAL RANDALL im Bremerhavener Columbusbahn-hof an. Ein riesiges Medienspektakel. Er hatte nur zwei Stunden Wartezeit, aber immerhin, Elvis war hier und die Sonne soll geschienen haben. Man kann die Elvis-Bronze-Gedächtnis-Tafel in den Überseehäfen an der Kaje vor dem Kreuzfahrt-Terminal Bremerhaven bei Meter 700 bestaunen.

Im Jahre 1993 verließen die >Amis< ihr >B'heaven<. Ein trauriger Abschied für beide Seiten. Fast fünfzig Jahre lang haben amerikanische Soldaten und ihre Familien das Bild Bremerhavens und auch die Bevölkerung geprägt. Einige Bräuche wie zum Beispiel >Halloween< haben wir übernommen. Sie waren unsere Retter, Helden in Uniform. Die Damenwelt war fasziniert. Das Verhältnis zwischen >Besatzern< und >Besetzten< war überaus gut. Die amerikanischen Soldaten mochten auch sehr die deutschen >Frolleins<. Viele Amerikaner wurden Väter wider Willen.

Sie kamen und gingen. Zurück blieben die Mütter wider Willen - und wir, die Kinder.

Man nennt uns >Besatzungskinder<.

Veränderungen

In den vergangenen neunzehn Jahren war wieder viel geschehen. Ich ließ mich scheiden, wurde arbeitslos, musste mein Leben umstrukturieren. Meine Söhne und mich hielt ich die ganzen Jahre zusätzlich zu meinem wirklich geringen Einkommen mit Gelegenheitsjobs über Wasser. Viel hatte ich nicht von dem Verdienst, denn er wurde ja auf die Sozialhilfe angerechnet. Mein Leben lief in eine Richtung, die ich so nicht wollte. Ich wollte arbeiten, bitte keine Behördengänge mehr, kein Ausfüllen von Anträgen, kein Betteln mehr um Zuschüsse für Kinderkleidung und Heizkosten. Ich war es so leid, jedes Mal eine lange und plausible Erklärung dafür abgeben zu müssen, warum nun die Schuhe der Jungs schon wieder zu klein waren, warum jeder zwei Paar Schuhe benötigte und vieles mehr. Ich war es so leid, abhängig zu sein, die Geringschätzigkeit in manchen Gesichtern der Angestellten zu sehen. Ich war sie so leid - die Armut.

1989 - es wurde Frühjahr. Meine Söhne waren inzwischen einundzwanzig und sechzehn Jahre alt und selbständig. Michael war aus dem Haus und verdiente eigenes Geld, Oliver machte eine Ausbildung. Ich war unabhängiger, leider immer noch arbeitslos, völlig unterfordert und sehr frustriert. Ich brauchte eine Perspektive, eine Aufgabe, ein Ziel, Arbeit, die mich ausfüllte und glücklich machte und natürlich einen Verdienst, von dem ich eigenständig leben konnte und der mich morgens motiviert und mit einem Lächeln im Gesicht aufstehen ließ.

Ich hatte mich entschieden! Kinderkrankenschwester wollte ich werden. Endlich - mein Traumberuf.
Mit dieser freudigen Mitteilung begab ich mich zum Arbeitsamt Bremerhaven. Ich war in Hochstimmung und erwartete keine Probleme. Schließlich wollte ich mein Geld selbst verdienen, das Sozialamt entlasten und hatte die Lösung schon dabei. Das musste doch alle glücklich machen.
Da saß ich nun höchst erwartungsvoll vor meiner Sachbearbeiterin und schilderte ihr froh gestimmt meinen Berufswunsch und die zu erwartenden Verbesserungen für alle Beteiligten. Meine Voraussetzungen und Qualifikationen waren vorhanden und ich war hoch motiviert.

Verehrte Leser, wie soll ich es Ihnen anschaulich schildern? Die Sachbearbeiterin schaute lange Momente in meine Akte, blätterte hin und blätterte her um sie dann energisch zu zuklappen. Auf ihrem Gesicht hatte sich ganz langsam Ungläubigkeit breit gemacht. Mit überraschter bis entsetzter Stimme rief sie aus:
„Wie alt sind Sie? Sie sind ja schon zweiundvierzig Jahre alt! Da bekommen wir doch keine Umschulung mehr hin und denken Sie an die hohen Anforderungen. Das Lernen ist für Sie doch nicht mehr so einfach wie früher!"
Sie wiegte mit dem Kopf hin und her bevor sie ihn end gültig schüttelte und entschied:

„Nein, nein, dem kann ich nicht zustimmen. Es gibt doch genug andere Stellen, zum Beispiel eine Putzstelle oder Regale einräumen. Da hätte ich vielleicht was für Sie."

Wie bitte?? Was war denn jetzt los? Hatte sie einen miesen Tag, schlecht geschlafen oder einfach ihren Job nicht verstanden? Wieso musste sie mir solch einen Keulenschlag verpassen?

Sprachlos saß ich vor ihr und versuchte zu erfassen, was da gerade mit mir geschah. Hier war die Macht mit ihrer ganzen Wucht im Spiel, in meinen Augen war es Machtmissbrauch und Amtsanmaßung in höchster Form. Das war eine Missachtung gegen alles, was ich mitbrachte: Qualifikation, Motivation, Intelligenz und Lebenserfahrung. Ich wollte mich endlich aus meiner schlechten Situation befreien, gab alles und sie machte innerhalb von Minuten alles kaputt. Ich bekam von einer höchst unmotivierten, uninteressierten und unfähigen Angestellten nicht nur eine Absage, sondern auch noch gleich eine Abwertung meiner selbst, weil ich doch *schon so alt* war. Sie war meiner Schätzung nach nur geringfügig älter als ich. Warum war sie nicht froh darüber, eine Arbeitslose weniger verwalten zu müssen? Um ihren Job hätte sie keine Angst haben müssen, es gab genug von uns. Also eine Arbeitserhaltungsmaßnahme hatte sie nicht nötig. Machtspielchen? Persönliche Frustration? Alterssturheit? Solche Mitarbeiter gehören bestenfalls ins Archiv. Dort können sie nach Herzenslust verwalten.

Mir war sofort klar: Hier kam ich nicht weiter, all meine Energie wäre an sie verschleudert. Wutentbrannt verließ ich den Raum und machte mich sofort auf den Weg in die oberste Etage - in zweierlei Hinsicht. Jetzt musste an höherer Stelle entschieden werden.

Mein Herz klopfte - und auch mein Finger, nämlich an die Tür des Direktors des Arbeitsamtes. Seine Sekretärin öffnete. Ich versuchte ruhig zu werden und bat um ein sofortiges Gespräch mit dem Direktor. Es sei wirklich dringend!
Sie bemerkte sofort, dass etwas Entscheidendes passiert sein musste und reagierte folgerichtig. Sekunden später saß ich vor dem sehr freundlichen Direktor, der mich in aller Ruhe erzählen ließ.
Ich versuchte mich zu sammeln und gab eine möglichst genaue und sachliche Schilderung des eben Erlebten ab. Er schaute mich einige Momente lang an, griff zum Hörer und ließ sich meine Akte kommen, blätterte hin, blätterte her und las einige Minuten darin. Mir kam die Zeit damals ungeheuer lang vor und meine Nerven lagen blank. Er bemerkte wohl meinen Zustand und meinte freundlich: „Ganz ruhig bleiben. Ich lese mich nur gerade kurz ein. Danach unterhalten wir beide uns. "Ich versuchte, in seiner Mimik zu lesen. Kein Entsetzen in seinem Gesicht. Kein Kopfschütteln. Er musste mein Alter doch schon längst erlesen haben, aber kein Zucken durchfuhr ihn. Irgendwie bekam ich ein gutes Gefühl und beruhigte mich.
Endlich sah er auf, blickte mich an und meinte:

„Tja, Frau Tibus, ich sehe da gar kein Hindernis und biete Ihnen Folgendes an: Sie machen diese dreijährige Ausbildung zur Kinderkrankenschwester und ich bin auch sicher, dass Sie danach eine Stelle bekommen. Sie sind unabhängig, flexibel und haben Lebenserfahrung. Auf Grund Ihrer Qualifikation und ihren starken Willen werden Sie das schaffen."

Ich werde seine Worte nie vergessen und bin ihm bis heute und darüber hinaus dankbar, dass er meine Fähigkeiten erkannt hat und mir diese große Chance gab. Sie hat mein Leben komplett verändert. Ich konnte die Zeit bis zum Ausbildungsbeginn kaum abwarten und war überglücklich, als es endlich los ging.

Mit einundvierzig Jahren begann ich nun endlich meine Ausbildung zur Kinderkrankenschwester und ja, er hatte Recht. Danach bekam ich sofort ein Arbeitsangebot von einer Klinik für Kinder- und Jugendmedizin in Bremen.

Mit den Schichtdiensten, Überstunden und oft nicht vorhersehbaren Widrigkeiten, die dieser Job mit sich brachte war die tägliche Hin und her Fahrerei zwischen Bremerhaven und Bremen unmöglich. Dadurch, dass ich den Job am besten >schon gestern< antreten sollte, ging alles sehr rasant. Vieles musste in Windeseile organisiert und umgesetzt werden. Wohnung kündigen, Wohnungssuche in einer Stadt in der ich mich überhaupt nicht auskannte, einpacken, umziehen, auspacken, Arbeitsbeginn. So zog ich also ratzfatz um in die Bremer Neustadt. Stresspegel ganz oben.

Wieder ein neuer Lebensabschnitt, eine neue Lebens- und Arbeitssituation in einer mir völlig fremden Umgebung mit neuen Nachbarn und Kollegen. Wieder neue Bekannte und Freunde finden. Ich fand kaum Zeit, mich innerlich umzuorientieren. Ich funktionierte nur noch, um alles zeitlich und auch sonst wie in den Griff zu bekommen. Mein großes Glück war mein Lebensgefährte Klaus, der nun schon viele Jahre an meiner Seite war, mich überall hin kutschierte und mich mit seinen Ratschlägen und Lebenserfahrungen in eine gute Richtung brachte.

Die Sehnsucht blieb

Besonders bei einschneidenden Veränderungen in meinem Leben wanderten stets meine Gedanken zu meinem Ursprung zurück. So auch jetzt in Bremen. Ich fühlte mich innerlich irgendwie >haltlos<, und wusste auch, woran es lag. Ich musste noch einmal mit meiner Suche durchstarten. Was hatte ich zu verlieren? Nichts! Ich fühlte, dass ich nicht mehr warten konnte. Ich hatte zu viel Zeit verloren. Mit den Jahren verändern sich natürlich auch Umstände: Zeitzeugen ziehen weg, werden alt, vergessen, sterben. Ich brauchte unbedingt Zeitzeugen – auch sie waren auch meine Chance.

Wieder schrieb ich an verschiedene Ämter, doch dieses Mal eindringlicher, fordernder und das zeigte Wirkung.

Im Sommer 1993 bekam ich von einem Amt unerwartet eine Liste mit den Geburtseinträgen meiner drei! jüngeren Brüder. Hurra - ich hatte Geschwister! Nun hatte ich ihre Vor-, und Geburtsnamen. Wir hatten alle den gleichen. Wo wohnten sie? Wie kam ich an ihre Adressen? Wurden sie etwa adoptiert? Adoptierte bekommen neue Namen und wenn die Adoptiveltern es wünschen, auch neue Vornamen. Woher bekam ich jetzt all diese Informationen? Vom Jugendamt jedenfalls bekam ich keine Auskunft, aber es gab ja immer wieder Zufälle.

Einerseits war ich natürlich glücklich. Seit Jahrzehnten war ich auf der Suche nach Hinweisen und nun endlich hielt ich sie in meinen Händen. Andererseits aber war ich auch fassungslos, enttäuscht und irgendwie geschockt. Das hätte viel eher geschehen können und müssen. Doch dieser Erfolg, die neuen Erkenntnisse und meine große Hoffnung, meine Familie doch noch zu finden, trieben mich unermüdlich voran.

Ich beantragte eine eigene Aufenthaltsbescheinigung mit meinen bisherigen Wohnadressen - und las schwarz auf weiß, dass ich die ersten fünf Monate bei meiner leiblichen Mutter gelebt hatte. Wie bitte?? Meine richtige Mutter und ich hatten eine gemeinsame Zeit? Sie hatte mich gar nicht sofort weggegeben? Das habe ich nicht gewusst! Das hatte mir niemand erzählt! Wieder ein Beweis! Es war gar nicht gewollt, dass ich auch nur das Geringste von meiner Mutter wissen sollte und schon gar nichts Positives. Nur keine Emotionen schüren. Dabei war gerade diese Information für mich elementar wichtig und hoch emotional. Wieder bekam ich so ein Gefühl der Zugehörigkeit und solidarisierte mich innerlich sofort mit meiner leiblichen Mutter.

Egal, warum es schief lief, warum ich dort wegmusste und wer das bestimmt hatte. Sie hatte eine kurze Zeit versucht, das Leben mit mir zu meistern. Sie hätte mich ja auch sofort weggeben können. Also war ich ihr gar nicht so egal gewesen. Sicher war sie damals sehr traurig darüber, dass ich nicht bleiben konnte oder durfte. Ja, so muss es gewesen sein. Das war doch logisch. Diese Erkenntnis machte mich sehr glücklich und ich bekam ein völlig neues Gefühl zu ihr.

Weitere Informationen und Neuigkeiten kamen Schlag auf Schlag, aber nicht alle halfen mir weiter und machten mich glücklich.

In einem ersten Brief der Polizeibehörde erfuhr ich, dass meine Großmutter im Mai 1972 gestorben sei - das Geburtsjahr meines zweiten Sohnes. Die Monate Mai und September sind in unserer Familie ganz besondere Monate.

Mir reichten die Informationen nicht. Ich wollte Genaueres wissen und schrieb 1994 noch einmal an die Meldebehörde und bat um eine erweiterte Melderegisterauskunft. Die Antwort: Da ich berechtigtes Interesse nachweisen könne, dürfe man mir nun mitteilen, dass meine Mutter nach Wiesbaden umgezogen sei. Leider dürften sie mir keine Auskunft über eventuelle Geschwister geben, da dafür kein öffentliches Interesse bestände.

Das öffentliche Interesse stand also über meinem persönlichen Interesse. Wieso das denn? Das war für mich unbegreiflich und ungerecht. Es ging doch um mich, nicht um die Öffentlichkeit. Ich verstand das ganz einfach nicht. Dennoch bekam ich Kopien von den Urkunden meiner Groß-, und Urgroßeltern, die bis ins Jahr 1855 zurück reichten. Ich hielt meinen Stammbaum mütterlicherseits in meinen Händen! Es gab endlich Menschen, zu denen ich gehörte, deren Nachfahre ich war und in die ich mich einreihen konnte. Das war schon ein ungewohntes, aber auch irgendwie schönes

Gefühl. Das erste Mal in meinem Leben spürte ich so etwas wie eine Zugehörigkeit, so etwas wie Familie, auch wenn sie zunächst nur auf dem Papier stattfand.

1993 hatte ich erneut das Standesamt aufgesucht, um weitere Unterlagen zu finden und es gab reichlich. So erfuhr ich, dass ich einen Stief-Großvater hatte. Meine Großmutter und er heirateten 1950. Ich forschte nach Adresse und Telefonnummer und tatsächlich - ich fand sie! Dort anzurufen war schwierig für mich. Ich konnte mir vorstellen, dass Herr L. nicht begeistert sein würde, wenn die Vergangenheit ihn unverhofft einholt. Wie würde er reagieren? Auch das konnte ich mir in allen Variationen vorstellen.

Was, wenn nun seine Frau am Apparat wäre? Was wusste sie - oder auch nicht? Wie sollte ich mich vorstellen? Was sollte ich antworten, wenn sie nach dem Grund meines Anrufes fragte? Sollte ich so oft anrufen, bis *er* abnahm? Das war albern. Ich wollte aber auch niemandem Schwierigkeiten machen. Ich konnte mir aber auch keinen Fehler leisten. Herr L. war im Moment meine größte Chance, etwas über meine Mutter, vielleicht über mich und unsere Vergangenheit zu erfahren. Ich entschloss mich für die Wahrheit. Welchen Grund oder welche Geschichte sollte ich mir denn ausdenken? Dazu hatte ich nicht mehr die Nerven. Aufgeregt wählte ich die Nummer. Eine Frauenstimme am anderen Ende. Etwas zittrig stellte ich mich vor und erzählte von meinem Anliegen. Solch eine Situation ist jedes Mal von neuem aufregend und schwer auszuhalten. Ich hatte Angst, dass einfach aufgelegt wird, Angst vor Ablehnung oder gar Beschimpfungen. Doch es kam ganz anders: Ihr Mann sei in einem Pflegeheim, ich könne ihn besuchen und auch meine Fragen stellen, doch sie würde gern dabei sein. Das Glück war wieder zu mir zurückgekehrt. Endlich und zum ersten Mal konnte ich mit jemanden sprechen, der meine Mutter persönlich kannte und ich hoffte so sehr, dass er auch etwas von mir berichten konnte.

Der Besuchstag kam, Herzklopfen, weiche Knie, frösteln, eiskalte Hände, das kannte ich schon. Ich klopfte zaghaft an die Zimmertür und öffnete sie langsam. Meine Nerven waren zum Zerreißen gespannt.
Seine Familie sah abwartend und gespannt zu mir herüber. Eine ältere Dame kam auf mich zu und stellte sich als seine Frau vor. Mein Blick war fest auf den im Bett liegenden Mann gerichtet. Er war für mich die wichtigste Person im Raum. Langsam drehte er seinen Kopf in meine Richtung. Sein Blick war irgendwie ungläubig und verwundert. Er schaute mich lange an und sagte dann: „Da bist Du also, jetzt sehe ich Dich endlich wieder." Wie bitte?? Dieser Satz konnte doch nur bedeuten, dass er mich tatsächlich schon kannte. Ich war voller Hoffnung. Er schien mir sehr geschwächt und seine Stimme war leise, stockend und schwer zu verstehen. Da er damals schon mit meiner Großmutter zusammen war, kannte er natürlich auch meine Mutter und ja - er kannte auch mich als Säugling. Schließ-

lich war ich ja fünf Monate bei ihr gewesen. Was ich nun hörte, ließ mein Herz schneller schlagen.

Als für das Jugendamt feststand, dass ich im Februar 1949 in ein Heim kommen sollte, beantragte meine Großmutter die Pflegschaft für mich. Ich sollte in der Familie bleiben. Dies wurde abgelehnt. Wahrscheinlich, weil sie nicht verheiratet war. Herr L. heiratete meine Großmutter, so wollten sie mich als Ehepaar zu sich nehmen. Doch das Amt lehnte wieder ab. Warum, wurde ihnen nie gesagt.

Es ist unfassbar! Meine Familie wollte mich behalten, doch das Amtsgericht letztendlich entschied sich für fremde Menschen und unterband jeglichen Kontakt zur eigenen Familie - für alle Zeit. Wut stieg in mir hoch. Wir waren beide den Tränen nahe.

Ich musste unbedingt etwas über meinen Vater wissen. Seine Antwort: „Ihr habt doch alle einen amerikanischen Vater. "Erst sehr viel später fiel mir auf, dass ich nicht genauer hinterfragt hatte. Hatte er nun gemeint, wir hätten *alle* einen amerikanischen Vater, oder wir hätten alle *einen* amerikanischen Vater?

Sehr lange dauerte das Gespräch leider nicht und die Auskünfte waren nicht so ergiebig, wie ich es mir gewünscht hatte. An einiges konnte er sich nicht mehr erinnern und ich hatte auch den Eindruck, dass das Thema ihn traurig machte. So nahm ich Rücksicht, bedankte und verabschiedete mich. Ein stilles, irgendwie zufriedenes Lächeln lag auf seinem Gesicht. Ich habe ihn nie wiedergesehen.

Ich denke, sie hatten es wirklich gut mit mir gemeint, wollten das Beste für mich und vor allem: sie *wollten* mich. Doch sie waren dem Jugendamt wohl nicht perfekt genug.

Zu meiner großen Enttäuschung erfuhr ich erst viele Jahre nach diesem Gespräch, dass die Frau, die ich damals im Pflegeheim traf, nicht nur seine zweite Frau, sondern auch eine Freundin meiner Mutter war. Wieso hatte sie es mir nicht gesagt? Sie hätte mir doch so viel erzählen können. Sie hätte so viele Wissenslücken schließen können. Ich hätte mir ein Bild von meiner Mutter machen können. Ich wäre ihr innerlich nähergekommen und ganz sicher hätte es meiner Psyche gutgetan.

Wenn es meiner Großmutter gelungen wäre, die Pflegschaft für mich zu bekommen, wäre alles anders gelaufen. Mit diesem quälenden Gedanken lebe ich bis heute. Ich weiß natürlich nicht, *wie anders* mein Leben dann verlaufen wäre, aber es wäre mir sicher Vieles erspart geblieben, unter anderem die Jahrzehnte lange Suche nach meiner leiblichen Familie. Ganz sicher wäre ich heute auch eine andere als die, die ich geworden bin.

Von verschiedenen Behörden trudelten nach und nach weitere Informationen ein. So erfuhr ich zu meinem großen Erstaunen, dass meine Mutter mit meinen zwei mittleren Brüdern nach Wiesbaden gezogen war und dort einen amerikanischen Soldaten heiratete. Die Brüder waren aber nicht mehr zu ermitteln.

Das verstand ich nicht. Meine Mutter war schon 1959 nach Wiesbaden gezogen, während die beiden Brüder erst seit 1961 dort gemeldet waren. So stand es jedenfalls auf ihren Karteikarten. Wo sind sie geblieben? Und wo war eigentlich der dritte, der jüngste Bruder? Nirgendwo ein Hinweis.

Oh Freude! Gute Nachricht vom Ordnungsamt aus Wiesbaden. Ich bekam den neuen Nachnamen meiner Mutter, die Daten ihres Ehemannes und dass beide nach Amerika ausgewandert seien. Leider gab es keinen Vermerk, in welchen Bundesstaat, was mir die Suche natürlich nicht gerade einfach machte.

Eine weitere Hoffnung war für mich die Anfrage an das Bundeszentralregister.
Die Antwort: >Auskunftserteilung läge nicht in ihrem Zuständigkeitsbereich und Angaben über Auswanderer würden gar nicht registriert<.

Ich stellte eine Anfrage an das Auswandererhaus in Bremerhaven.
Die Antwort und besonders der letzte Satz waren eindeutig und für mich besonders deprimierend:
... Ihre Mutter in den USA zu finden, gleicht der Suche nach der berühmten Nadel im Heuhaufen und ist fast unmöglich. Es gibt dort kein Meldesystem wie bei uns. Nur Führerscheinbesitzer würden in einigen Bundesstaaten registriert. Dazu müsse ich aber eben den entsprechenden Staat wissen. Wenn sie allerdings schon vor der Auswanderung verheiratet war, würde sie in

der Kartei des Senators für Häfen gar nicht erst erfasst...

Der einzige Ausweg war, mich an die Presse zu wenden. So startete ich mit einer ersten Suchannonce am 12. August 1994 in der Tageszeitung unter der vielsagenden Überschrift

FAMILIENZUSAMMENFÜHRUNG

Ich hatte alle Namen und Daten meiner Angehörigen aufgeführt und hoffte inständig, dass irgendwo irgendjemand sie las und mir weiterhelfen konnte - und wollte.

Meine Hoffnung war unendlich groß und ich versprach mir so viel davon. Ich wartete und wartete, doch nichts geschah. Es tat sich einfach nichts. Ich verstand das nicht. Es musste doch irgendwo irgendeinen Menschen geben, der sich zumindest an *eine* der genannten Personen erinnerte. Sie hatten doch alle in Bremerhaven gelebt. Die Wohnadressenliste meiner Mutter war sehr lang. Sie hatte unter vielen Adressen als Untermieterin gewohnt. Wieso erinnerte sich niemand? Kannte denn niemand jemanden, der jemanden kannte, der ...? Die Enttäuschung war groß und tat weh. Nicht aufgeben, weiter machen.

Neben der Suche nach meiner Familie versuchte ich parallel auch immer wieder, etwas über mich selbst heraus zu finden. So wandte ich mich wieder an die schon genannten Behörden und an das Standesamt. Wer noch nie in diesem Hause war, hat etwas versäumt. Es wurde 1877 mit Säulen, Giebeln, Erkern und Statuen erbaut und wurde eine der schönsten Villen der Gründerzeit in Norddeutschland. Die hohen Räume mit den wunderschönen stuckverzierten Decken und Wänden sind ebenso beeindruckend wie die geschnitzten Türen. Ich hatte mich angemeldet und das war gut so.

Eine sehr freundliche Mitarbeiterin hatte ein Einsehen und bewies Menschlichkeit. Ich konnte - zwar nur zum Teil - aber immerhin verschiedene Urkunden einsehen. Leider waren sie am Rand rundherum zu gestempelt mit Bemerkungen wie: >Geheim<, >Keine Auskunft!!<, Nummernfolgen, Zahlen und Verweise auf andere Unterlagen und Sperrvermerken. Selbst die Angestellte staunte nicht schlecht bei diesem verwirrenden Anblick. Auch ich war irritiert. Was hatte das denn alles zu bedeuten? Für wen genau waren diese Hinweise gedacht? Warum?? Was war denn nur so besonders an meiner Vorgeschichte? Die Mitarbeiterin erklärte mir mit einer Miene des Bedauerns, dass eben niemand irgendwelche Informationen über meine Herkunft, meine weitere Familiengeschichte und meinen Vater herausgeben darf - an niemanden. Nur ein Richter könne unter ganz bestimmten Bedingungen dieses Verbot teilweise oder ganz aufheben. Mehr könne sie dazu nicht sagen. Was sollte ich nur davon halten? Das Ganze kam mir wirklich sehr merkwürdig vor. Fragen über Fragen taten sich auf. Wer oder was und vor allem warum war alles so rätselhaft? Was steckte dahinter? War mein Vater etwa ein Spion oder ein VIP? Die ganze Situation glich irgendwie einem Agentenfilm und hatte etwas Geheimnisvolles. Schweren Herzens musste ich einsehen, dass ich hier nicht weiterkam.

Trotzdem! Die Hoffnung trieb mich voran. Ich war wie in einem Such-Strudel. Natürlich hatte ich mir schon zuvor - mal wieder - eine Liste von allen Behörden gemacht, die mir einfielen und die ich ansprechen wollte. So auch das Schulamt. Ich hoffte auf Einschulungsunterlagen, die eventuell die Namen meiner Eltern enthielten und auch etwas über mich aussagten. Vielleicht musste meine leibliche Mutter etwas unterschreiben, denn zu dem Zeitpunkt meiner Einschulung hatte sie mich ja noch nicht frei gegeben. Selbst diese Erkenntnis machte mich glücklich. Das sagte doch etwas aus - oder?

2009 schickte ich meine Anfrage los. Die Antwort ließ nicht lange auf sich warten. Zu meiner Freude erhielt ich meine über fünfzig Jahre alte Schülerkarte. Mehr war nicht zu finden da im Jahre 1999 / 2000 ein Wasserrohrbruch auf dem Dachboden der Schule viele alte Unterlagen vernichtet hatte. Wieso mussten ausgerechnet auch meine dabei sein und warum war meine Akte, jedoch nicht diese Karte ersoffen? Die hatte doch sicher in der Akte gelegen. Gibt es auf einem Dachboden eigentlich Wasserrohre?

Auch das Anschreiben selbst war sehr interessant und allein die Anrede überraschte mich.

Als Absender hatte ich natürlich meinen aktuellen Nachnamen geschrieben - Tibus.

In diesem Anschreiben allerdings hieß es:

Hallo Frau Engel - genannt (...) und dann stand da wirklich der Name meiner Pflegeeltern. Nicht zu fassen! Was einmal in deutschen Amtsstuben fest gezimmert ist, steht wohl für die Ewigkeit. Ich erwähne dies nicht, um zu nörgeln, sondern mit einem breiten Lächeln.

Das Interessante auf der Karte: Meine Konfession ist mit >ev< für evangelisch angegeben. Das ist merkwürdig, denn ich war doch zu dem Zeitpunkt noch gar nicht getauft. Es untermauerte aber meine damalige Vermutung, dass dies niemand wusste, aber jeder es wohl dachte. Die Taufurkunde musste wahrscheinlich beim Schulamt auch gar nicht vorgelegt werden, sonst wäre es ja allen schon 1954/55 aufgefallen. Ich jedenfalls dachte logisch und mir fiel auf, dass ich bisher nicht daran dachte, mich an die Kirche zu wenden, denn: wenn da >ev< stand, musste doch meine Mutter auch >ev< sein. Hurra, eine weitere Möglichkeit und eine neue Hoffnung. Doch leider es gab keinerlei Eintragungen, weder über meine Mutter, über mich oder meine Brüder, dafür fand ich das Grab meiner Großmutter.

Es ist Ihnen, verehrte Leser sicher schwer zu vermitteln, dass für mich jedes Wort, nein schon fast jeder Buchstabe aus der Vergangenheit so wichtig ist. Man sucht verzweifelt nach kleinsten Informationen, sucht nach Verbindungen zu anderen Unterlagen, um sich zumindest ein kleines Bild von seiner Geschichte und sich selbst zu formen.

Stillstand

Es ging irgendwie gar nicht mehr voran. Meine so er-folgsverwöhnte Stimmung schlug um. Was konnte ich noch tun? Wieder schaltete ich in der Lokalzeitung eine Suchannonce. Das Fernsehen und die Presse wur-den auf mich aufmerksam und berichteten.

Die Zeit verging wie im Fluge. Es war August 1994. Ich hatte meine Enttäuschung über die bisher erfolglose Suche nicht überwunden und dachte über neue Mög-lichkeiten nach. Noch einmal startete ich einen Behör-denmarathon.

Mir war klar geworden, dass nur Gespräche mit den Ämtern nichts brachten. Deshalb wandte ich mich nun ausschließlich schriftlich an sie. Ich brauchte etwas Be-weisbares. Sie mussten ja antworten, egal wie die Nachricht ausfallen würde. So schrieb ich an das Ein-wohnermeldeamt, das Standesamt, das Amtsgericht, das Jugendamt, die Ortspolizeibehörde und wartete ungeduldig auf Antworten.

Welch eine Überraschung! Verschiedene Antworten trudelten nach und nach ein. Hinweise, Tipps und Rat-schläge, die mich zur nächsten Adresse leiteten. Ich meldete meinen persönlichen Besuch mit meinen Wünschen und Fragen an und bekam tatsächlich Ter-mine. Ich konnte mein Glück gar nicht fassen.

Zu meinem großen Erstaunen waren die Behördenmit-arbeiter dieses Mal überwiegend freundlicher und hilfsbereiter. Ich bekam weitere Unterlagen, mit de-nen ich nie gerechnet hatte. Aus ihnen gingen noch weitere Angehörige hervor. Ein Bruder und ein Cousin meiner Mutter. Hurra, noch mehr Familie! Eigentlich war der Bruder - mein Onkel - mir am Wichtigsten. Er würde mir doch sicher viel über seine Schwester erzählen können und ganz sicher hatte er doch Bilder. Ich war recht aufgeregt. Da ich jedoch nur von dem Cousin eine Adresse hatte, wollte ich ihn zuerst besuchen. Oh Freude, oh Hoffnung!

Nach einem Anruf bei dem sehr erstaunten Cousin machten mein Klaus und ich uns auf den Weg zu ihm. Ich war so froh, endlich einen, wenn auch entfernten, aber eben leiblichen Verwandten kennenzulernen.
Natürlich konnte er sich an meine Mutter erinnern, doch von mir wusste er nichts. Die Kontakte verloren sich - wie er es nannte - im Familiengetümmel. Nun gut, das half mir nicht wirklich weiter, aber dennoch war es ein angenehmes Treffen und Gespräch. Ich habe es nicht bereut.
Seiner herzlichen Einladung zu einem späteren Zeitpunkt konnte ich bedauerlicherweise nicht folgen. Die Ereignisse überschlugen sich.

Ich war gar nicht so allein

Auf einer Buchvorstellung zum Thema >Pflegschaften und Adoptionen< lernte ich in Bremen Christa Meyer, selbst eine Inkognito Adoptierte, kennen. Wir kamen ins Gespräch und sie erzählte mir von ihrer Selbsthilfegruppe. Diese unterstützt jugendliche und erwachsene ehemalige Inkognito - Pflegekinder- und Adoptierte bei der Suche nach ihren Herkunftsfamilien. Sie unterstützt mit beratender und praktischer Hilfe, z.B. Begleitung zu den Behörden, stellt Kontakte zur Herkunftsfamilie her, gibt Aufklärung für Pflege-, und Adoptiveltern, betreibt Öffentlichkeitsarbeit, hält Vorträge, gibt Presseberichte heraus und vieles mehr. Einmal im Monat findet am Abend ein Gruppentreffen statt. Jeder Betroffene kann dort hinkommen, seine Geschichte und Probleme erzählen oder einfach auch nur zuhören und sich Rat holen. Alles ist vertraulich.

Sie war wirklich die *erste* Betroffene, die ich kennen lernte. Der Funke der Sympathie sprang sofort über. Es war, als ob wir uns schon lange kennen würden. Sie lud mich ein, doch einmal ganz unverbindlich in die Gruppe zu kommen. Hocherfreut nahm ich diese Einladung an. Endlich weitere Betroffene kennen zu lernen, ihnen zuhören zu dürfen, von ihren Erfahrungen zu lernen - ich war so froh und konnte mein Glück kaum fassen. Ich wusste zuvor nicht, dass es überhaupt solch eine Gruppe gab. Welch ein Segen für alle, die sich mit ihrem Problem allein gelassen fühlten.

Je näher der Tag kam, je aufgeregter wurde ich. Endlich - es war soweit. Ich saß recht angespannt in der Straßenbahn und meine Gedanken purzelten durcheinander. Was genau würde mich da erwarten? Wie würde es sich wohl anfühlen, zwischen anderen Betroffenen zu sitzen, ihre Lebensgeschichten zu hören? Wie groß würde der Kreis sein? Wie würden die anderen auf mich reagieren? Was erwartete man von mir? Was und wie viel wollte ich von mir preisgeben und wollte ich das überhaupt? Dass wollte ich ganz spontan entscheiden. Christa sagte mir ja, dass ich auch nur zuhören könne.

Ich hatte etwas Angst. Wie sollte ich reagieren, wenn jemand seine Fassung verliert, verzweifelt ist oder gar weint? Mit mir selber wusste ich in dieser Situation umzugehen, doch mit Fremden? Würden mich deren Schicksale erschrecken oder gar belasten? Welche Wirkung würde das alles auf mich haben? Sollte ich noch mehr Belastung mit mir herumschleppen? Eigentlich hatte ich mit meinem eigenen Päckchen genug zu tun.

Da saßen wir nun alle an einem großen Tisch - ausschließlich Frauen. Christa hieß uns alle willkommen und erklärte den Neuen das monatlich immer wieder kehrende Procedere. Jeder möge sich zumindest mit seinem Namen vorstellen, gern aber auch etwas mehr, so zum Beispiel Alter, Beruf, Status, (ehemals Adoptierte oder Pflegekind) und so weiter. Jeder sage aber nur das, was er möchte und ihm wichtig ist.

Christa begann und dann ging es Reih um. Die Erzählungen waren sehr unterschiedlich. Manche wirkten sehr angespannt und gaben sehr wenig von sich preis, bei anderen hatte ich den Eindruck, dass sie froh waren, sich endlich alles von der Seele zu reden und Christa musste den Redefluss zunächst behutsam stoppen. Nun war ich dran und entschloss mich, so viel Auskunft zu geben, dass die anderen sich ein erstes Bild von mir machen konnten. Das musste erst mal reichen.

Ich war geradezu erschrocken, dass es so viele Suchende gab und alle auch so ziemlich die gleichen niederschmetternden Erfahrungen mit den Ämtern machten und unter dem fehlenden Verständnis ihres Umfeldes litten. Manche nahmen bis zu 200 km Fahrt auf sich, weil diese die einzige Selbsthilfegruppe dieser Art weit und breit war. Hier verstand jeder den anderen, man musste sich nicht erklären.

Die eigene Situation ist schon für jeden Betroffenen schwierig und hoch emotional. Hier galt es aber, nicht nur die eigenen Gefühle zuzulassen, sondern auch die der anderen auszuhalten. Nacheinander begannen nun einige von sich selbst, ihre Geschichte mit dem derzeitigen Stand und ihren sehnlichsten Wünschen zu erzählen. Es war wirklich ein buntes Gemisch der verschiedensten Lebensgeschichten, prall gefüllt mit den unterschiedlichsten Erlebnissen, kleinen Fortschritten, großen Rückschlägen, Verzweiflung, Mutlosigkeit und wie ich es schon erwartet hatte, großen

Emotionen. In dieser geballten Form war das gänzlich neu für mich und ich fuhr doch recht erschrocken und nachdenklich nach Hause.

Selbsthilfegruppen werden oft unterschätzt. Zu Unrecht! Sie sind für Betroffene von hohem Stellenwert. Jeder profitiert von den Erfahrungen und Ratschlägen des anderen. Selbst Misserfolge können aufzeigen, bestimmte Wege anders oder erst gar nicht zu beschreiten. Es ist ein Geben und Nehmen. Hinzu kommt noch die große Bereitschaft der persönlichen Unterstützung. Ich jedenfalls war hoch motiviert, weiterhin diese Gruppe zu besuchen. Irgendwann begann auch ich mehr und mehr von meiner Geschichte zu erzählen. Endlich hatte ich Menschen gefunden, die wussten, wovon ich sprach, die mir wirklich zuhörten, sich in mich hineinversetzen konnten, sich interessierten. Das war neu und überwältigend für mich.

Wie in jeder Gruppe entwickelte sich ein >harter Kern<. Wir machten uns Gedanken darüber, wie wir auf uns und unser damals noch so brisantes und gar nicht so öffentliches Thema aufmerksam machen könnten. Wo immer es möglich war, stellten wir uns an unseren Info-Stand, verteilten Flyer, luden Fachleute für einen Vortrag zu unseren Treffen ein und freuten uns, dass es nach und nach immer mehr Interessierte gab. Oft begann eine gezielte Frage mit dem Satz: „Es ist nicht meinetwegen, aber ich kenne da jemanden, ..."

Uns Betroffene einte der Kampf mit den Behörden: David gegen Goliath und diesen Kampf wollten wir aufnehmen. Dazu brauchten wir so dringend die Aufmerksamkeit der Öffentlichkeit. Unser unermüdlicher Einsatz brachte die ersten Erfolge. Es gab Interviews mit dem regionalen Sender, es erschienen Zeitungsartikel und unsere Gruppe wurde größer und wir stellten fest: Es gibt auch männliche Betroffene.

Durch diese Dauerkonfrontation mit den Erlebnissen meiner Leidensgenossen konnte ich nicht verhindern, in meine eigene emotionale Welt einzutauchen. Etwas in mir veränderte sich. Jetzt endlich begann ich zu begreifen, dass meine Seele krank war, dass ich litt - schon sehr lange und in einer Dauerschleife.

Wir nannten unsere Selbsthilfegruppe ganz gefühlsnah >Schattenkind<.

Neue Hoffnung

Im August 1994 bekam ich vom DRK einen Hinweis auf die Zeitschrift >Adoptionsdreieck< und Leonie B. in Albuquerque, New Mexiko.

Zur Erklärung:
Das >Adoptionsdreieck< ist eine Zeitschrift zum Thema> 'Adoption, Suche und Finden<.
In Zusammenarbeit mit William L. Gage und Leonie Boehmer in den USA wird sie in Deutschland herausgegeben von Prof. Dr. Christine Swientek.
...>dreieck< meint: Das Adoptionskind, die abgebenden Eltern (i.d.R. die Mutter) und die Adoptiveltern.

Leonie ist eine unabhängige Beraterin für uneheliche Kinder amerikanischer Soldaten, die ihre leiblichen Familien suchen.

Sofort setzte ich mich mit ihr in Verbindung. Zu der Zeit allerdings noch per Luftpost und das dauerte natürlich alles etwas länger. Doch schon Anfang September bekam ich ihre erste Antwort. Dabei ging es zunächst einmal um ein paar Formalitäten und sie erklärte mir ihr weiteres Vorgehen. Sie beantragte zunächst eine Telefonliste. Ich war voller Hoffnung. Ein Telefon hat doch wohl jeder und wie ich von Leonie erfuhr, war der neue Nachname meiner Mutter nicht so häufig. Doch leider und zu unser beider Erstaunen blieb diese Suche zunächst erfolglos.

Danach folgte eine Führerscheinsuche. Leider auch vergebens. Auch das erstaunte uns. Meine Hoffnung sank und meine Stimmung fiel auf den Tiefpunkt. Die wahrscheinlichsten aller Möglichkeiten liefen ins Leere. Leonie wusste nicht so recht weiter, versprach aber, >dran zu bleiben<. Ich wollte die Zeit aber nutzen und suchte weiter. Wenn ich meine Mutter finden wollte, musste ich zunächst ihren Ehemann George finden.

Ich wandte mich an alle möglichen amerikanischen Institutionen, so zum Beispiel an das >National-Militärarchiv< in Washington. Zurück bekam ich eine Unmenge Fragebögen. Ich hatte einfach zu wenige Daten. Entsprechend war auch das Ergebnis. Doch ich konnte nicht aufhören zu suchen. Aufgeben war noch nie meins und mit jedem neuen Detail keimt auch wieder ein Fünkchen Hoffnung auf.

Weiter ging es mit dem >National Personal Records Center< (NPRC). Diese Organisation ist ein zentrales Depot mit allen militärischen und zivilen inaktiven Bundes-Personalakten und offiziellen Militärpersonaldateien aus allen Dienstleistungszweigen der Regierung der Vereinigten Staaten, somit auch von Veteranen. Hier sah ich eine erneute Chance, denn George war ja als Soldat in Bremerhaven stationiert. Trauriges Ergebnis: Keine Auskunft. Zu damaliger Zeit gaben amerikanische Dienststellen und Ämter kaum Auskunft aus Sorge, die suchenden Kinder der GI's würden deren Familien zerstören oder etwa Erbansprüche stellen. Von beiden Gedanken war ich Lichtjahre entfernt und hatte genau dies auch jedes Mal versichert. Ich hatte sogar vorgeschlagen, dieses eidesstattlich zu unterschreiben.

Eine weitere Möglichkeit sah ich beim >Texas Department of Public Safety< (DPS). Das ist eine Abteilung der Regierung des Bundesstaates Texas und zuständig für Fahrzeugregulierung, Rechtsdurchsetzung von Straf-, Verkehrs- und Sicherheitsgesetzen, Verhütung und Verhaftung von Gesetzesbrüchigen. Natürlich dachte ich dabei in erster Linie an die Führerscheine und nicht an kriminelle Energien in meiner Familie. Vielleicht gab es ja einmal ein Verkehrsdelikt. Doch selbst eine Straftat war mir in diesem Moment völlig egal. Hauptsache es fand sich irgendein Eintrag.

Ergebnis: In 50 Staaten nichts gefunden. Mir gingen die Ideen aus.

Post von Leonie. Es war inzwischen Januar 1995. Sie hatte auf der >Social Security Todesliste< recherchiert und zu unserer großen Erleichterung herausgefunden, dass meine Mutter wie auch George noch lebten. Sie hatte dieses Mal auch mehr Glück beim DPS und bekam zumindest Namen und Geburtsdaten aus den Führerscheinen, Kennzeichen jedoch unbekannt. Das fanden wir schon sehr merkwürdig.

Nur einen Monat später klingelte nachts mein Telefon. Ich dachte zunächst an die Klinik - Sondereinsatz, kranke Kollegen oder Ähnliches, doch zu meiner großen Überraschung war es Leonie. Sie rief förmlich in den Hörer:

„Renate, ich habe Ihre Mutter gefunden!"

Ich war wie vom Donner gerührt, mir fehlten die Worte. Nach all diesen Jahren - ich konnte es kaum fassen. Wie beschreibe ich nur diesen Moment und meine Gefühle? Gedankenexplosion in meinem Kopf, alles fuhr Karussell. Mein Herzklopfen fühlte sich an wie Hammerschläge. „Ich schicke sofort einen Brief los mit allen Daten. Sie müssen sie anrufen und ich möchte so gern wissen, was daraus geworden ist!" Sie selbst war ganz aus dem Häuschen.

Nachdem wir aufgelegt hatten, saß ich auf meinem Sofa herum und wusste nicht so recht, was ich nun tun sollte. Es war Nacht und ich konnte doch jetzt nicht jemanden anrufen. So war ich nun ganz allein mit meiner sensationellen Neuigkeit. An schlafen war jetzt nicht mehr zu denken. Den Dienst würde ich schon irgendwie schaffen. In meinen Aufzeichnungen steht, dass der Anruf um 1:50 Uhr kam. Was sollte ich um diese Zeit bis zum Dienstbeginn tun? Ich lief in der Wohnung herum, schaute aus dem Fenster in die dunkle Nacht, wieder zurück aufs Sofa und grübelte. Es war mir nicht möglich, meine Gedanken zu ordnen. Ich brauchte eine Strategie für das erste Telefonat mit meiner Mutter. Verehrte Leser, Sie ahnen es wohl schon: Ich schrieb eine Liste der wichtigsten nächsten Schritte, damit ich den Überblick nicht verlor. Ich wollte zunächst ein paar Tage warten, damit sich meine erste Aufregung legte. Ein Plan musste her: Wie stelle ich mich meiner Mutter vor? Wie spreche ich sie an? Ich hatte noch nicht die geringste Vorstellung.

Freud' und Leid liegen so nah beieinander

Ich hatte Tage gebraucht, um den Mut zu haben, meine Mutter anzurufen. Ich suchte immer nach dem richtigen Moment und den richtigen Worten. Doch lange hielt ich das nicht aus. Ich griff zum Hörer, wählte mit zittrigen Fingern die lange Nummer und horchte. Eine klare, freundliche Frauenstimme meldete sich. Ich sprach deutsch.

„Hier ist Renate aus Deutschland, ich bin Ihre Tochter."

„Wer?" klang es dann in deutscher Sprache zurück.

„Ich bin Renate Engel, Ihre Tochter".

Kurzes Schweigen, dann langsam:

„Das kann nicht stimmen, ich habe keine Kinder:"

An dieser Stelle möchte ich es kurz machen. Sie machte einige persönliche Angaben und versicherte mir glaubhaft, nicht meine Mutter zu sein. Ihr Bedauern klang echt.

Leonie hatte tatsächlich die Falsche erwischt und war untröstlich. Sie recherchierte noch einmal nach, telefonierte auch mit dieser Frau und kam zu dem gleichen Ergebnis.

Ich war nicht nur untröstlich, ich war wie erschlagen und deprimiert. Von diesem Ereignis habe ich mich lange nicht erholt und zeitweise glaubte ich nicht mehr daran, meine Mutter je zu finden. Eine lange quälende Wartezeit begann.

Ein Jahr und vier Monate später klingelte wieder in der

Nacht mein Telefon, wieder war es Leonie. Aufgeregt rief sie in den Hörer:

„Ich habe Deine Mutter gefunden und dieses Mal ist es auch die *richtige*! Ich weiß, es ist Nacht bei Euch, aber ich konnte diese gute Nachricht nicht länger für mich behalten."

Nach zweijähriger Suche und einer falschen Mutter hatte sie nun ohne Zweifel die richtige gefunden - in Phönix/Arizona.

Sie hatte sich die enorme Mühe gemacht, alle alten Fälle aufzuarbeiten und meine Akte war glücklicher Weise dabei. Inzwischen gab es im Internet neuere Datenbanken und auch noch mehr Möglichkeiten zum Nachforschen. Meine Mutter konnte sie zwar nicht finden, dafür aber George, ihren Ehemann und über eine neuere Telefon CD-Rom eben ihre Adresse und Telefonnummer.

Leonies Schlussworte:

„Jetzt freue ich mich aber, jetzt bin ich aber gespannt. Bitte lassen Sie mich wissen, wie es weiter verläuft!"

Wir waren beide ganz aus dem Häuschen und sehr glücklich.

Genau wie vor sechzehn Monaten wieder ein Wirbelsturm der Gefühle. Schlafen war unmöglich. Wieder die gleichen Fragen: Was jetzt? Schreiben? Anrufen? Deutsch oder Englisch? Sie war ja nun schon so viele Jahrzehnte in den USA. Wie viel Deutsch konnte sie noch verstehen oder sprechen? Ich musste unbedingt langsam und deutlich sprechen. Welche Tages-, und

Uhrzeit ist richtig? Duzen oder siezen? Einerseits war es meine Mutter, andererseits doch eine Fremde. Ich entschied mich zunächst für das förmliche >Sie<.

Ich brauchte Zeit, um mich vorzubereiten. Ich hatte so viel Angst! Angst davor, dass eine andere Person abhebt, Angst, dass ich den falschen Moment erwische, Angst, meine Mutter könne wieder auflegen, Angst, dass sie sich eine neue Telefonnummer zulegen würde. Ich hatte Angst, das Falsche zu sagen. Was sagt man bloß als Erstes? >Hy, ich bin's - Renate<? Ich probierte viele Sätze aus, doch als ich mich sie sagen hörte, kamen sie mir alle merkwürdig vor. Welche Worte waren angemessen und würden sie nicht verschrecken? Oh, ich musste unbedingt auf meinen Tonfall achten. Er durfte nicht streng oder gar vorwurfsvoll klingen. Sachlich und freundlich sollte er sein, um ihr alle Türen zu mir zu öffnen.

Je intensiver und länger ich nachdachte und ausprobierte, je schwieriger wurde es für mich und es dauerte einige Zeit bis ich eine *erste* Entscheidung traf:
Ich wollte mich *langsam* herantasten und beim ersten Mal die Nummer nur wählen, um die Stimme meiner Mutter zu hören. So rief ich in einigen Zeitabständen mehrmals an, doch es war jedes Mal niemand zu Hause. Einerseits war ich enttäuscht, aber andererseits auch etwas erleichtert. Anfänglich war ich beim Wählen noch zittrig, wurde aber zunehmend sicherer - weil ich ja noch nichts sagen wollte.
Aber dann - eines Abends und unverhofft: Eine weibli-

che Stimme meldete sich. Ich war so erschrocken, dass ich in einer kurzen Schockstarre verharrte, dann blitzschnell auflegte. Ich brauchte einen kurzen Moment, um das zu verarbeiten. Herzklopfen - war das die Stimme meiner Mutter? Ich versuchte, sie mir wieder ins Ohr zurück zu holen, aber ein „Hello?" ist natürlich zu kurz für eine Stimmanalyse. Ich nahm mir vor, mich beim nächsten Anruf zu melden. Ich war vorbereitet: Die Türklingel war abgestellt. Die Liste mit meinen Stichpunkten und Fragen lag als roter Faden neben mir und innerlich war ich auf alles eingestellt, aber eben nur im Kopf, die Angst blieb. Ich hatte nur diesen *einen* Versuch und da durfte einfach nichts schief gehen.

Erstes Telefonat mit meiner Mutter

Ich wählte ihre Nummer. Das Freizeichen ertönte ein paar Mal, eine weibliche Stimme meldete sich.

„Hello?"

Es war wieder die gleiche, wie beim ersten Mal.

Mein Magen fuhr Fahrstuhl, meine Stimme war mir fremd, als ich mich meldete.

„Hier ist Renate."

Stille am anderen Ende. „Please?"

„Renate Engel - aus Bremerhaven. Sie erinnern sich an mich?"

Im Nachhinein habe ich gedacht: Was für eine bescheuerte Frage. Keine Mutter vergisst, dass sie ein Kind geboren hat. Ich habe deutsch gesprochen. Und mich natürlich mit meinem Geburtsnamen gemeldet. Ich wollte, dass sie gedanklich nach Deutschland zurückkehrt - in eine Zeit, die sie schon lange hinter sich gelassen hatte. Vielleicht wollte ich ihr auch zeigen, dass die Vergangenheit den Menschen immer wieder einholt - egal, wo auf der Welt er sich befindet, egal, wohin er flüchtet.

Einige sehr lange Sekunden lang sagte sie nichts. Ich hörte sie nur atmen. Ein großer Schreck muss ihr durch die Glieder gefahren sein. Völlig unerwartet meldete sich ihr erstes Kind, ihre Tochter nach achtundvierzig Jahren. Ich konnte mir lebhaft vorstellen, wie es ihr gerade erging. Was sagt man in einem solchen Moment? Das hängt sicher maßgeblich davon ab, wie man zu seiner Geschichte steht und was man möchte.

Wie war es bei ihr? Wollte sie mir zuhören? Wäre es ihr doch lieber gewesen, nie wieder etwas von mir zu hören? Überlegte sie gerade fieberhaft, wie sie aus dieser Situation herauskäme? Alles war möglich. Doch das musste *sie* jetzt entscheiden. Alles Weitere hing nun von *ihr* ab. Die Pause war für mich unerträglich lang, obwohl es sicher nur einige Sekunden waren. Ich hörte ein sehr leises

„Das kann nicht sein."

„Doch ich bin's!"

Wieder hörte ich ihren Atem und wieder ein leises: „Das kann nicht sein."

„Ich bin es wirklich und bitte, lügen Sie mich jetzt nicht an. Ich weiß genau, dass *Sie* meine Mutter sind. Ich habe die Unterlagen hier. Bitte!! legen Sie jetzt nicht auf."

Wieder Schweigen, ich weiß nicht, wie lange, für mich zu lang, Stresspegel bis unter den Pony!

Uns beiden rasten in diesem Moment viele Gedanken durch den Kopf und auf beiden Seiten war sicher viel Angst. Dann endlich wieder ihre Stimme. Sie sprach sehr leise in etwas gebrochenem Deutsch:

„Der Moment ist nicht gut, die Familie ist da. Niemand weiß etwas, das muss so bleiben, sonst geht alles kaputt. Geben Sie mir Ihre Telefonnummer. Ich rufe bestimmt zurück."

Tatsächlich hörte ich Stimmen im Hintergrund. Ich hatte Verständnis, machte ihr aber auch klar, dass dies ein Versprechen ist, aber auch, dass ich kein Interesse hätte, ihre Familie zu informieren oder irgendetwas kaputt zu machen. Ich wollte ihr Sicherheit geben und Vertrauen schaffen. Sie wiederholte, dass sie mich zurückrufen würde, jetzt aber auflegen müsse. Ich gab ihr meine Telefonnummer und mit einem kurzen, fast hektischen „Byby" und „Tschüss" beendeten wir dieses viel zu kurze Gespräch.

Da saß ich nun und versuchte, mir jedes Wort zurück zu holen um das Gespräch, die Tonlage ihrer Stimme, die Wortwahl, die Sprechweise zu analysieren. Ich hätte an ein Aufnahmegerät denken sollen. Zunächst war ich darüber sehr ärgerlich. Wie konnte ich nur so etwas Wichtiges vergessen? Heute bin ich darüber nur noch unendlich traurig.
Zu schade, dass ich den falschen Zeitpunkt erwischt hatte. Ich bin sicher, dass unser Gespräch anders verlaufen wäre. So hoffte ich nun inständig, sie möge ihr Versprechen halten und recht bald wieder anrufen. Ich überlegte schon, wie viel Zeit ich ihr einräumen wollte. Wie lange braucht eine Mutter, um den ersten Schrecken zu verarbeiten und um zu realisieren, dass sich tatsächlich die Tochter meldete, die sie vor so vielen Jahrzehnten abgeben wollte oder musste? Sie musste sich doch auch viele Fragen stellen: Wie habe ich sie gefunden? Was genau möchte ich von ihr? Wie soll es weiter gehen? Es müsste sie doch auch interessieren, wie es mir geht, wie mein Leben aussieht, ob sie Enkel hat und vieles mehr. Bestimmt hatte sie auch Ängste. Würde ich nach meinem Vater fragen? Ihre größte An-

strengung war jedoch sicher die Geheimhaltung vor ihrer Familie.

Ich war auf den Rückruf vorbereitet. Meine Liste, ein Blatt Papier mit Stift lagen stets neben dem Telefon. Bei jedem Klingeln schlug mein Herz höher. Ein unglaublicher Dauerstress. Doch sie hielt ihr Versprechen und rief tatsächlich zehn Tage nach meinem Anruf zurück. Als ich ihre Stimme hörte, jubelte ich innerlich. Nach außen hin gab ich mich zurückhaltend freundlich. Eine erneute Annäherung, die nicht schieflaufen durfte.

„Ich rufe von einer Freundin aus an und habe nicht sehr viel Zeit, weil ich auf meine Enkel aufpasse."
Wenig Zeit? Das passte nicht zu den vielen Fragen, die ich hatte und ich kam unter Druck. Was sollte ich in diese kurze Zeit packen? Doch bevor ich weiterdachte, sagte sie:
„War damals alles sehr schwer. War Zeit nach Krieg, war schwer für alle."
Ich wollte sie beruhigen und sagte:
"Ja, das verstehe ich gut. Ich mache auch keine Vorwürfe!"
Wie konnte ich dieses Gespräch noch etwas halten? Das Adrenalin lief mir schon aus den Ohren heraus.
Sie beschwor mich noch einmal, nicht mehr anzurufen und wiederholte, dass ihre Familie auf keinen Fall von mir erfahren dürfe. Natürlich versprach ich das. Ihr Versprechen:
„Ich rufe bald wieder an, wenn ich mehr Zeit habe."
Damit musste ich mich zufriedengeben. Mehr war im

Moment nicht zu erreichen und ich wollte auch nicht noch mehr Druck ausüben.

Ich kann nicht behaupten, dass es mir nach diesem kurzen und gar nicht informativen Telefonat gut ging. Im Gegenteil. Ich hatte meine Erwartung hoch gehängt und war wirklich abgestürzt. Hatte sie nur aus Angst oder auch aus Interesse an mir zurückgerufen? Vielleicht war es beides. Jedenfalls war ich unzufrieden und sehr unglücklich mit dem Ergebnis. Ich konnte nur abwarten.

Briefe an meine Mutter

Der September 1996 nahte und damit auch mein achtundvierzigster Geburtstag. Eine kleine Hoffnung stieg in mir auf. Ob meine Mutter mich an diesem Tag anrufen würde? Sie würde sich doch wohl an dieses Datum erinnern. Was wäre das für eine Überraschung! Je näher der Tag kam, je aufgeregter wurde ich. Noch nie hatte ich den 21. September so herbeigesehnt.

Doch nichts geschah. Leider hörte ich sechs lange Monate nichts von ihr. Zwischendurch versuchte ich sie telefonisch zu erreichen, doch niemand hob ab. Das Warten und die Ungewissheit zerrten an meinen Nerven und kosteten mich unendlich viel Energie. Ich konnte das nicht nachvollziehen. Wollte sie wirklich riskieren, dass ich noch einmal anrief oder gar schrieb und so ihre Familie von mir erfuhr? Ich überlegte lange und stellte mir auch die Konsequenzen für mich selbst vor. Sie konnte den zarten Kontakt zwischen uns einfach abbrechen, sich eine neue Telefon-, oder Geheimnummer zulegen, einen Anwalt einschalten. Doch das würde erst recht Fragen in der Familie aufwerfen. Nein, ihre Position war wesentlich schwächer als meine. So riskierte ich es und schrieb ihr tief enttäuscht, aber auch verärgert und entgegen aller Abmachung einen ersten Brief.

Es war so schwierig für mich, diesen Text zu formulieren. X-Mal habe ich ihn geändert. Einmal war er mir zu streng, dann wieder zu sanft. Es war eine Gratwanderung, ihr einerseits Verständnis für ihre Situation zu signalisieren, andererseits aber auch, meine zu verstehen. Ich wollte sie nicht verletzen oder ängstigen und musste aufpassen, dass meine Wortwahl eindeutig war. Auf gar keinen Fall wollte ich sie verlieren. Das war meine größte Gefahr und schlimmste Sorge. Ich hoffte so sehr, dass meine Worte ihr Innerstes erreichen. Vielleicht schaffte ich es, Gefühle für mich zu wecken. Das wäre das Größte!

Es vergingen zwei Monate ohne eine Reaktion. Ich wurde zunehmend ungeduldiger. Wieder und wieder suchte ich nach Gründen. Was konnte nur passiert sein? Was war da los? Was tun? Meine Gefühlswelt geriet durcheinander. Von Traurigkeit bis Verzweiflung, von Wut bis Ratlosigkeit war alles dabei. Ich entschied mich, einen zweiten Brief zu schreiben und der sollte etwas energischer ausfallen.

Langes banges Warten - keine Reaktion. Ich entschied mich, ihr einen letzten Brief zu schreiben und der fiel wesentlich unsanfter aus, als die beiden zuvor. Dieses Mal legte ich ein Bild von mir dazu. Warum war mir das nicht eher eingefallen? Vielleicht sah ich ihr ähnlich?

Nachdem ich diesen Brief schweren Herzens abschickte, hatte ich mir fest vorgenommen, bis spätestens Mitte Dezember auf Post von ihr zu warten. Ich rechnete großzügig: In spätestens zehn Tagen würde mein Brief ankommen. Ich wollte ihr eine Woche Zeit geben, einen Brief an mich zu formulieren und weitere zehn Tage für die Luftpost zurück. Mehr konnte und wollte ich im Moment nicht tun.
Ich hatte mir vorgenommen, mich in der Warteschleife

mit anderen Dingen abzulenken. Doch die innere Unruhe blieb und eine gewisse Gelassenheit wollte sich einfach nicht einstellen. Zeitweise machte ich mir Vorwürfe, den letzten Brief zu schroff geschrieben zu haben. Dann aber wieder siegte der Gedanke, dass ich am längeren Hebel saß.

Oft geschieht es in einem Moment, in dem man es nicht erwartet. Schon zwei Wochen später rief sie zurück. Ihre Stimme klang rau und sehr dunkel. Ich sagte ihr, dass ich unbedingt länger mit ihr sprechen möchte, ich hätte so viele wichtige Fragen. Sie sprach sehr langsam. Vielleicht suchte sie nach den richtigen deutschen Worten, vielleicht war es aber auch nur Vorsicht oder die Angst vor diesem Gespräch - oder vor mir und meiner Reaktion?
Sie sagte, sie sei stark erkältet und heiser. Das Sprechen fiele ihr schwer. Sie würde mich noch mal anrufen, wenn es ihr besser ginge. Das stimmte und natürlich hatte ich dafür wieder Verständnis und auf keinen Fall wollte ich sie vergraulen. In ihrer momentanen Verfassung war ein längeres Gespräch wirklich nicht möglich. Doch ich musste sie unbedingt dazu bringen, mich tatsächlich wieder anzurufen. Ich musste sie irgendwie >festhalten<. Sie war die einzige Verbindung in meine Vergangenheit.
So traf ich eine spontane Entscheidung und sagte, dass ich einverstanden sei, aber ihren nächsten Anruf in zwei Wochen erwarte. Mehr nicht. Mir war klar, dass

ich nun doch Druck ausübte und ein Risiko einging. Wie würde sie darauf reagieren? Ich hatte ja mit nichts gedroht und so blieben eventuelle Folgen ihrer Fantasie überlassen. Ich blieb wieder mit all meinen so dringenden Fragen zurück und das fiel mir unsagbar schwer.

Endlich - nach vierzehn Tagen rief meine Mutter wieder an. Ein warmer, dunkler und angenehmer Klang in ihrer Stimme.
Ich wollte Fragen stellen, doch sie meinte, sie könne nicht so lange telefonieren, möchte mir aber einen Vorschlag machen. Was nun kam, hätte ich mir in meinen kühnsten Träumen nicht ausmalen können. Sie möchte zu meinem fünfzigsten Geburtstag nach Deutschland kommen. Sie hätte noch Freundinnen in Bremerhaven, das wüsste ihre Familie und es würde deshalb nicht auffallen. Dann wollten wir über alles reden und ich solle bitte bis dahin nicht mehr anrufen oder gar schreiben - die Familie eben. Sie würde sich vorher ganz bestimmt noch ein bis zwei Mal melden.
Einen Moment blieb mir die Luft weg und ich glaube heute noch zu fühlen, dass mein Herz ein bis zwei Schläge Pause machte. Ich konnte mein Glück kaum fassen und sagte ihr, dass das eine wunderbare Idee und das schönste Geburtstagsgeschenk meines Lebens sei, dass ich das sehr mutig fände und ihr sehr dankbar sei. Gleichzeitig machte ich ihr aber auch klar, dass ich das als feste Abmachung sehe und falls sie sie nicht einhielte, würde ich anrufen und schreiben.

Kaum zu glauben, aber wir plauderten noch ein wenig. Sie von ihren zwei erwachsenen Kindern, ich von meinen beiden Söhnen und von meinem Beruf. Das Gespräch habe ich als sehr ruhig und freundlich in Erinnerung. Ein erstes vorsichtiges Abtasten, eine erneute Annäherung. Zu meiner großen Überraschung bedankte sie sich zum Schluss für das Gespräch.

Nachdem wir aufgelegt hatten, versuchte ich das eben Geschehene zu verarbeiten. In mir tobten Freude über das so wunderbare Gespräch und Vorfreude auf den Besuch, natürlich gepaart mit hohen Erwartungen.

Mein Stammbaum begann zu blühen, ich bekam Wurzeln. Ich war überglücklich, doch bis zu unserem Treffen dauerte es nun noch neun lange Monate. Wie sollte ich das nur aushalten? Wie konnte ich diese Zeit nutzen? Es stellten sich schon wieder so viele Fragen. Wie lange würde sie bleiben? Wo würde sie wohnen? Wer waren die Freundinnen und wussten sie von mir? Bremerhaven ist nicht so groß, kannte ich sie vielleicht sogar? So blieb ich nicht nur mit meinen alten, sondern auch mit den neuen Fragen ungeduldig zurück.

Doch nun hatte ich ein Ziel. Ich wollte aber nicht nur einfach warten, sondern - ja, verehrte Leser, Sie ahnen es schon wieder - ich machte mir eine Liste. Es gab so viel zu bedenken. Natürlich war klar, dass ich Urlaub nehmen musste, denn es war sinnvoller, dass wir uns in unserer Geburtsstadt trafen und nicht in Bremen.

Da ich nicht wusste, wann meine Mutter das letzte Mal in Bremerhaven war, suchte ich nach interessanten und schönen Plätzen sowie Restaurants, zu denen wir gehen könnten.

Schließlich war ja auch mein fünfzigster Geburtstag der Anlass unseres Treffens. Bei den nächsten Telefonaten musste ich sie unbedingt nach ihren Wünschen und Vorstellungen fragen. Darauf freute ich mich.

Je intensiver ich über ihren Besuch nachdachte, je klarer wurde mir, dass ich meine Mutter zum ersten Mal sehen werde. Ich hatte keine Vorstellung, wie sie aussehen könnte, da konnte ich noch so oft in den Spiegel schauen. Wem sah ich ähnlich - meiner Mutter, meinem Vater oder beiden?

Na, bald würde ich es wissen. Ja, Sie haben richtig gelesen: BALD. In Anbetracht dessen, dass ich sie nun über achtundvierzig Jahre nicht mehr gesehen und über vierunddreißig Jahre gesucht habe, sind neun Monate ein Klacks. Eine aufregende Idee kam mir in den Sinn. Beim nächsten Telefonat wollte ich sie bitten, mir doch ein Bild von sich zu schicken. Nach diesem Telefonat konnte ich so mutig sein und mir das sicher erlauben.

So betrachtet konnte ich die Wartezeit viel besser aushalten und nutzen, denn ich hatte noch keinen Schimmer, wo ich meinen *jüngsten* Bruder suchen sollte.

Ein Anruf von Unbekannt

Ich war im Suchrausch und nutzte die Zeit. Wieder halfen mir die Medien weiter. Die Bremerhavener Nordsee-Zeitung griff meine Geschichte erneut auf und druckte noch mal einen Artikel mit einem Aufruf an die Leser. Es gab weitere Berichte in verschiedenen Illustrierten, meist verbunden mit einem >Hilferuf<.

Juni 1998 - Ein Anruf! Ich werde diesen ersten Satz nie vergessen!

„Ich habe Ihre Geschichte in den letzten Jahren in den Medien verfolgt und ich glaube, es wird Zeit, dass Ihnen mal wirklich jemand hilft. Das möchte ich jetzt hiermit tun."

Das war einer jener Momente, in denen mein Herz gefühlt einige Schläge lang stehen blieb. Ich wusste sofort bei Klang und Art der Stimme, dass hier gerade etwas ganz Entscheidendes passieren würde. Ich fühlte genau, dass dieses Telefonat mein Leben verändern würde.

So gern ich auch dieses ungewöhnliche Gespräch komplett wiedergeben möchte, werde ich es aber zum Schutze der Person, meiner Loyalität und Dankbarkeit ihr gegenüber nicht tun. Nur so viel sei erwähnt: Ich bekam in einem kurzen, sachlichen, aber freundlichem Gespräch wertvolle Hinweise auf meinen jüngsten Bruder. Eigentlich war es kein richtiges Gespräch. Die Person riet mir, Blatt und Stift für Notizen bereit zu halten. Er machte seine Angaben und fragte mich anschließend, ob ich mir alles gemerkt oder notiert hätte.

„Ja, ich habe alles aufgeschrieben. Nur Ihren Namen habe ich nicht verstanden."

„Den habe ich auch nicht genannt und dabei wird es bleiben. Ich werde Sie noch ein einziges Mal kurz anrufen. Falls Sie Fragen haben, notieren Sie sie bitte und haben Sie den Zettel in Reichweite."

„Vielen vielen Dank, das mache ich. Wann rufen Sie mich wieder an?"

„Das werde ich Ihnen nicht sagen. Auf Wiederhören."
Er hatte offensichtlich Angst vor einer Fangschaltung.

Da saß ich nun reichlich überrascht und verblüfft, aber auch sehr glücklich und ließ das Gespräch noch einmal durch meine Gehörgänge laufen.

Was war denn da gerade passiert? Eine fremde Person hatte über Jahre hinweg meine Suche verfolgt, Herz und Mut bewiesen. Er hatte mir persönliche und für meine Suche hilfreiche Informationen über meinen jüngsten Bruder mitgeteilt. Wann würde der nächste und auch sicher letzte Anruf kommen? Wie viel Zeit würde ich haben, um mir meine Fragen zu notieren? Ich bekam nur noch die eine Chance.

Die allerwichtigste Information aber hatte ich nun: Den Namen meines Bruders! Ich stürzte mich auf das Bremerhavener Telefonbuch. Mir kam gar nicht der Gedanke, dass er woanders wohnen könnte.

Aufgeregt blätterte ich hin und her, doch seinen Namen fand ich nicht. Nun gut, dann eben in Niedersachsen. Nein, auch nicht. Oje, die nächste Hürde. So brachte das nichts. Ich musste mir eine andere Lösung einfallen lassen.

Da konnte mir nur ein Amt weiterhelfen. Ich versuchte mein Glück und war sehr froh, dass die Dame Interesse zeigte und mir zuhörte.

„Ach, war das *Ihre* Geschichte da in der Nordsee Zeitung?"

„Ja, ich suche die Adresse meines Bruders Herrn … ."

„So kann ich Ihnen nicht helfen. Fragen Sie mal anders."

„Wie?"

„Anders, lassen Sie mal was weg."

Ich überlegte. Was war am wichtigsten? Aha! Nun hatte ich verstanden.

„Ich suche die Adresse von Herrn … ."

Aahh - soo war es richtig.

Verehrte Leser, ist Ihnen nun mein Fehler aufgefallen?

Ich spreche heute der Person noch einmal ausdrücklich meinen Dank aus.

Welch eine Freude. *Jetzt* hatte ich ihn wirklich gefunden! In Bremerhaven. Wir wohnten die ganze Zeit in ein und derselben Stadt. Jahrelang sogar im gleichen Stadtteil, nur fünf Gehminuten auseinander. Im Grunde könnte ich jetzt doch einfach hinfahren, dort klingeln - ja, und dann? Was wäre dann? So einfach war das nun doch nicht. Es war das gleiche Problem wie mit meiner Mutter. Alles hängt vom richtigen Zeitpunkt, vom richtigen Auftreten, von den richtigen

Worten ab. Schon wieder solch eine schwierige Entscheidung! Ich war so nah dran, nur mein Mut war so weit weg. Dabei beließ ich es erst einmal.

Der versprochene Anruf von Unbekannt kam und stellen Sie sich vor, verehrte Leser, ich hatte mir keine Fragen notiert. Was hätte ich noch fragen können? Ich wusste den Namen und hatte die Adresse. So erkundigte ich mich nur, ob es inzwischen noch weitere Informationen gäbe. Nein, gab es nicht. Die Person schien etwas überrascht und deutete noch einmal an, dass sie nie wieder anrufen und jetzt auflegen werde. Ich konnte mich gerade noch rasch bedanken. Das war's. Kurz und knapp.

Ich schicke an dieser Stelle ein dickes DANKE SCHÖN! Ich wünsche mir so sehr, dass Unbekannt sich noch einmal bei mir meldet. Meine Dankbarkeit ist grenzenlos.

Ich glaube, dass durch die Medien, den Bekanntheitsgrad meiner Geschichte und die Dauer meiner Suche doch einige Menschen in den Behörden zum Nachdenken angeregt wurden. Wenn ich nun irgendwo anrief und um Hilfe bat, kam oft die Frage:
„Sind Sie nicht die Frau, die ihre Familie sucht?"

Kein Lebenszeichen

Inzwischen war es April geworden. Vier lange Monate waren nun seit unserem letzten telefonischen Kontakt im Dezember vergangen. Von meiner Mutter bis jetzt kein Anruf, kein Brief. Ich war enttäuscht, aber der September kam ja unaufhaltsam näher. Nur noch fünf Monate bis zu meinem fünfzigsten Geburtstag.

Warten war ich gewohnt, das machte es mir aber nicht leichter. Sie hatte doch gesagt, dass sie mich noch ein bis zweimal anrufen würde und ich wollte doch so gern ein Bild von ihr haben. Es verging eine um die andere Woche. Es kam der 22. Mai. An dem Tag dachte ich ganz besonders an sie, es war ihr 69. Geburtstag. Bestimmt feierte sie im Kreis ihrer Familie. Ob sie wohl ein wenig an mich dachte? Ich gehörte doch insgeheim auch dazu.
So allmählich musste doch etwas geschehen. Innerhalb so langer Zeit musste es doch eine Möglichkeit zum Telefonieren gegeben haben. Ich brauchte doch Informationen. Meine Aufregung war von Woche zu Woche gestiegen. Meine Geduld wurde auf eine harte Probe gestellt. Meine Geduld wurde belohnt.

Hurra! Post aus Amerika. Es war tatsächlich am 22. Mai - am 69. Geburtstag meiner Mutter, als ich endlich Post bekam - einen Eilbrief. Das empfand ich als gutes Omen. Aufregung stieg in mir hoch. Eher zaghaft nahm ich ihn aus dem Briefkasten. In meinen Händen hielt ich einen weißen Umschlag. Ich betrachtete die Schrift und erschrak. Obwohl ich nie die Handschrift meiner Mutter gesehen hatte, wusste ich: Ihre konnte es nicht sein. Ich befühlte den Brief, drehte ihn wieder und wieder in meinen Händen herum, schaute auf die Rückseite und erschrak. Der Absender war eindeutig der Ehemann meiner Mutter. Mein Herz klopfte schneller. Was konnte passiert sein, dass ihr Mann mir einen Brief schrieb? Hatte er etwa von mir erfahren? Wie denn? Meine Mutter wollte ihm doch nichts sagen. Sie hatte immer wieder betont, dass die Familie nichts über mich wissen dürfe. War sie unvorsichtig gewesen und er hatte dadurch meine Briefe gefunden? Und mein Bild? Was konnte in diesem Brief stehen? Eine Drohung, mich von seiner Familie fern zu halten? Ich erwartete nichts Gutes und musste mich erst einmal setzten.

Bewusst langsam öffnete ich den Umschlag und hoffte doch noch auf eine gute Nachricht. Ich zog einen weißen Zettel heraus. Das war kein Brief. Es war die Kopie einer Zeitungsannonce - mit einem schwarzen Rand. Es zeigte das Bild einer Frau - und den Namen meiner Mutter. Ich starrte wie gebannt darauf. Ihr Gesicht! Das erste Mal in meinem Leben sah ich das Gesicht meiner Mutter! Ein freundliches Gesicht mit einem leichten Lächeln. Ich konnte nicht von ihren Augen wegschauen. Meine Augen klebten förmlich an den ihren. Dann erst las ich den nebenstehenden Text, einen sehr kurzen, sehr traurigen Text. „Hy Renate, I have lost my Schatz - George and family!

Es lag auch noch eine Karte dabei. Auf der Vorderseite sah ich das Bild einer roten Rose, auf der Innenseite standen ein Bibelspruch und ein Lebenszitat. Daneben waren unter anderem die Geburts-, Sterbe-, und Beerdigungsdaten meiner Mutter mit den Namen der Sargträger aufgeführt. Ich versuchte zu begreifen.
George hatte mir eine kurze Mitteilung über ihren Tod geschickt. Ich war wie erstarrt. Mir wurde schlecht. Ich kann mich nicht erinnern, was ich in dem Moment gedacht habe. Ich glaube eher, mein Kopf war wie leergefegt.

Wieder schaute ich auf das Bild und mein Blick fiel auf die Namen ihrer Familienangehörigen. Meine Augen hefteten sich auf zwei mir schon bekannte Namen: Es waren die meiner beiden mittleren Brüder, die ich so lange gesucht hatte - eben nur in Deutschland.
Ich war fassungslos, ihre Namen in der Annonce zu lesen. Ich wäre nie auf die Idee gekommen, sie im Ausland zu suchen und schon gar nicht bei meiner Mutter in Amerika. Weitere fünfundvierzig Namen verschiedenen Ursprungs waren unter ihrem Bild aufgeführt. Amerikanische ebenso wie mexikanische, spanische und auch deutsche.

Ich hatte bis zu diesem Zeitpunkt gedacht, schon so ziemlich alle möglichen Gefühle durchgemacht zu haben, doch die jetzigen stellten alles in den Schatten.
Entsetzen und Hoffnungslosigkeit erfassten mich, weil mir schlagartig klar wurde, dass dies nun endgültig war und ich nun niemanden mehr hatte, der mir etwas von

meinem Vater berichten könnte. Völlige Ratlosigkeit, wie es überhaupt weiter gehen sollte.

Gedankenchaos, Stiche in der Herzgegend, spürbare Schmerzen wanderten in meinem Körper hinauf, hinab und wieder zurück, tagelang war ich wie benebelt. In diesem Zustand zu arbeiten wäre verantwortungslos gewesen. So nahm ich mir ein paar Tage frei. Ich war wirklich krank. Ich konnte mich auf nichts konzentrieren. Zeitungen las ich nur quer, Fernsehsendungen liefen einfach an mir vorbei. Am Ende eines Berichtes oder Films wusste ich nicht mehr, um was es da eigentlich gegangen war.

Ich musste unbedingt wieder zu mir kommen, klare Gedanken mussten her, aber wie sollte das gehen angesichts dieses Dramas? Ja, für mich war es ein Drama! In mir war alles zusammengebrochen. Vor allem die Hoffnung. Was macht ein Mensch ohne jede Hoffnung? Ohne jede Chance, etwas über sich selbst und die Herkunftsgeschichte zu wissen? Wie sollte ich nun noch etwas über meinen Vater erfahren? Ich hatte nicht einmal einen Namen. Der einzige Mensch, der unsere ganze Geschichte kannte, hat mich wieder verlassen, wenn auch unabsichtlich - hoffentlich. Meine Fantasie vollführte zeitweise Kapriolen und brachte einen befremdlichen Gedanken hervor: Hatte sie aus Angst vor Entdeckung ihres großen Geheimnisses etwa einen Freitod begangen? Was, wenn meine Mutter diese neue Situation doch nicht hatte aushalten können? Was, wenn George doch dahintergekommen war und es einen fürchterlichen Krach gegeben hatte? Vielleicht hatte er gedroht, sie zu verlassen? Für mich schwer vorstellbar, aber nicht unmöglich.

Ich hoffte inständig, dass diese Umstände nicht eingetreten waren. Mit dieser Schuld müsste *ich* dann weiterleben. Tagelang machte ich mir Gedanken über die Schuldfrage. Wer trug hier eigentlich an was Schuld? Und hatte ich nicht auch Rechte? Das Recht, meine Herkunft zu erfahren? Ich hatte doch all diese unglückseligen Umstände nicht herbeigeführt.

Es brannte mir unter den Fingernägeln - ich musste unbedingt zurückschreiben. Doch wie schreibt man einem ahnungslosen Ehemann, dass seine Frau ihm ihr erstes und viertes Kind verheimlicht hat und das vor allem in seiner momentanen Situation? Auch mit diesem Problem schlug ich mich tage,- und nächtelang herum. Sollte ich ihm nur von mir berichten oder auch von Thomas?

Ich entschloss mich, ihm die ganze Wahrheit zu schreiben. Nicht nur von mir, sondern auch von der Existenz meines Bruders zu berichten. Alles andere hätte ich als unfair empfunden. Es wurde höchste Zeit. Ich hatte große Angst, was dies mit ihm machen würde. Was würde dieser schwerwiegende Inhalt bewirken? Bekam er einen Herzanfall? Bekam ich einen Drohbrief? Würde er mich beschimpfen? Würde er einen Anwalt einschalten? Das Erstere machte mir am meisten Sorgen, doch das änderte nichts an meinem Entschluss.

Ich *musste* wissen, was passiert war.

Mein erster Brief an George

Es gab drei schwerwiegende Gründe für diesen Brief und denen wollte ich gerecht werden.

Zunächst wollte ich natürlich mein Beileid ausssprechen, dann musste ich unbedingt wissen, woran sie gestorben war und ich wollte etwas über sie selbst und ihr Leben erfahren. Das war nicht einfach! Hatte ich endlich einen fertigen Text, formulierte ich ihn wieder und wieder neu. Jedes Mal fand ich ihn verbesserungswürdig. Der eine war mir zu lang, ein anderes Mal gefiel mir meine Wortwahl nicht. Selbst am Feinschliff arbeitete ich mehrere Tage. Wie bekommt man es hin, solch eine harte Wahrheit sanft zu verpacken, damit ein Fremder, Nichtsahnender sie verkraftet? Schier unmöglich. Angesichts dieser Erkenntnis wurde mir klar, dass es *den* idealen Text nicht geben kann und entschied mich daher ganz spontan, den letzten Entwurf los zu schicken. Sofort! Bloß nicht noch mal durchlesen! So steckte ich ihn rasch in den Umschlag und klebte diesen in Windeseile zu. Es war für mich ein merkwürdiges Gefühl, ihn nicht mehr, wie die drei vorherigen, an meine Mutter zu adressieren, sondern an ihren Mann. Schnell brachte ich ihn zur Post. Es gab für mich kein Zurück mehr. Er musste weg.
Wieder zu Hause angekommen, fühlte ich mich irgendwie befreit. Die Geheimniskrämerei hatte nun ein Ende. Es stellte sich aber auch ein Glücksgefühl ein. Ich hatte nun jemanden, der meine Mutter genau kannte,

über sie erzählen konnte, und ich hatte ihr Gesicht, die Namen meiner Angehörigen und endlich meine beiden mittleren Brüder gefunden.

Eines der zwei traurigsten Kapitel in meinem Leben ist sicher der Tod meiner Mutter. In den letzten Jahren ging ich durch ein Wechselbad vieler Gefühle, durch ein Tal der Trauer und Tränen und es dauerte lange, bis ich das alles wirklich begriff. Ich fiel in ein tiefes Loch.

Vier Monate sollten doch nur noch vergehen, bis ich das erste Mal meine Mutter *hätte* sehen können. Nicht nur das, ich *hätte* sie berühren, in den Arm nehmen können. Das *hätte* sie zugelassen. Das glaube ich ganz sicher.

Vier Monate nur noch, dann *hätte* ich Bilder meiner Familie betrachten können. Ich *hätte* sicher etwas über meinen Vater erfahren. Ich *hätte* meine - nein, unsere Geschichte erfahren. Wir *hätten* endlich eine richtige Bindung gehabt. Ich *hätte* ihr so gern gesagt, dass ich sie vermisst habe. Eine bis dahin nicht greifbare Leere in mir *wäre* wie weggespült, weg gestreichelt. Ich *hätte* ihr auch gern gesagt, dass ich meinen jüngsten Bruder gefunden habe.

Nur vier Monate *wären* es bis dahin gewesen ..., es war wirklich zum Weinen.

Hätte ich gewusst, was passieren würde, *hätte* ich ihre Stimme aufgenommen. Ich vergegenwärtige sie mir bis heute noch so oft es geht. Noch habe ich sie im Ohr, doch wie lange hält das noch an? Ich habe Angst, mich irgendwann nicht mehr zu erinnern, sie irgendwann nicht mehr zu 'hören'.

Hätte man mir doch eher geholfen, versucht mich zu verstehen, *hätte* damals doch schon die Psychologie eine bedeutsamere Rolle gespielt... *Wären* doch damals die Beamten und Mitarbeiter von ihrem hohen Ross gestiegen...

Hätte und **wäre** sind meist Worte einer Unterlassung, Worte, die man benutzt, wenn man Fehler gemacht hat oder etwas hätte besser machen können oder etwas zu spät erkannt hat.

Nun werde ich damit leben müssen, dass ich nichts weiß, mich nicht wirklich kenne und zuordnen kann. Dies führt sich fort in der Betrachtung meiner beiden Söhne. Ich fürchte, ich muss auch mit dem Umstand leben, dass ich meinen Vater nie kennen lernen werde. Wer bin ich? Es ist unabdingbar, seine Eltern zu kennen um sich selbst zu definieren, sich zu erkennen - innerlich wie auch äußerlich.

Die eigene Mutter ist wirklich die einzige Person, die die ganze und wahre Geschichte kennt und sie weitererzählen kann. Mir wurde nach und nach die ganze Tragweite dieses Geschehens bewusst und es zog mich tief und tiefer.

Es kam noch ein weiteres Problem hinzu. In meiner derzeitigen Verfassung musste ich ja auch noch arbeiten und mein Alltagsleben leben. Das war nicht einfach. Durch die Presse wusste zwar inzwischen mein Freundes-, und Bekanntenkreis Bescheid, aber helfen konnte mir natürlich niemand, auch meine Söhne und mein Klaus nicht. Mein Gefühlsgemisch aus Entsetzen, Trauer und Enttäuschung musste ich allein verarbeiten und bewältigen. Das habe ich bis heute nicht vollends geschafft. Der Tod ist endgültig und mit ihm gingen für mich alle elementar wichtigen Dinge endgültig und unwiderruflich verloren. Als sich genau *das* dauerhaft in meinem Bewusstsein verankerte, kam die Wut - und sie blieb. Sie verändert meine Stimmung, meine Gedankenwelt. Innerlich explodierte ich, äußerlich blieb ich ruhig. Ich versuchte wirklich, dieses Gefühl zu verscheuchen. Dauerhafte Wut ist anstrengend, aber ich wusste nicht, was ich dagegen unternehmen konnte. Vielleicht wurde es besser, wenn ich endlich Informationen von George bekam. Im Moment war der Tod meiner Mutter für mich ja noch ein großes Rätsel. Das >Wie< änderte sicher nichts an der Endgültigkeit, doch vielleicht an meinem Gefühlschaos. Darauf hoffte ich.

Einige Wochen später bescherte mir der Postbote den so heiß ersehnten Brief von George. Ein weißer, dicker DIN A5 Umschlag. Vorsichtig fühlte ich daran herum. Es schien nicht nur einfach ein Brief zu sein. Herzklopfen!! Ich war hin und her gerissen zwischen Freude und Angst. Schnell nach oben damit in die Wohnung. Warum fuhr denn ausgerechnet heute der Fahrstuhl so langsam?
Seeehr vorsichtig öffnete ich den Umschlag. In ihm steckte ein acht! Seiten langer Brief und noch ein weiterer kleinerer Umschlag. Fühlte sich irgendwie weich

an. Zum Vorschein kam ein in Plastikfolie gewickeltes Päckchen. Das musste ich mir unbedingt zuerst ansehen. Die Aufregung stieg. Ganz behutsam wickelte ich die Folie ab - und staunte. Zum Vorschein kam ein weißes besticktes Damentaschentuch. Mir fiel sofort der Duft eines Parfums auf, deshalb also die Folie. Er sollte wohl bis Deutschland anhalten. Hat geklappt.

Doch da war ja noch etwas in dem Taschentuch versteckt! Laangsaam auspacken. Es war ein Ring. Ich musste ihn sofort anprobieren - er passte mir.

Nun öffnete ich einen weiteren noch kleineren weißen Umschlag. Heraus fiel eine Karte.

Soweit ich mich erinnere, saß ich nur da und schaute von einem Bild aufs nächste, denn George hatte mir mehrere Fotos geschickt. Meine Mutter in verschiedenen Jahrgängen und Situationen, vom vierzehnten Lebensjahr bis hin kurz vor ihrem Tod.

Ich konnte überhaupt nicht aufhören, sie anzuschauen. Ich hoffte auf Ähnlichkeiten und musste wirklich nicht lange suchen. Es gab sie - ganz deutlich! Die Überraschungen nahmen kein Ende. Es lagen auch Fotos meiner beiden mittleren Brüder dabei. Endlich hatte ich Gesichter zu meiner Familie! Bisher waren es ja nur Namen und Daten in meinem prall gefüllten grünen Ordner.

Auf zwei der Fotos durfte ich nun auch George selbst kennen lernen. Auf zweien sind er und meine Mutter am Tag ihrer Heirat in Wiesbaden zu sehen.

Ich war überwältigt. Mit einem Brief hatte ich schon

gerechnet, aber nicht über acht Seiten und schon gar nicht mit so vielen persönlichen Dingen meiner Mutter. George musste sich viele Gedanken gemacht haben und es waren sicher nur positive. Sonst ist so etwas nicht möglich. Diese große Geste hat mich sehr berührt. Wie muss ihm dabei wohl zu Mute gewesen sein?

Aber der Reihe nach. Was war wirklich passiert?
George hatte im Nachlass meiner Mutter meine Briefe mit meiner Adresse gefunden, doch er konnte sie nicht lesen, denn seine wenigen Deutschkenntnisse waren verloren gegangen. So hatte er hatte geglaubt, ich wäre eine Bekannte von früher und wollte mir lediglich mitteilen, dass seine Gisela gestorben sei. Dann kam für ihn unerwartet Post von mir zurück. Da ich die Briefe an meine Mutter in Deutsch verfasst hatte, suchte George sich jemanden, der sie für ihn übersetzte. Auf diese Weise musste er nun erfahren, dass sich hinter diesen Briefen eine ganz andere Geschichte, ein Familiengeheimnis verbarg.
Er schrieb mir, dass er immer noch sehr geschockt sei und von allem nichts gewusst habe. Der schlimmste Satz für mich war jedoch: „Hätte ich davon gewusst, wäre alles anders gekommen. Ich hätte auch das akzeptiert, denn ich habe Gisela sehr geliebt."
Wie groß muss ihre Angst gewesen sein und hatte sie ihren Mann so schlecht gekannt? Es muss doch eine Mordsanstrengung für sie gewesen sein, all die Jahre damit rechnen zu müssen, dass diese Vorgeschichte ir-

gendwann durch einen Zufall herauskommt. Bremerhaven ist klein.

In diesen acht Seiten schilderte er mir ausführlich von meiner Mutter, von sich und ihrer beider ersten Begegnung. Acht Seiten in einer schwer lesbaren Handschrift, acht Seiten in Englisch und voller schöner, aber auch schmerzlicher Erinnerung.

Es war Juli 1958, als er als Soldat nach Bremerhaven kam. Kurz darauf im September sah er meine Mutter das erste Mal. Sie arbeitete als Bedienung in der >Odeon-Bar<

Es war für ihn Liebe auf den ersten Blick.

>Ich konnte meine Augen nicht von den ihren lassen. Ich wusste sofort, sie ist die Frau meines Lebens...< schrieb er. Ihr erging es wohl ebenso. Im gleichen Jahr zogen sie nach Zweibrücken. Zu der Zeit war ich zehn Jahre alt. Bis dahin hatten meine Mutter und ich in der gleichen Stadt gewohnt Nun aber entfernte sie sich auch räumlich von mir. Inzwischen hatte ich drei Brüder bekommen.

George und sie heirateten zwei Jahre später in Wiesbaden. Ich war zu dem Zeitpunkt zwölf Jahre alt und hatte gerade das Problem mit meiner Geburtsurkunde.

1961 adoptierte er zuvor noch in Wiesbaden meine beiden mittleren Brüder und genau das war der Grund, warum sich ihre Spur genau dort verlor: Ihr Nachname hatte sich geändert.

In weiteren Briefen bekam ich Bilder meiner Mutter aus verschiedenen Zeitepochen, dazu ein Hochzeitsfoto, je eines von ihrem Urnengrab und mit meinen beiden mittleren Brüdern in jüngeren Jahren.

Er legte jedem seiner Briefe irgendetwas von meiner Mutter bei. Einmal bekam ich viele Kopien ihrer Weihnachtsbriefe, die sie an Verwandte und Freundinnen in Bremerhaven geschrieben hatte. Ich erfuhr auch, dass sie einen jüngeren Bruder Namens Heinz hatte. Leider konnte ich ihn nicht kennen lernen. Er starb mit nur zwölf Jahren am 21.4.1946 an einem Ostersonntag. Mit ihm starben sechs weitere Kinder.

In einer Annonce der Nordsee-Zeitung hieß es:

... der Unglücksfall trat durch die Explosion einer von den Kindern gefundenen Kastenmine ein, so dass wir es hier mit einer bedauerlichen Folgeerscheinung des so schon opferreichen Krieges zu tun haben. Wie gedenken in Wehmut der Verblichenen, unser Mitgefühl gilt den Angehörigen.

Wesermünde, den 23. April 1946

Seit Juli 2001 ist der Briefkontakt mit George leider abgebrochen. Im letzten Brief schrieb er mir:

„... ich habe keine weiteren Informationen für Dich. Bitte keine weiteren Briefe und keinen Kontakt mehr. Ich leide. Es ist vorbei, bitte komme nicht hierher. Danke für alles. Grüße George."

Auch der Kontakt zwischen ihm und meinen Brüdern sei abgebrochen, aber er frage nicht.

Wie traurig. Er hatte so viel für mich getan, mehr konnte ich nicht erwarten. *Ich* konnte nichts für ihn tun.

Auch meinen Brüdern schrieb ich einen Brief. Ich versuchte, ihre Gefühlswelt zu erreichen, ihnen meine Situation zu erklären. Doch sie haben nie geantwortet. Leider hatte ich - wenn auch unabsichtlich - den denkbar schlechtesten Moment gewählt. Der zeitnahe Tod der Mutter und dann noch von der Existenz weiterer Geschwister zu erfahren war sicher nicht leicht. Zu beiden Brüdern habe ich bis heute keinen Kontakt.

Jetzt oder nie!

Es wurde Zeit, sich dieser schwierigen Situation zu stellen. Ich wollte meinen jüngsten Bruder unbedingt kennen lernen. Wieder musste ich einen Brief so schreiben, dass er nicht gleich in den Müll wandert und ihm alle Chancen offenließ. Bloß keinen Druck machen. Die Entscheidung musste bei ihm bleiben.
Ich entschied mich für einen kurzen Text, indem ich ihn nur informierte, dass ich meinen Bruder suche und *wenn* er den Namen ... *hätte* und am ... geboren *wäre*, *könnte* er es sein und er möge sich doch bitte melden, auch wenn er es *nicht wäre* oder keinen Kontakt wünsche. Er könne sich darauf verlassen, dann auch nie wieder von mir zu hören.

könnte, wäre, wenn, hätte ..., da war sie wieder, die Angst vor einer Abweisung. Vorsichtiger und unaufdringlicher konnte ich aber doch einen solchen Brief nicht formulieren.
Ich wartete und wartete - nichts geschah. Mit einer Ablehnung hätte ich besser umgehen können, als mit diesem Schweigen. So wusste ich nicht einmal, ob er nun der Falsche war oder einfach nicht interessiert. Doch meine Hoffnung blieb.

Endlich Wochenendfrei! Mein Klaus holte mich mit dem Auto von Bremen ab - auf nach Bremerhaven. Natürlich hatte ich seit Wochen darüber nachgedacht, wie ich ein Treffen mit meinem Bruder hinbekäme. Ich dachte an nichts anderes mehr. Ich musste dieses

Problem lösen. Es liegt mir nicht, überfallartig irgendwo zu klingeln, umso erstaunter bin ich heute noch über meine Worte: „Bieg' ab, sofort! Wir fahren zu Thomas!" Wenn ich es jetzt nicht tat, würde ich es wohl niemals tun.

Klaus reagierte sofort und zack, waren wir auf der Abbiegespur. In meinem Kopf hämmerte es. Nur nicht darüber nachdenken, was gleich alles geschehen *könnte*. Gewinnen oder verlieren, dazwischen gab es nichts.

Der Weg war kurz, zu kurz für ein Umdenken und das war gut so. Ehe ich mich versah, hielten wir vor dem Haus. Und nun? Erst einmal durchatmen und schauen. Erstmal einen ersten Eindruck verschaffen. Was ich sah, gefiel mir und machte Mut. Klaus schaute mich nur fragend an. Er fühlte, dass ich hochgradig gestresst war und ich glaube, er hatte die Befürchtung, dass ich es doch nicht schaffen würde.

Doch, ich schaffte es! Mit leicht wackeligen Beinen stieg ich aus dem Auto - allein.

Schmerzhaftes Herzklopfen begleitete mich bis zur Haustür. Gerade wollte ich klingeln, als sich wie von Geisterhand die Tür öffnete. Ich wollte mich vorstellen, kam aber nur bis: „Mein Name ist… ." Mit einem Lächeln und den Worten: „Ich weiß, wer Sie sind." wurde ich ins Haus gebeten. Tja, was soll ich sagen? Es war tatsächlich meine Schwägerin. Da saßen wir nun im Wohnzimmer und betrachteten uns bei einem

Small Talk. Sie hatte uns vor dem Hause stehend beobachtet und - wie sie sagte - auch schon länger vermutet, dass ich irgendwann einmal vor der Tür stehen würde. Trotz ihres Hinweises an ihren Mann: „... dann muss sie nicht mehr suchen..." hatte sie meinen Bruder nicht überreden können, mir in irgendeiner Form zu antworten.

Ich denke, dass auch er die gleichen Befürchtungen hatte wie ich. Wer genau tritt da in mein Leben? Was kommt da auf mich zu? Was genau will diese fremde Person eigentlich? Will *ich* sie? Bringt sie Freude oder Stress? Er wollte wohl auch keine Konfrontation mit unserer Vergangenheit. Vielleicht wollte er aber auch nur seine Familie vor der Unbekannten schützen. Außer seiner Frau wusste niemand von seiner Adoption und so sollte es bleiben.
Inzwischen hatte ich Klaus in's Haus geholt. Vor Aufregung hätte ich ihn fast vergessen - aber nur fast. Meine Schwägerin sagte uns, oben >mache der Kleine< gerade seinen Mittagsschlaf. Wie bitte? Welcher Kleine? Ja, ich habe einen Neffen. Ich kann's kaum glauben und bin hocherfreut. Weiterer zwangloser Gesprächstoff - hurra! Was hatte ich nur für ein Glück!

Was war denn nun aber mit meinem Bruder? Er war bei seinem Freund und half ihm beim Dachdecken ganz in der Nähe und ja, wenn mein Neffe gleich wach würde, wollten wir uns auf den Weg machen. War das noch zu toppen?

Taps - Taps - Taps auf der Treppe - >der Kleine< kam die Treppe herunter. Es dauerte nicht lange, bis er sich vertrauensvoll auf meinen Schoß setzte und wir uns unterhielten. Es wurde noch besser. Für uns alle überraschend zog er mich die Treppe hinauf in sein Zimmer und schon lagen wir am Boden und spielten. Ich hatte nicht im Entferntesten das Gefühl, für ihn eine Fremde zu sein. Das Glück war mit mir.

Es war soweit. Wir machten uns auf den Weg. Endlich sollte ich meinen Bruder kennen lernen. Ihn das erste Mal sehen, das erste Mal mit ihm sprechen.

Ich war sehr aufgeregt. Wie würde die Begegnung ablaufen? Wie würde er reagieren? Für ihn war die Überraschung ja noch größer als für mich. Er war völlig unvorbereitet. Angst beschlich mich. Vielleicht fühlte er sich überrumpelt und reagierte ablehnend. Eine ungesunde Mischung aus Freude, Unbehagen, Angst und Unsicherheit breitete sich mal wieder in mir aus. Im Moment ruhte meine ganze Hoffnung auf meiner Schwägerin. Sie schien gelassen und wirkte sicher. Sie schien diese Befürchtungen nicht zu haben - oder konnte sie gut verbergen. Ich hoffte auch, dass sie keinen Ärger wegen dieses unerwarteten Zusammentreffens bekäme. Schließlich dachte ich mir: Sie wird wissen, welches Risiko sie eingeht. Sie kann ihren Mann am besten einschätzen und hätte mich wohl nicht zu ihm geführt, wenn ich es ihr nicht wert gewesen wäre. Mehr Zeit zum Nachdenken blieb mir nicht. Wir waren angekommen.

Meine Schwägerin ging mit meinem Neffen durch die Gartenpforte, Klaus und ich blieben davorstehen. Meine Anspannung hatte ihren höchsten Pegel erreicht. Mein Zustand grenzte bald an Organversagen. Mein Herz pochte wild, Berg-, und Talfahrt im Magen, undefinierbares Gefühl im Bauchraum, frieren im Sommersonnenschein und weiche Knie, Kloß im Hals. Das konnte ich bestimmt nicht lange aushalten.

Wie würde es gleich weiter gehen? Ich sah und hörte gar nichts. Was auch immer geschah, es spielte sich hinter dem Haus ab.

Ich schätze, sie wird ihn klugerweise erst einmal vom Dach gebeten haben. Kurze Zeit später kam mein Bruder langsam durch die Pforte auf mich zu. Ich weiß nicht mehr, wer zuerst reagierte.

Eine verhaltene, aber freundliche Begrüßung. Wir reichten uns die Hand, checkten einander ab, versuchten, uns blitzschnell ein Bild voneinander zu machen, einen ersten Eindruck zu gewinnen. Ich war so froh. Er wirkte nicht ablehnend, eher abwartend. Das machte Hoffnung.

Ich erinnere mich wirklich nicht mehr genau, wer was wann sagte, die Anspannung war einfach zu groß.

Doch ich weiß noch, dass Thomas sagte: „So lange hast Du mich also gesucht…" Ich nickte. „Ja, zehn Jahre lang. Seit 1993 weiß ich, dass es Dich gibt."

Das schien ihn zu beeindrucken. Sein Gesichtsausdruck veränderte sich etwas - ein erstes leises Lächeln? Der Bann schien gebrochen. Mein Blick fiel auf meine Schwägerin. Hilfe!! Sie begriff, reagierte sofort und sprach eine Einladung für den nächsten Nachmittag aus. Ich platzte fast vor Glück.

Ich durchlebte ich diesen besonderen Samstag wieder und immer wieder - in Dauerschleife. All die zermürbenden Gedanken, die Ängste, das Auf und Ab der Gefühle, die Zweifel wurden abgelöst durch die allererste wunderbare Begegnung mit meiner neuen Familie.

Die alles entscheidende Einladung

Diese Einladung war natürlich eine - nein, *die* größte und wahrscheinlich einzige Chance, die Beziehung zu meinem Bruder zu festigen. Ich konnte ihn nur durch eine vorsichtige und langsame Annäherung gewinnen. Ich musste Vertrauen aufbauen. Er musste die Sicherheit haben, dass ich sein Leben und das seiner Familie nicht durcheinanderbringe. So quälte ich mich mit der Frage herum, welche Themen ich wann und wie genau ansprechen sollte. Natürlich gab es ein Grundthema: UNS. Doch so schwerwiegend wollte ich gar nicht beginnen. Ich wollte locker und entspannt einsteigen Doch wie sollte ich das angesichts dieser aufregenden Situation schaffen? Ich war alles andere als locker und entspannt.

Ein Treffen war sehr viel persönlicher, als einen Brief zu schreiben oder zu telefonieren. Es war auch einfacher, weil ich seine Mimik und Stimmung einfangen und mich somit anpassen konnte. Mein Vorteil - unser Vorteil. Natürlich fragte ich mich angesichts unserer Familiengeschichte: Wollte er überhaupt und wenn, wie viel und über was genau reden? Was genau wusste er eigentlich?

Ich hatte schon wieder so viele >Wenn<, >Aber< und Zweifel, dass ich Kopfweh bekam. Bloß kein Risiko eingehen, bloß nicht diese einmalige und wunderbare Chance gefährden.

Mir wurde bewusst, dass ich dieses Treffen und den Verlauf der Gespräche nicht allein beeinflussen und steuern konnte - und doch auch gar nicht musste. Ich war ja nicht allein. Einen Teil meiner Hoffnung auf ein gutes Gelingen setzte ich auf meine Schwägerin. Sie hatte diese Einladung ja sicher nicht grundlos ausgesprochen. Das andere Teil Hoffnung lag bei Klaus. Es gibt ja schließlich auch noch Männerthemen.

Der Nachmittag kam. Das Wetter war mit uns. Sommer, Sonnenschein und wir fünf in gemütlicher Runde im Garten, Trotzdem war eine gewisse Anspannung deutlich zu spüren, besonders bei Thomas und mir.
Zunächst aber erst einmal Kaffee und Gebäck. Prima! Kaffee tut immer gut und mit einem Keks im Munde ist nicht gut sprechen. Mir hat's in der Situation geholfen. Wenn ich nicht wusste, was ich reden sollte, half ein Keks. Zeit zum Nachdenken.
Weitere Hilfe bahnte sich an. Der Kleine und die Katze. Kinder und Tiere sind Themen, die immer gehen. Ein guter Einstieg!
Trotz allem, irgendwann musste ich unser gemeinsames Thema anschneiden. Ich hatte meine Geburtsurkunde und einige Unterlagen unserer Mutter, die ja kurz zuvor verstorben war, mitgebracht. Thomas holte ebenfalls seine Unterlagen und wir verglichen die Urkunden.
Ja - wir hatten die gleiche Mutter. Alles war identisch. Wir stellten fest, dass wir in der gleichen Stadt geboren und vom gleichen Amt verwaltet wurden.
Thomas erzählte mir, dass er schon als Säugling adoptiert wurde, es jedoch erst mit siebenundzwanzig Jah-

ren und kurz vor seiner Hochzeit erfuhr. Mit seinen Adoptiveltern hatte er es gut getroffen und das freute mich sehr.

Inzwischen waren wir alle etwas aufgetaut und die große Anspannung löste sich. Thomas erzählte aus seinem Leben, ich hörte wie gebannt zu, war überglücklich. Ein Anfangsvertrauen schien hergestellt, er schien die neue Situation angenommen zu haben und einer vorsichtigen Annäherung nicht abgeneigt. Der Nachmittag verlief sehr harmonisch und alle trugen dazu bei. Jeder erzählte etwas von sich. Der Kleine wollte spielen und wir hatten viel Spaß.

Natürlich erzählte ich - wenn auch sehr dosiert - aus meinem Leben. Diese gute Stimmung wollte ich nicht trüben.

Irgendwann ging natürlich auch dieser schöne Tag zu Ende und es war an der Zeit, sich zu verabschieden. Ich wollte unser erstes richtiges Beisammensein auch nicht überstrapazieren. Beim Abschied versicherte ich ihm, dass ich nun nicht täglich vor der Tür stände oder am Telefon hinge. *Er* solle das Tempo vorgeben. Er lächelte und ich glaube, er war erleichtert.

Nun mussten wir alle erst einmal diese neue Situation verarbeiten und bewerten.

Wie bedauerlich, dass niemand es jemals für wichtig hielt, uns zu sagen, dass wir Geschwister sind. Ich musste zehn Jahre lang suchen und fünfzig Jahre alt werden, um meinen Bruder kennen zu lernen und er wusste nicht einmal, dass es mich überhaupt gab, dass er noch weitere Geschwister hat. Hätte ich nicht nach ihm gesucht, hätte er es wohl nie erfahren. Wie traurig, dass wir nicht miteinander aufwachsen konnten.

Wir beide konnten natürlich nichts nach,- oder aufholen, nur versuchen, uns in behutsamer Weise zu nähern, uns besser kennen zu lernen, um so Vertrauen aufzubauen und irgendwann vielleicht einmal zu fühlen, dass wir Geschwister sind. Heute glaube ich, dass uns das ein gutes Stück weit gelungen ist. Ich freue mich, gerade diesen Bruder zu haben.

Drei Worte haben für mich eine ganz neue Bedeutung bekommen, denn nun kann ich sie für mich in Anspruch nehmen:

Bruder, Schwägerin und Neffe = Familie.

Ihr drei habt es mir sehr leicht gemacht.

Ich danke Euch dafür!

Medieninteresse

1998 drehte das ZDF eine Dokumentation über meine Suche. Das Team suchte mit mir verschiedene Behörden auf, wir landeten wieder im Standesamt. Es ist doch immer wieder erstaunlich, wie viel mehr die Presse bewirken kann.

Plötzlich lag das dicke Geburtenregisterbuch 1948 Band 3 vor mir - und ich durfte sogar darin blättern. Wieder ein schwer zu beschreibender Moment der für mich sogar noch einmal etwas Neues brachte: Den genaue Zeitpunkt meiner Geburt: 10:00 Uhr. Diese Information machte mich wieder einmal glücklich und wird sich später bestätigen. So reihte sich wieder ein kleines Puzzleteil ein. Fehlende Puzzleteile zu finden war inzwischen zu meiner Lebensaufgabe geworden. Das ZDF strahlte diesen Beitrag in >Hallo Deutschland< aus, andere Medien zogen nach.

Nicht nur verschiedene Sender, Zeitungen und Illustrierte interessierten sich für meine Geschichte. Im Jahre 2000 meldete sich eine Bremer Hochschule, die sich sozialwissenschaftlich gerade mit diesem Thema auseinandersetzte und mich um einen Vortrag bat. Diese Aufgabe war neu für mich. Ich musste den Spagat schaffen, den Studenten zum einen das Thema selbst mit all seinen Facetten sachlich und verständlich darzulegen, aber auch meine persönliche Geschichte anschaulich und emotional zu erzählen. Ich musste sie erreichen. Es war das erste Mal, dass ich mich mit diesem Thema vor ein größeres Publikum begab.

Der Raum war bis auf den letzten Platz besetzt. Nun wusste ich, wie sich Lampenfieber anfühlt. Ich hatte mir natürlich ein Redekonzept geschrieben und wusste, dass ich die Zuhörer gleich zu Beginn fesseln musste. So begann ich mit meiner eigenen Geschichte, den Erlebnissen während meiner Suche und schlug einen Bogen zu den Problemen der Adoptierten mit sich selbst und insbesondere mit den Behörden. Es war so still im Raum, dass ich eine Stecknadel hätte fallen hören können. Alle Augen und Ohren waren mit großem Interesse auf mich gerichtet.

Ich weiß nicht mehr, wie lange mein Vortrag dauerte, doch ich hatte das Gefühl, dass alle sehr beeindruckt und auch berührt waren. Ich glaube auch, dass sie mit diesem speziellen Thema in seiner Gesamtheit noch nie so konfrontiert wurden, das bewiesen sie nicht nur anschließend mit ihren nicht enden wollenden Fragen.

Zu meiner großen Überraschung bekam ich Monate später ein Päckchen. Einer der Studenten hatte sich in einem sehr rührenden Brief und einem selbst geschriebenen und komponierten Lied für meinen Vortrag bedankt. Bis dahin war mir die Tiefenwirkung meiner Worte gar nicht so bewusst und ich war sehr erstaunt, wie empfindsam er in seinem Lied unsere Gefühle und Wünsche beschrieb - und das als nicht Betroffener. Jedenfalls empfand ich es als großes Kompliment und Bestätigung, mit meiner Aufklärungsarbeit auf einem guten und richtigen Weg zu sein.

Ebenfalls in diesem Jahr wandte sich auch die Redakteurin einer bekannten Illustrierten an mich. Sie bat mich um ein Interview, um dann einen mehrseitigen bebilderten Artikel heraus zu bringen. Zunächst war ich sehr skeptisch. Einen reißerischen oder gar tränenschwülstigen Bericht über meine Familiengeschichte wollte ich auf gar keinen Fall, deshalb stellte ich einige Bedingungen und willigte dann ein. So geschah es, dass mich kurze Zeit später Herr W.- ein Fotograf und Herr H. - ein Journalist - besuchten. Schon Tage zuvor kramte ich aufgeregt Briefe, Bilder und meine Aufzeichnungen hervor.

Bevor wir uns auf den Weg machten, bereiteten wir drei uns in langen, intensiven Gesprächen vor. Zwei Tage waren eingeplant für Gespräche mit verschiedenen Behörden, für die Suche nach Zeitzeugen mit Interviews und Fotos. Ein straffes Programm.

Wir begannen genau dort, wo meine Mutter bei meiner Geburt gemeldet war.

Wir mussten unbedingt Menschen finden, die schon sehr lange in ihrem Haus wohnten. Ich las die Namensschilder und klingelte nach Gefühl. Tatsächlich, es öffnete uns ein alter Mann. Er selber konnte sich nicht erinnern, gab uns aber eine Hausnummer in der gleichen Straße mit dem Hinweis, dass Frau H. auch schon älter sei, lange hier wohnen würde und etwas wissen könne. Welch ein Glück wir doch hatten.

Wir verloren keine Zeit und machten uns voller Hoffnung auf den kurzen Weg zu Frau H.

Doch schon Minuten später verließ uns das Glück. Es öffnete niemand. Enttäuscht verließen wir das Haus und standen noch etwas ratlos vor dem Eingang herum, als zwei Frauen aus einem Auto stiegen und auf uns zukamen. Wir schalteten sofort und fragten die ältere Dame:

„Sind Sie Frau H.?"

„Ja und das ist meine Tochter."

Wir erzählten ihr zunächst kurz unser Anliegen und hofften, dass sie uns in ihre Wohnung einlud. Sie erkannte den ernsten Hintergrund meiner Situation und schon ein paar Minuten später saßen wir in ihrem gemütlichen Wohnzimmer und sprachen über die Vergangenheit. Das Glück war zurückgekehrt. Zu meiner großen Freude kannte Frau H. meine Mutter tatsächlich.

„Sie besuchte doch es Öfteren meine Untermieterin, die beiden waren befreundet."

„Der Name? Wissen Sie noch den Namen?", rief ich hoffnungsvoll.

„Leider nein, es ist zu lange her. Ihre Mutter war doch auch am Tag ihrer Geburt hier, ich weiß es genau. Frau Tibus, Sie sind doch in meiner Wohnung geboren! Da mals wohnte ich zwar noch im zweiten Stock, aber die Zimmer sind alle ziemlich gleich und kaum verändert. Wollen wir mal hineingehen?"

Obwohl es nicht wirklich *mein* Geburtszimmer war, wollte ich das sehr gerne. Es gab nicht viel zu sehen, doch ich versuchte, mir die Situation von damals vorzustellen.

Frau H. erinnerte sich auch nach so vielen Jahren noch sehr genau daran und erzählte uns ihre Version.

Sie war damals zum Einkaufen gegangen und ihr Mann blieb zu Hause. Eines Vormittags besuchte meine Mutter ihre Freundin. Plötzlich kamen ungewöhnliche Geräusche und Laute aus dem Zimmer. Was war passiert? Ich hatte es eilig und so kam ich genau hier auf die Welt, morgens um 10:00 Uhr.

Frau H. schaute ihre Tochter an und sagte sehr energisch: „Seit 1939 wohne ich schon in diesem Haus. Ich war doch gerade einkaufen, aber Vati hat doch noch bei der Entbindung mitgeholfen und dann ging's ab ins Krankenhaus, aber in welches nur?"

Das wusste sie nicht mehr. Ihre Tochter konnte uns nicht helfen, sie ist jünger als ich und Herr H. war leider schon gestorben. Aber halt - da gab es noch eine kleine Hoffnung: Frau H's Sohn. Er war zu der Zeit schon neun Jahre alt. Konnte er sich an einen bestimmten amerikanischen Soldaten und meine Mutter erinnern? Die Tochter telefonierte mit ihm. Nein, er konnte sich nicht erinnern.

Ich weiß nicht mehr, wie lange wir dort gesessen und in Erinnerungen gekramt hatten. Ich bin den beiden Damen sehr dankbar für die Zeit und ihre große Hilfsbereitschaft. Hätte ich Frau H. nie getroffen, wäre mir dieser für mich so wichtige Aspekt meines genauen Geburtsortes und die dazu gehörige Geschichte gänzlich verborgen geblieben.

Ich finde es schon wichtig, genau zu wissen, wo wie und unter welchen Umständen man geboren wird. Für mich gab es nur drei Möglichkeiten.

Was das Krankenhaus betraf, gab es nur drei Möglichkeiten. Eines im Stadtteil >Lehe<, ein weiteres im Stadtteil >Mitte< und das St.-Joseph-Hospital, auch im Stadtteil >Mitte<. So begab ich mich wieder einmal hoffnungsvoll auf die Suche. Wie lange werden Krankenhausakten aufbewahrt? Ich war inzwischen ja schon vierundfünfzig Jahre alt.

Das Krankenhaus >Mitte<, welches am wahrscheinlichsten in Frage gekommen wäre, gab es leider nicht mehr. In den zwei anderen Krankenhäusern die gleiche Antwort. Es sei zu lange her, die Unterlagen seien irgendwann entsorgt worden. Ich kam zu spät und das war nicht das letzte Mal.

Was gäbe ich dafür

So sehr ich auch in meiner Erinnerung grabe, sie reicht nur bis zu meinem circa vierten Lebensjahr zurück. Ich war bereit, alles dafür zu geben, mich viel weiter zurück erinnern zu können! Zurück bis in die ersten Monate und Tage meines Lebens, um in die Geschichte meiner Mutter und somit meiner eigenen eintauchen zu können.

Dieser Wunsch nach frühester Erinnerung ist natürlich illusorisch, denn wir alle wissen, dass das nicht geht - oder doch? Experten sagen, dass sie Menschen so tief in Hypnose versetzen können, dass eine Rückschau bis in die früheste Kindheit möglich ist. Wie lange zurück bedeutet dieses >Zurück<? Ich habe mit Betroffenen gesprochen. Ihre Erfahrungen und Aussagen sind genauso unterschiedlich wie die Menschen und ihre Schicksale selbst. Die Erwartungshaltungen und Hoffnungen auf Erkenntnisse aus ihrer Vergangenheit waren enorm hoch. Sie mussten jedoch zu ihrer großen Enttäuschung feststellen, dass es ihnen nicht gelungen war, sich an ihre Geburt, Geschehnisse in ihrer Säuglingszeit oder frühesten Kleinkindzeit zu erinnern.

Die einzige Erkenntnis war, dass sie keine wahren Erkenntnisse bekamen. Die meisten fielen in ein dunkles Loch, zweifelten noch mehr an sich selbst und dem Sinn ihres Daseins als zuvor und brauchten teilweise Unterstützung um einigermaßen durch ihr Leben zu kommen. Manche waren nach dieser Rückwärtsreise nicht mehr in der Lage, ihren Job auszuführen, manche brachen aus Beziehungen aus. Manche fingen sich, manche nicht.

Ich war lange Zeit hin und her gerissen zwischen Vernunft und Verlangen, habe mich aber entschlossen, diesen Weg mit all diesen Risiken nicht zu gehen. Es brennt immer noch in mir zu erfahren, was *vor* meiner Erinnerung passierte, aber nicht um jeden Preis. Nicht um *diesen* Preis. Ich fühle mich stabil und stark und habe den - zugegeben - subjektiven Eindruck, es geht mir relativ gut mit all meinen Höhen und Tiefen. So soll es bleiben.

Ich betrachte meine Aufzeichnungen als einen Teil meiner eigenen, mir selbst verordneten Therapie.

Fotosafari in die Vergangenheit

Im Januar 2003 fuhren der Fotograf Herr W. und ich los. Er wollte für den Bericht mit mir einige Stationen meines früheren Lebens aufsuchen und aussagekräftige Fotos machen. Schon am Abend zuvor fühlte ich eine Mischung aus verhaltener Freude und Neugier, die Stätten meiner Kindheit wieder zu sehen. Meine Anspannung war dennoch groß, denn ich wusste nicht, was die erneute Begegnung mit der alten Zeit in mir auslösen würde. Es wurde ein Tag voller Überraschungen und Emotionen. Zunächst aber waren wir wieder einmal an meiner Geburtsstätte in der Scharnhorststraße. Von dort hatte man eine Aussicht auf die alten amerikanischen Kasernengebäude und die wollte Herr W. fotografisch >in Angriff< nehmen. Doch er hatte Pech. Geparkte Autos soweit das Auge reichte. Diese Blechlawine versperrte ihm den Blick. Na klar - es war Sonntag, zudem noch schlechtes Wetter. Alle waren daheim. Diesen Plan gab er enttäuscht auf.

Die nächste Fotostation war die Marineortungsschule (MOS) Sie war früher auch ein Standort für die amerikanischen Soldaten. Von 1945 bis 1957 übernahm die US-Navy sämtliche Einrichtungen, dazu Schiffe, Boote und Hilfsfahrzeuge der Kriegsmarine. Der Auftrag war, die Hinterlassenschaften des zweiten Weltkrieges zu beseitigen, also nach Minen zu suchen und diese und versenkte Schiffe zu beseitigen. An einer Mauer fanden wir einen idealen Hintergrund für ein Foto mit mir. Ganz bezeichnend: Der große Riss quer über die rote

Backsteinmauer entsprach so ganz meinem derzeitigen Gefühl - meiner großen inneren Zerrissenheit.

Weiter ging's zur ehemaligen Wohnung meiner Pflegeeltern, dorthin wurde ich ja aus dem Heim >fremd platziert<, wie es im Fachjargon hieß.

Als wir aus dem Auto stiegen, ging die Hauseingangstür auf. Eine Frau kam heraus. Ich hörte mich rasch sagen:

„Lassen Sie bitte die Tür offen, wir möchten da hinein."

Ich erklärte ihr nur, dass ich hier einmal gewohnt hätte und Rückschau halten möchte. Wir gingen die Treppe zum zweiten Stock hinauf. Die gleichen kackbraunen Treppen wie damals. Dort oben stand ein Mann. Ich erklärte auch ihm unser Anliegen und fragte, wer jetzt dort wohne. Die Wohnung sei leer aber er hätte den Schlüssel. Ich fragte, ob wir hineindürften. Da war mir schon etwas mulmig zu Mute. Er schloss uns auf.

Was tat ich mir da an? Was erwartete ich eigentlich? Wollte ich wirklich alles genau so wiedersehen, wie es vor fünfzig Jahren aussah? Und wenn, warum? Ich glaube nicht, dass ich eine feste Vorstellung hatte.

Mein Magen sprach leise mit mir. Ich hatte einige unangenehme Situationen vor Augen und Stimmen im Ohr. Ich schwitzte. Der erste Schritt in die Wohnung war der schwierigste. Im Geiste sah ich natürlich die Wohnung von früher. Dachte ich doch, mit dem ersten Schritt gleich in der Küche zu stehen. So wie damals. Doch so war es nicht. War ja auch blöd von mir.

Welche Wohnung mit Klo auf dem Balkon und ohne Bad hätte zu der Zeit noch Bestand? Herr W. öffnete mir die Tür. Ganz langsam und etwas beklommen überschritt ich die Türschwelle, so als ob ich irgendetwas Unvorhergesehenes erwartete.

Fast nichts war so wie damals. Die Zimmer waren völlig leer. Ein Teil der Küche war zum Bad geworden, man hatte die Wohnung mit Durchbruch zur Nebenwohnung erweitert. Frühere Wände waren weg. Die Tür, durch die ich als Kind nie gegangen bin, war jetzt ein Durchgang. Kein Balkon mehr, meine >Rollschuhpiste< war weg. Der Hinterhof war nicht mehr der gleiche und die Waschküche existierte nicht mehr.

Ich ging von Raum zu Raum und versuchte, vergessene Erinnerungen einzufangen, schaute aus dem Wohnzimmerfenster wie damals, sah das Haus gegenüber. Dort wohnte meine Freundin mit der Zahnspange. Wir konnten uns vom Balkon aussehen und Zeichen geben, wenn wir uns verabreden wollten oder ich mal wieder nicht hinausdurfte. Es gab auch eine stille Kommunikation zwischen uns, wenn bei uns zu Hause mal wieder die Bude kochte. Ich sprach mit niemandem wirklich über die Vorfälle, aber sie waren allgemein bekannt und Kinder sind hellhörig, wenn Erwachsene tuscheln. Sie sprach mich nie darauf an.

Auch Hr. W. schaute aus dem Fenster und ich weiß nicht mehr, wer von uns beiden sie zuerst sah. Er fragte mich, wofür das Ding diente. Meine Erinnerung war wieder da: Dieses >Ding< war die Umlenkrolle für unsere Wäscheleine. Gegenüber an einem geteerten Pfahl hing die zweite Rolle. Über diese beiden Rollen zogen wir dann die Leine mit der Wäsche hin und her. Dem Himmel sei's getrommelt und gepfiffen - ich hatte ja einen 1,96 Meter großen Mann bei mir. Nun gehört das Ding mir. Eine fast vergessene Erinnerung. Ein Relikt aus meiner Kindheit.

An dem Tag ging alles so schnell, dass für Gefühle und in sich hinein horchen kaum Zeit blieb, Enttäuschung, dass die Wohnung mir so fremd geworden war. Ich glaube, es wäre besser gewesen, sie hätte noch so wie früher ausgesehen. Vielleicht hätte es mir mehr geholfen, wenn *ich* hätte einen Abschluss machen können. So *wurde mir* ein Abschluss bereitet. Das ist ein gewaltiger Unterschied. Alles was man selber abschließt, findet auch *wirklich* und *in* einem statt.

Erneute Spurensuche

2003 - wieder einmal unterwegs in die Vergangenheit, dieses Mal allein.

Zum zweiten Male führte mich der Weg in's Bremerhavener Stadtarchiv. Ich wollte unbedingt noch einmal überprüfen, ob ich 1994 etwas übersehen hatte. Es gab einfach noch zu viel Ungeklärtes, zu viele Lücken. Dieses Mal fand ich offene Ohren, großes Verständnis und Interesse. Intensiv suchten sie nach Unterlagen und meinten - schon fast entschuldigend –

„… Leider haben wir hier nur Ihre Meldekarte, die Ihrer Mutter und Ihrer drei Brüder…"

NUR?? Ich bekam Herzrasen. Endlich! Wo waren denn diese Karten, als ich 1994 danach fragte? Es stand so viel drauf, vor allem so v i e l e Adressen. Meine Mutter war in zwölf Jahren siebzehn Mal umgezogen - Donnerwetter! Mein ältester Bruder durfte innerhalb der ersten elf Jahre acht Mal umziehen, mein zweiter Bruder innerhalb von sieben Jahren fünf mal. Was war denn da bloß los gewesen?

Nun ging alles von Neuem los. Anfrage bei Behörden, Zeitzeugen suchen, Archive durchblättern und vieles mehr.

Auf der Karte meines jüngsten Bruders stand nur sein Geburtsname und sein Geburtsdatum. Weiter nichts, nichts Neues. Ich kannte ihn ja nun schon. Er ist sechs Jahre jünger als ich. Als er geboren wurde, befand ich mich schon in meiner Pflegefamilie.

Noch etwas fiel mir auf der Meldekarte meiner Mutter

auf: Die Adresse und der Name eines Mannes, bei dem sie zum Zeitpunkt der Schwangerschaft mit Thomas gelebt hat. Ein amerikanischer Captain zu der Zeit. Sollte er der Vater meines Bruders sein? Unglaublich - auf der Suche nach meinem Vater fand ich tatsächlich seinen? Ich war aufgeregt. Was nun?

Was mache ich jetzt? Er ist zu diesem Thema insgesamt nicht sehr redselig. Ich fragte ihn einmal, wie er es empfindet, dass ich in sein Leben getreten bin.

Er sagte: „Es ist okay, dass Du mich gefunden hast und da bist. Ich hätte Dir aber nie auf Deinen Brief geantwortet." Er charakterisierte mich recht positiv - mit knappen Worten, wie es ebenso seine Art ist.

Ich fragte ihn auch, ob er seinen leiblichen Vater kontaktieren möchte. Seine Antwort: >Die Vergangenheit interessiere ihn nicht. Seine Adoptiveltern seien seine Eltern. Er und seine Adoptivschwester hatten es bei ihnen sehr gut gehabt und das zählt<.

Das war die längste Antwort, die ich je in dieser Sache bekommen habe und ich akzeptiere sie.

Schleichender Veränderungswunsch

Elf Jahre lang habe ich meinen Beruf als Kinderkrankenschwester mit großer Freude und Hingabe ausgeübt. Doch im Laufe der Jahre änderte sich so vieles an ihm. Die neuen Qualitätssicherungen und Hygienestandards veränderten alles. Das war und ist unbestritten überaus wichtig und nötig, doch daraus resultierte auch ein enormer Zeitanteil an Schreibkram. Die neuen Dokumentationsvorgaben kosteten viel Zeit, wertvolle Zeit, die ich nicht am Kind verbringen konnte. Die Stationen wurden immer größer, immer mehr Patienten mussten immer intensiver versorgt werden, doch es gab kaum mehr Personal und jeder Tag hatte immer noch nur vierundzwanzig Stunden. Nach einem aufreibenden Dienst - vor allem dem Nachtdienst mit wirklich dünner Personalbesetzung - überlegte ich selbst noch zu Hause, ob ich auch alle Aufgaben erfüllt hatte. Es kam bei jedem von uns schon mal vor, dass man tatsächlich die diensthabenden Kollegen anrief, um sich zu vergewissern, dass alles getan war oder man musste feststellen, dass doch etwas vergessen wurde. Habe ich alles eingetragen? Den Mülleimer geleert? Etwas bei der Übergabe vergessen, zu erwähnen?

Meine Gedanken waren ein großes Stück weit auch stets bei den Kindern. Ich ließ meinen Dienst Revue passieren und die Zweifel und das schlechte Gewissen waren allgegenwärtig. Häufig hatte ich das Gefühl, nicht lange genug bei jedem einzelnen Kind gewesen zu sein und stellte mir die Fragen: Hatte ich mir heute genug Zeit genommen, jedes anzulächeln, ihm Mut zu machen, ihm richtig zugehört zu haben? Habe ich bei den Eltern ein zufriedenes Gefühl hinterlassen können?

Das alles machte etwas mit mir. Vor allem, wenn für alle Seiten keine positive Veränderung in Sicht ist, wenn bei der Obrigkeit nur noch der Spargedanke wütet und die Arbeit nicht gewürdigt und angemessen entlohnt wird. Die Lippenbekenntnisse und salbungsvollen Reden der Politiker halfen damals wie auch heute nicht weiter.

Dass komplette Personal war nicht nur unzufrieden, sondern wurde auch immer öfter krank. Die Belastungen waren einfach zu groß.

Inzwischen waren zehn Jahre vergangen und ich horchte in mich hinein. Was hatte sich bei mir verändert? War ich noch zufrieden und glücklich? NEIN! Wollte ich bis zu meinem fünfundsechzigsten Lebensjahr so weiter machen? NEIN!

Ich stellte fest, dass mein Tag-, und Nachtrhythmus aus den Fugen geraten war, genau wie mein Essverhalten. Mein Magen wusste nicht mehr, ob er nun das Frühstück oder schon die Abendmahlzeit bekam. Mein Schlafverhalten war ein Chaos. Ich kam mir vor, wie diese kleinen Blechfiguren, die man mit einem Schlüssel im Rücken aufziehen konnte und sie ratterten los. Die neueren Figuren hatten die berühmte Batterie im Körper. Ich nannte selbst mich sarkastisch ‚Duracell-

Schwester'. Ich war gleichzeitig wach und müde. Meine innere Uhr war aus dem Gleichgewicht gekommen.

Wie schon so oft in meinem Leben machte ich mir wieder mal eine Liste. Das geschriebene Wort brachte mir wieder Klarheit. Ich nahm ein großes Blatt, teilte es in zwei Hälften.

Überschrift: Mein berufliches Leben: *Positiv - Negativ* Das Ergebnis hatte mich nicht wirklich überrascht, machte mich aber im Grunde noch unglücklicher. Die Waage hing sehr schräg. Die Negativschale lag fast am Boden, währen die Positivschale oben ziemlich einsam herumbaumelte.

Ich nahm ein zweites Blatt und teilte es wieder in zwei Hälften. Hier ging es ausschließlich um mein Privatleben. Überschrift:

Was habe ich - was möchte ich

Schon lange stellte ich fest, dass ich - egal ob nun in Bremen oder Bremerhaven - überall gefühlt nur ein Gast war. Kam ich an einem freien Wochenende in meine Geburtsstadt, hieß es fast überall: „Oh wie schön, dass du mal wieder zu uns gefunden hast."

Das brachte mich jedes Mal in eine Erklärungssituation. Ich konnte doch nicht überall sein und jeden besuchen oder mich jedes Mal mit jemandem treffen. In der knappen Freizeit lag mein Fokus natürlich bei meiner Familie.

Nach einem Wochenende oder Urlaub wieder in Bremen, hieß es: „Wir wollten etwas unternehmen, aber du warst ja nicht da."

Ich überlegte, wie wohl mein Rentnerdasein aussähe, wenn ich in Bremen bliebe. Wie gesund wäre ich dann noch bei diesem Knochenjob und dem psychischen Dauerfeuer?

Wie viele Jahre möchte ich noch ohne meine Söhne und meinem Klaus leben? Würde mir, würde uns das wirklich guttun? Es war schwierig für mich, meinen Freundes,- und Bekanntenkreis in beiden Städten gleichermaßen intensiv und dauerhaft so viele Jahre lang aufrecht zu erhalten.

Im Grunde hatte ich wenig Zeit, um mich in meiner Freizeit zu regenerieren und zu mir selbst zu kommen. Ich war eher damit beschäftigt, es allen anderen recht zu machen. Das ging an die Substanz, zumal ich inzwischen ja auch zehn Jahre älter geworden war.

Meine erschreckende Erkenntnis:

Trotz meiner sehr schönen Wohnung in einem interessanten Stadtteil mit netten Nachbarn, mit einem Herzensjob und tollen Kollegen war meine Lebensqualität bescheiden!

Es musste sich etwas ändern - unbedingt und zwar in Kürze! Ich suchte mir in Bremerhaven ein neues Arbeitsgebiet. All meine Gründe trug ich der Klinikleitung vor. Sie war nicht erfreut, stimmte einem Aufhebungsvertrag aber zu.

So zog ich also im April 2005 nach Bremerhaven zurück. Nun war ich glücklicher. Ich hatte zwar ein geringeres Einkommen, dafür aber eine Fünftagewoche, Familie, Freunde und Bekannte in Reichweite, mehr Freizeit und ein geregeltes Leben.

Zu meinem großen Bedauern musste ich - zumindest räumlich - auch meine Selbsthilfegruppe verlassen. Dieser Abschied fiel mir besonders schwer. Acht Jahre des Aufbaues, der engen Zusammenarbeit lässt man nicht so einfach hinter sich. Vieles hatten wir gemeinsam erlebt, Freud' und Leid, Erfolge und Rückschläge miteinander geteilt. Das geht nicht spurlos vorbei.

Wir hatten inzwischen einen erfreulichen Bekanntheitsgrad erreicht. Presse, Rundfunk und Fernsehen interessierten sich weiterhin für uns. Viele Verzweifelte suchen immer noch und das wird nie enden.

Bremerhaven - mein Heimatproblem

Ich bin ganz sicher nicht nach Bremerhaven zurück-gekehrt, weil ich mich mit dieser Stadt verbunden fühle. Sie ist zwar meine Geburtsstadt, aber immer noch nicht meine Heimat. Kein Heimatgefühl bedeutet auch, kein Heimweh.

Es ist eines meiner Probleme, so etwas wie Heimat nicht fühlen zu können. Atmen kann ich überall, aber nicht aufatmen. Ich empfinde so gar keine örtliche Zu-gehörigkeit. Ganz im Gegenteil, ich fühle mich in vie-lerlei Hinsicht sehr losgelöst. Meine innere Ruhelosig-keit ist geblieben, verfolgt mich wie ein Schatten. Ich bin in mir selbst einfach nicht zu Hause und solange ich mein eigenes ICH nicht kenne, suche ich nach dem wirklich speziellen Sinn meines Daseins. Doch ich *ver-suche* wirklich, meinen Platz in dieser Stadt zu finden.

All das, was jedem Lebewesen schon von klein auf ei-nen elementaren Halt gibt, hat man mir genommen. Meine Familie, Geborgenheit, Liebe, meine eigene Ge-schichte.

Fast mein gesamtes Leben lang habe ich mir meine Identität mühsam zusammengebaut, habe versucht, meine gestückelten Lebensabschnitte in eine erkenn-bare Reihenfolge zu bringen.

Dieser lange beschwerliche Weg begann 1962.

Um meine eigene Geschichte zu erfahren, musste ich zunächst mühsam und vierzig Jahre lang die Biografie meiner Familie, vor allem meiner Mutter zusammen-suchen.

Ich habe immer noch den Eindruck, mein früheres Leben besteht nur aus einem grünen Ordner, einer großen Ansammlung von Bescheinigungen und Urkunden, Telefonaten, Begegnungen, Briefwechsel mit unzähligen Ämtern und Notizen. Jeder Hinweis musste festgehalten werden, hat eine große Bedeutung. Jedes Detail, jedes Foto ist ein Baustein. Doch es gibt noch große Lücken in meinem Familienbauwerk gleich einem Schweizer Käse und ich werde sie leider nicht mehr füllen können.

Ich habe aufgegeben - das erste Mal in meinem Leben.

Ich habe aufgegeben, mehr über meine Mutter zu erfahren.

Ich habe auch aufgegeben, meinen Vater zu finden und das bedeutet letztendlich für mich, niemandes Kind gewesen zu sein. Ich hätte so gern erlebt, wie es sich anfühlt, jemandes Kind zu sein. Kann man Menschen vermissen, die man überhaupt nicht gekannt hat? Ja, man kann. *Ich* kann - und es hört nicht auf.

Ich habe aufgegeben, Kontakt zu meinen Geschwistern in Amerika zu bekommen. Dabei könnten sie mir so viel über meine Mutter erzählen.

Ich habe aufgegeben, nach mir zu suchen.

Wie dieses Buch entstand

Es war ein Dienstag, genau genommen der 22. Juli 2003, als ich begann, meine Lebensgeschichte aufzuschreiben.

Angefangen hatte es damit, dass ich mir auf dem Weg der Jahrzehnte währenden Suche nach meiner leiblichen Familie die Stationen, Zeiten und Namen all der vielen Menschen die ich traf, mit denen ich sprach oder die mich an wieder andere Personen weiter verwiesen, zunächst auf vielen kleinen Zettelchen notierte. So >zettelte< ich viele Monate vor mich hin. Im Laufe der Zeit waren meine Notizen derart umfangreich geworden, dass ich Gefahr lief, den Überblick zu verlieren, also brachte ich alles in eine chronologische Reihenfolge. Dazu kamen noch meine vielen Erklärungen und Randbemerkungen. Irgendwann entschied ich mich für einen fortlaufenden Text. Daraus entstand diese Geschichte.

Die eigene Geschichte nieder zu schreiben ist eine sehr persönliche Angelegenheit. Es kostet viel Zeit und Kraft und spült viele tief schlummernde und mühsam konservierte Emotionen wieder hoch. Nach und nach öffnen sich zugesperrte Schubladen und neue, völlig unbekannte Gefühle bahnen sich ungebremst ihren Weg in meine Gegenwart, ohne Rücksicht darauf, was sie in meinem Inneren anrichten könnten. Es gleicht einem Aderlass und zwingt mich, mich schonungslos, ehrlich und intensiv mit meiner eigenen Person auseinander zu setzen, mich quasi selbst zu durchleuchten. Es bedeutet aber auch, in Gedanken vieles noch einmal zu durchleben - unter Umständen zu durchleiden und neue, bis dahin unbekannte Erkenntnisse auszuhalten.

Ich schrieb in unterschiedlichen Zeitabständen, mal mehr, mal weniger und stellte fest, dass es mir zeitweise sehr schwerfiel. Stellenweise fehlten mir die treffenden Worte oder ich verlor mich in einem Dschungel von Informationen, Ungereimtheiten und einer daraus resultierenden Erschöpfung und Mutlosigkeit zum Weiterschreiben, zeitweise sogar zum Weitersuchen. Dann brauchte ich Pausen, um mich zu regenerieren, neuen Mut zu fassen, neue Ansätze zu entwickeln.

2012 warf mich ein privater Schicksalsschlag derart aus der Bahn, dass ich erst vier Jahre später wieder die Kraft hatte, mich wieder mit meiner Vergangenheit, der Gegenwart, aber auch meiner Zukunft auseinander zu setzen.

Anfänglich schrieb ich nur, um den Überblick zu behalten. Im Nachhinein betrachtet, könnte man es vielleicht auch einen Therapieansatz nennen. Ich musste mir alles von der Seele schreiben, um mit meiner Wut und Enttäuschung und einem nicht enden wollenden Gefühlschaos fertig zu werden.

Geschichte hat kein Verfalldatum. Geschichten und Erlebnisse der Menschen verschwinden oft einfach mit ihrem Tod. Deshalb ist es wichtig, beides durch Schriften in Erinnerung zu halten und sie an die nächsten Generationen weiter zu geben.

Ich habe einmal den Satz gelesen:

Wer nicht loslassen kann, riskiert mit dem unterzugehen, was er festhält.

Das möchte ich nicht.

Es ist an der Zeit, den negativen Gedanken meiner Vergangenheit ein Ende zu setzen. Sie soll mich nicht mehr beherrschen. Ich möchte verzeihen können, zur inneren Ruhe kommen, abschließen, aber ich weiß genau:

Ich werde nicht vergessen können.

Resümee

Meine Kindheit und Jugend waren ein physischer und psychischer Tsunami. Meine Lebensgeschichte ist ein Schweizer Käse. Gemäß dem damaligen Zeitgeist wurde Recht über Moral gestellt, beides schien miteinander nicht vereinbar.

Soziale Verhältnisse wurden neu geordnet, ein juristisches Fallbeil für *alle* Betroffenen.

Das System des Schweigens war so erfolgreich, weil alle mit machten. Seelischer Missbrauch, den niemand sehen wollte. Falsch wurde zu richtig und richtig wurde zu falsch - alles ganz legal im Namen des Gesetzes und >zum Wohl des Kindes<.

Ein passendes Beispiel: Die Adoptivschwester meines Bruders ist zwar biologisch nicht seine richtige Schwester, gesetzlich aber schon. Ich bin seine biologische Schwester, doch vor dem Gesetz sind wir nicht miteinander verwandt. Dabei wäre es doch auch so wichtig, seine biologischen Verwandten zu kennen, denken Sie doch zum Beispiel einmal an die Leben rettende Organspende oder das Wissen um eine Erbkrankheit mit Hinblick auf die Entscheidung, Kinder zu bekommen.

Was hat das alles mit mir gemacht? Ich könnte nun einfach sagen: „Na ja, zu dem, wie oder was ich heute bin." Das schien mir anfangs einfach zu simpel, zu undifferenziert, doch nach langem, sehr langem Nachdenken kam ich zu dem Schluss:

Doch, das stimmt - genauso.

Ich werde mit meiner lückenhaften Lebensgeschichte nicht nur leben müssen, nein - ich werde mit ihr sterben. Doch das hat noch Zeit.

Wer weiß denn, was noch alles kommt.

Vielleicht findet mich ja noch jemand.

ENDE

Nachwort

Der Antrieb für unsere Suche

Das Wissen um die eigene Herkunft und die damit verbundene Geschichte ist für uns Betroffene elementar wichtig und ein entscheidender Schritt zur Identitäts- und Wertfindung unserer eigenen Person. Wir wachsen oft Jahrzehnte lang mit falschem oder Nichtwissen um unsere wahre Identität auf. Der natürliche Wunsch, die eigene Familie – vornehmlich die Mutter kennenlernen zu wollen - ist unser größtes Ziel, denn nur *sie* kennt die ganze und wahre Geschichte. Keinesfalls geht es uns darum, die besseren Eltern zu finden, sondern nur uns selbst.

Es geht immer um die zentralen Fragen:
Was ist damals geschehen, dass wir nicht bleiben konnten?
Wer und wo sind unsere Eltern?
Haben wir Geschwister?

Wir suchen Hintergründe, Orientierung, Zugehörigkeit und damit die ureigene Identität - wer bin ich? Wir möchten auch unsere emotionale Lücke füllen. In übertragenem Sinne: Wir möchten >ankommen<.

Der Drang, vorrangig die Mutter zu suchen ist ein Naturgesetz, weil wir, ihre Kinder, sie nicht erst seit, sondern schon *vor* unserer Geburt kennen. Wir hängen neun Monate am gleichen Kreislauf, leben das gleiche

Schicksal. Kennen ihre Stimme, Bewegungsabläufe, erfühlen in und mit ihr Freud und Leid.

Ist sie glücklich, erleben auch wir es. Ist sie unglücklich und traurig, überträgt es sich auch auf uns Ungeborene. Dies alles prägt und begleitet uns durch unser ganzes Leben.

Es sind diese angeborenen unsichtbaren genetischen Fäden, die uns immer mit ihr verbinden.

Kein Mensch und kein Gesetz wird das je ändern.

Diese Aspekte sind für uns Betroffene der Motor zur Suche. Wir ertragen Unverständnis, Ignoranz, Beleidigungen, Demütigungen und Ablehnung für *den* Moment der Wahrheit, auch wenn sie uns umwerfen wird. Am Ende werden wir feststellen, dass nicht nur *wir* die Opfer sind, sondern schon vor uns *unsere Mütter*. Mütter unehelicher Kinder wurden ausschließlich nach den damaligen Moralvorstellungen beurteilt oder treffender verurteilt. Die Hintergründe interessierten nicht. Man bezeichnete unter anderem als >Kinder der Schande<.

Kaum eine Mutter möchte ihr Kind freiwillig weggeben, es ist einfach unnatürlich.

Unser Drang zur Suche ist ein langer leise schleichender Entwicklungsprozess, den wir selbst anfänglich kaum wahrnehmen - bis die Suche zur Sucht wird. Ist die Erkenntnis einmal da, werden die Sehnsucht und der psychische Druck so groß, dass man sich nicht mehr entziehen kann. Man muss suchen. Ist man erst in diesem Strudel, hat man das Gefühl, dass sich der Umstand umkehrt: Nicht wir machen etwas, sondern irgendetwas macht etwas mit uns.

Ich war fast mein ganzes Leben lang mal mehr, mal weniger wütend, habe aber gelernt, damit zu leben.
Ich möchte nicht mehr dauerwütend sein.
Es ist so anstrengend.
Nach vielen kleineren Schritten hoffe ich, mit diesem Buch den ersten großen Schritt getan zu haben.

Die Zeit wird es mir zeigen.

Man liebt seine Mutter fast ohne es zu wissen und ohne es zu fühlen, weil es so natürlich wie leben ist und man spürt bis zum Augenblick der letzten Trennung nicht, wie tief die Wurzeln dieser Liebe hinab reichen.

Guy de Maupassant

Zur Autorin

Renate Tibus wurde 1948 als sogenanntes Besatzungskind in Bremerhaven geboren.

Aufgewachsen unter äußerst schwierigen Bedingungen führte sie schon als Jugendliche einen erbitterten Kampf um ihre Würde und Anerkennung.

Angetrieben durch ihr eigenes Schicksal als Inkognito-Pflegekind engagierte sie sich in der Selbsthilfegruppe >Schattenkind< in Bremen für Betroffene auf der ganzen Welt.

Seit 1994 arbeitete sie in einer Bremer Klinik für Kinder- und Jugendmedizin.

2005 kehrte sie nach Bremerhaven zurück und schrieb dieses Buch um zu zeigen, dass es sich lohnt, an sich zu glauben und gegen alle Widerstände für ein selbstbestimmtes Leben zu kämpfen.